Heribert Weishaupt

Herbstnebel

Ein Troisdorf-Krimi

ratio books

Heribert Weishaupt
Herbstnebel
Ein Troisdorf-Krimi

Cover:
Burg Blankenberg Foto: Heribert Weishaupt

Impressum
ratio-books • 53797 Lohmar • Danziger Str. 30
info@ratio-books.de (bevorzugt)
Tel.: (0 22 46) 94 92 61
Fax: (0 22 46) 94 92 24
www.ratio-books.de

ISBN 978-3-939829-72-0

published by

ratio books

**Betrogene Liebe ist
wie Menschenblut –
sie schreit aufwärts
nach Rache.**

Matthias Claudius
(1740 – 1815)

Prolog

Es war ein schöner Sommermorgen. Noch lag das kleine Städtchen hoch oben auf dem Berg verträumt im Sonnenschein. Das normalerweise lebhafte Treiben in den Straßen und vor den Häusern hatte noch nicht begonnen. Lediglich in der Schmiede hörte man handwerkliches Arbeiten und mehrere laute Schläge des Schmiedehammers dröhnten über das Siegtal. Für den Sonntagmorgen war das äußerst ungewöhnlich.

„Hätte das denn nicht Zeit bis morgen gehabt?", regte sich der Schmied auf.

Er hasste es, bereits kurz nach Sonnenaufgang sein Feuer mit dem Blasebalg zu entfachen, um für die Gerichtsbarkeit den Schmiedehammer zu schwingen. Und das an einem Sonntag, dem einzigen arbeitsfreien Tag der Woche. Demzufolge schlecht war seine Laune, zumal er für seine Arbeit kaum das angemessene Salär erwarten durfte.

Durch das lodernde Feuer war es in der Schmiede heiß und stickig. Den Oberkörper des Schmieds umspannte nur eine ärmellose, schwarze Weste aus Leder. Der hervorquellende, riesige Bauch ließ vermuten, dass seine Geschäfte gut gingen. Ein breiter Gürtel, ebenfalls aus schwarzem Leder, umspannte seinen Leib – nein, er verlief unterhalb des Bauches, und hielt seine Hose, die ihm bis unterhalb der Knie reichte, zusammen. An seinen Füßen trug er klobige Holzschuhe. Von seiner Stirn, die von schwarzen Locken umgeben war, tropfte der Schweiß auf den staubigen Boden.

Der Schmied riss ein schmuddeliges Tuch hoch, das er zwischen Gürtel und Bauch geklemmt hatte. Damit wischte er sich über die Stirn und über seinen stoppeligen Bart.

„Dann bringt mir das Weibsstück, damit ich ihr die Arm- und Fußfesseln anlegen kann“, rief er lautstark seinem Gehilfen und dem Gerichtsdiener zu. Sie standen in der Nähe der Tür und hielten mit beiden Händen eine junge Frau fest.

Die Haare der Frau waren ursprünglich blond gewesen. Jetzt, nach der Gerichtsverhandlung und zwei schlaflosen Nächten waren sie fettig und klebten an ihrem Kopf. Dreck und Staub vom nächtlichen Schlaflager im Kuhstall, wo sie an einem Pfosten festgekettet war, hatten die Haarfarbe ins Bräunliche verändert.

Ihr hübsches Gesicht war vom Schmutz und den vergossenen Tränen verschmiert. Jetzt weinte sie nicht mehr – sie hatte alle ihre Tränen vergossen und erwartete, man könnte fast meinen störrisch, den Vollzug des Urteils.

Widerstandslos ließ sie sich von den beiden Männern zum Amboss führen, wo der Schmied die eisernen Fesseln fachkundig um ihre zierlichen Handgelenke legte. Die daran befestigten schweren Eisenketten drückte er ihr in die Hände. Sie sollte selbst ihre Fesseln tragen – sie hatte es schließlich nicht besser verdient.

„Sag deinem Herrn, dem Richter, dass ich mir morgen mein Salär abhole. Und er soll erst gar nicht versuchen, mit mir zu handeln“, sagte er zum Gerichtsdiener und schlug ihm mit seiner riesigen Pranke auf die Schulter.

Der Gerichtsdiener ging dabei in die Knie und konnte nur ein zaghaftes „Jawohl“ über die Lippen bringen. Auch von seiner Stirn rannen Bäche von Schweiß. Trotzdem würde er nie seinen, bis oberhalb der Knie reichenden, Gehrock während der Vollstreckung eines Gerichtsurteils ausziehen, um sich Erleichterung zu verschaffen. Er war froh, als sie die Schmiede verlassen konnten. In der frischen Morgenluft atmete er einmal hörbar tief durch. Verstohlen zog er ein Tuch aus der Innentasche seines Gehrocks und tupfte seine Stirn ab.

Der Gerichtsdiener und der Helfer des Schmieds führten und stießen die Frau unsanft die Straße hoch, die zum nahegelegenen Marktplatz führte. Rechts und links der Straße reihten sich kleine Fachwerkhäuser aneinander. Der Platz lag am Ende der Steigung, die sich vom Beginn des Ortes bis zur Kirche oberhalb des Marktplatzes erstreckte. Auch er war eingerahmt von Fachwerkhäusern, wobei das Haus des Wirtes das Größte und Ansehnlichste war.

Nach den Entbehrungen während ihrer Haft musste die junge Frau jetzt alle ihre Kräfte zusammennehmen, um den steilen Berg mit den schweren, eisernen Ketten in den Händen, zu bewältigen. Obschon ihre Gelenke schmerzten, kam kein Laut über ihre Lippen.

Riesige Buchen spendeten auf dem Marktplatz angenehmen Schatten. Dies sollte für die Frau in den Eisenfesseln aber auch das einzig Angenehme an diesem Morgen sein.

Vor einem mächtigen Holzpfahl, der zwischen dem Rathaus und der Kirche stand, geboten die Männer der Frau, stehen zu bleiben. Der Pfahl war exakt sieben Fuß hoch. Mit dem Rücken gegen den Pfahl, verankerten die Männer die Ketten an dafür vorgesehene Stellen des rauen Holzes. An manchen Stellen waren Bilder und Texte eingeritzt, die jetzt durch die Frau zum Teil verdeckt wurden.

Hier und da öffneten sich Fenster und neugierige Gesichter schauten zum Marktplatz. Es würde nicht mehr lange dauern, bis die ersten Gläubigen den Weg zur Kirche antreten würden, um dem sonntäglichen Gottesdienst beizuwohnen. Alle Blicke der Kirchenbesucher würde die Frau dann auf sich ziehen und jeder Einwohner würde überzeugt sein, dass seine Heimatstadt eine florierende Rechtspflege besaß.

Als die Glocken der Kirche die Gläubigen zur Messe riefen, hatte sich bereits eine stattliche Anzahl Menschen vor dem Pfahl, der allgemein „Schandpfahl" genannt wurde, versammelt.

Zur Feier des Tages hatten die Kirchenbesucher ihre beste Garderobe angelegt.

Jeder der damaligen Herrscher hatte für seine Stadt und sein Land eine gewisse Kleiderordnung erlassen, damit sich bereits rein äußerlich der gehobene Stand von den Arbeitern unterschied. Jedoch wurde vielerorts an normalen Sonntagen wie heute dagegen verstoßen. So sah man bei dem einen oder anderen gutgestellten Handwerker am Kragen des Gehrocks das Fell eines Marders, das nach der bestehenden Kleiderordnung nur den Bürgern vom Rat oder den Kaufleuten vorbehalten war. Andererseits war es manch einem Bürger vornehmer Herkunft zu lästig, sich nur für den Kirchgang die beste Robe anzulegen. Man tolerierte diese kleinen Abweichungen. Und da es keinen Kläger gab, gab es auch keinen Richter. So blieb der Erlass zur Kleiderordnung weitgehend wirkungslos.

Trotzdem hatten die Gattin des Handwerkermeisters und die Frauen der Händler ihre bodenlangen Roben, Kombinationen aus Rock und Jacke, angezogen. Die Frauen der einfachen Arbeiter hatten sich jeweils in ihre sonntägliche, vorne überlappende Jacke mit Schürze und dazu einen knöchellangen Rock und ein Schultertuch gekleidet. Die Köpfe der Frauen bedeckten Hauben, manche in einfacher, andere in aufwendiger Verarbeitung und Verzierung.

Die wohlbetuchten Herren trugen ihre besten Anzüge, wobei die Männer der Unterschicht in Ärmelwesten gekleidet waren, die nicht so weit und aufwendig verarbeitet waren. An Werktagen waren bei ihnen weite Kniehosen wegen der besseren Bewegungsfreiheit üblich, am Sonntag wurden jedoch enge Hosen bevorzugt. So hatten sie zumindest das Gefühl, der Oberschicht ein wenig näher zu sein.

Alle gafften die junge Frau am Schandpfahl an. Die Frauen schauten voller Verachtung, die Männer eher gierig, obschon das ungepflegte Aussehen der Frau nicht gerade ansprechend war. Hatte sich doch das Gerücht verbreitet, dass sie in mehreren Fällen einen verheirateten Mann verführt hatte. Manch einer der Männer dachte sicherlich mit Blick auf seine Gattin: Hätte sie doch nur mich verführt, ich hätte nichts dagegen gehabt.

Möglichst unauffällig reckten die Frauen ihre Hälse. Nein, der von diesem Weibsstück verführte Ehemann und dessen Frau waren nirgendwo zu sehen. Dieser Umstand war natürlich Anlass zu unüberhörbarem Getuschel und Nährboden für Vermutungen und Gerüchte, insbesondere unter den Damen des Ortes. War es vielleicht doch nicht nur eine einfache, unsittliche Verführung, sondern steckte vielleicht mehr dahinter – vielleicht sogar Liebe?

Als die Glocken verstummten, baute sich der Richter vor der Frau auf. Wie auf ein unsichtbares Zeichen erstarb jedes Gespräch und Getuschel. Der Richter schaute sich Beifall heischend um und ergriff das Wort: „Dieses Kind unserer Stadt hat schweres Unrecht begangen. Eindeutig, durch mehrere Zeugen belegt und letztendlich auf frischer Tat überführt, hat sie sich mehrmals der Prostitution schuldig gemacht. Ihr Lieben, lasst uns in die Kirche gehen und für die verführte Seele unseres lieben Mitbürgers und Freundes beten. Nach dem Gottesdienst wird die gerichtlich beschlossene Anprangerung beginnen."

Damit drehte er sich um und schritt gemessenen Schrittes zum Kirchenportal. Die Gemeinde folgte gehorsam und leise murmelnd in gebührendem Abstand.

Die Frau hatte den Kopf gesenkt, denn sie wusste was in Kürze auf sie zukam. In ihrem Kopf gingen immer wieder die gleichen Gedanken herum: Wieso wurden nur immer die Frauen bestraft, wenn sie einem Mann und dem Ruf der Liebe folgten? Die Männer hatten alle Freiheiten und Entschuldigungen auf ihrer Seite und gingen dabei grundsätzlich straffrei aus. War das Gerechtigkeit?

Sie galt jetzt als „öffentliche Frau" – als Prostituierte. Man würde sie verspotten, beleidigen und anspucken. Sogar Freunde würden sie mit Unrat bewerfen. Bei dessen Wahl waren die Bürger durchaus kreativ und nicht zimperlich. Faule Eier, verfaultes Obst und Salatköpfe waren als Wurfmaterial üblich. Aber auch Exkremente und tote Ratten wurden nicht selten als Wurfgeschosse eingesetzt. Lediglich das Anfassen und Schlagen sowie das Werfen harter Gegenstände war verboten und galt als unehrenhaft. Trotzdem kam es gelegentlich zu „Unfällen", wenn die Verärgerung der Bürger zu groß war. Manchmal dann sogar mit Todesfolge für den Verurteilten.

Das Gericht hatte für die Anprangerung trotz der Schwere des Vergehens mit Rücksicht darauf, dass es sich um eine zierliche Frau handelte, zwei Stunden festgelegt. Lediglich bei Männern konnte die Strafe in seltenen Fällen vier Stunden und mehr betragen. Die Gerichtsbarkeit war der Meinung, binnen dieser Zeit sei die Schmerzgrenze für die Delinquenten erreicht.

Der Pfarrer hatte schließlich mit seiner aufgeregten und ungeduldigen Gemeinde ein Einsehen. Der Gottesdienst dauerte bei Weitem nicht so lange wie üblich. Vielleicht konnte der Pfarrer auch selbst das bevorstehende Ereignis kaum erwarten, war die Verführung zum Ehebruch doch eine Todsünde und die Anprangerung durchaus die gerechte Strafe dafür.

Der Bürgermeister schritt als Erster durch das, vom Kirchendiener geöffnete, Portal der Kirche in die gleißende Sonne. Dann drängten die Männer, danach die Frauen und Kinder durch die Kirchenpforte ...

*

Jemand rüttelte vorsichtig an seiner Schulter.

„Sie müssen jetzt gehen. Wir schließen“, sagte die Bibliothekarin, die leise neben ihn getreten war.

Verärgert hob er den Kopf und schaute die junge Frau vorwurfsvoll, ja fast vernichtend, an. Dabei rutschte ihm das Buch von den Oberschenkeln und polterte zu Boden.

„Ich räume das Buch schon ins Regal. Sie müssen jetzt leider gehen“, flüsterte die Frau, damit niemand der noch vorhandenen Besucher der Bücherei etwas hören konnte.

Sie bückte sich und hob das Buch mit dem Titel „Gerichtsbarkeit vom Mittelalter bis zur Neuzeit“ auf.

Aus dem In-Ear-Kopfhörer seines Smartphones drangen die Stimmen der Folk-Gruppe „Faun“ mit der Ballade „Diese kalte Nacht“ in sein Ohr: „Diese Nacht ist kalt und der Wind, der bläst durch unser Land. Und wer jetzt noch geht, ist ein armer Tor oder auf dem Weg zu der Liebsten, die jede Reise lohnt ...“

„Verdammt“, sagte der Mann enttäuscht und verärgert zu sich selbst.

Dabei riss er sich die Kopfhörer aus den Ohren.

Wie gerne hätte er seinen Tagtraum, von dem was er vorher gelesen hatte, zu Ende geträumt und dabei der schönen Musik, die thematisch zwischen Spätmittelalter und Romantik angesiedelt war, gelauscht.

Gerade jetzt, wo die Frau in seinem Traum ihre gerechte Strafe bekommen sollte, wurde er in die Wirklichkeit zurückgeholt.

„Sie können ja gerne morgen wiederkommen“, sagte die junge Bibliothekarin besänftigend.

Sie hatte die Verärgerung des Mannes bemerkt.

Ohne eine Antwort zu geben und ohne die Frau eines Blickes zu würdigen, schritt der Mann zum Ausgang und verließ die Städtische Bücherei.

Teil I

Ich habe sie beobachtet.
Alle ihre Aktivitäten,
die Gemeinsamkeit mit ihrer Tochter,
ihre verwerfliche Beziehung.
Wie kann eine Frau nur so verdorben,
rücksichtslos und gefühlskalt sein?

Kapitel 1

Es war Spätherbst. Viele Bäume hatten bereits ihre Blätter abgeworfen. In den Wäldern, auf den Wiesen und in den Parks lag ein bunter Teppich Herbstlaub. Lediglich Eiche, Esche und Rotbuche trugen noch Restbestände der wunderschön gefärbten Blätter, die den Herbst zu einer bunten und wenn die Sonne auf die Blätter schien, leuchtenden Jahreszeit machten. Aber nur noch wenige Tage und auch diese Bäume würden ihre kahlen Äste in den Himmel recken.

Die Tage wurden merklich kürzer und die Abende und Nächte bereits recht frisch. Wer morgens zur Arbeit fuhr, hörte im Verkehrsfunk häufig die Warnung vor zähem Nebel, der sich erst in den Vormittagsstunden auflösen würde. Dieses Naturschauspiel war den Menschen im Siegtal vertraut und sie hatten gelernt, ihr Leben darauf einzustellen. Abends legte sich der Nebel über den Fluss und über die feuchten Wiesen rechts und links des Ufers. Die wärmenden Strahlen der Sonne waren an manchen Tagen nicht in der Lage, den Nebel bis in Bodennähe vollständig aufzulösen. So konnten die Tage auf den Höhen meistens einige Sonnenstunden aufweisen, im Tal war es dagegen durchgehend trüb.

Es war nicht zu übersehen: Der Herbst lag in den letzten Zügen und der Winter kündigte sich an.

*

Ein kurzer Blick reichte, um festzustellen, dass der Platz, auf dem sie gewöhnlich saß, auch heute Abend frei war. Es waren lediglich einzelne Plätze besetzt. Nur wenige Fahrgäste fuhren an Wochentagen zu dieser Zeit mit der S-Bahn in Richtung der oberen Sieg. Erschöpft ließ sich die junge Frau direkt am Fenster mit dem Gesicht in Fahrtrichtung nieder. Bei einer ihrer ersten Fahrten hatte sie einen Platz gewählt, von dem sie nicht in die Fahrtrichtung blicken konnte. Bereits nach kurzer Zeit hatte sie mit Übelkeit zu kämpfen.

Sie stellte ihre Handtasche auf den Schoß. Es war eine dieser großen Taschen, die man über die Schulter hängen und auch für kleinere Einkäufe nutzen konnte. Sie zog den Reißverschluss auf und nahm eine kleine Flasche Wasser heraus. Es war gerade noch ein Schluck in der Flasche, die sie gierig leer trank. Gerne hätte sie noch mehr getrunken – aber es musste bis zu Hause reichen.

Langsam setzte sich die S-Bahn der Linie 12 in Bewegung, um dann bereits nach wenigen Sekunden volle Fahrt aufzunehmen.

Es war ein langer, anstrengender Tag für die Frau gewesen. Sie lehnte den Kopf gegen die Fensterscheibe. Wie ein Film zogen die Lichter der Straßenlaternen, der Reklametafeln und der Häuser an ihr vorüber. Sie schloss die Augen. Erschrocken riss sie sie wieder auf, als der Zug in den nächsten Haltepunkt einfuhr. Sie durfte nicht noch einmal eindösen. Zu groß war die Gefahr, an ihrem Zielbahnhof vorbeizufahren. Dies war bereits die nächste Haltestelle.

Mit quietschenden Bremsen hielt die S-Bahn am Bahnhof Blankenberg an. Der S-Bahn-Haltepunkt bestand lediglich aus einem Bahnsteig für beide Richtungen. Im direkten Anschluss an den Haltepunkt überquerten die Gleise auf einer schön geschwungenen Bogenbrücke die Sieg und schlängelten sich fortan nur noch einspurig durch das enge Siegtal.

Alle Türen öffneten sich und aus der Tür direkt hinter dem Triebfahrzeugführer stieg die Frau aus. Sie schlug zielstrebig den Weg zum Ende des Bahnsteigs ein. Als sie am Fenster des Triebwagens vorüber kam, winkte sie kurz dem Bahnbeamten im Führerstand zu. Sie kannten sich flüchtig, denn die junge Frau fuhr oft diese Strecke und in den meisten Fällen war sie, so wie auch heute, der einzige Fahrgast, der um diese späte Uhrzeit hier ausstieg. Sie saß immer direkt bei der ersten Tür. Von hier war der Weg zum Ende des Bahnsteigs, kurz vor der Brücke, am nächsten. Von dort führte ein schmaler Pfad hinunter zu den Wiesen und Feldern am Ufer der Sieg. Der Hauptausgang des Bahnhofs befand sich am anderen Ende des Bahnsteigs, dort, wo das verlassene Bahnhofsgebäude stand und der Weg zum P+R-Parkplatz an der Siegtalstraße führte.

Sie hatte schon seit Monaten kein Auto mehr. Nach dem schweren Unfall im letzten Winter, den sie selbst verschuldet hatte, hatte ihr Wagen nur noch Schrottwert. Eine Vollkaskoversicherung hatte sie nicht und für ein neues Auto fehlte ihr zurzeit das Geld. Spätestens im nächsten Sommer, wenn ihre Tochter in die Schule kommen würde, benötigte sie einen neuen Wagen. Bis dahin musste sie eisern sparen und jeden überzähligen Euro zur Seite legen.

Sie schaute auf ihre Armbanduhr. Die Zeiger zeigten ihr 22:35 Uhr an. Na, ist doch klar, dachte sie bei sich. Die Bahn hatte wie in den meisten Fällen auf diesem Streckenabschnitt zehn Minuten Verspätung.

Als sie den Bahnsteig verlassen hatte, nahm sie ihre Taschenlampe aus der Handtasche und schaltete sie ein. Kein Stern und kein Mond erhellten die Nacht. Das spärliche Licht des Bahnsteigs wurde vom Nebel, der über Flur und Feld lag, verschluckt. Der Strahl der Taschenlampe zeichnete sich weiß im Nebel ab und konnte den Weg nicht wesentlich ausleuchten. Sie hasste diese zehn Minuten Fußweg über den unbefestigten Pfad bis zur Siegtalstraße. Obschon sie ihn in diesem Jahr oft gegangen war, erschreckte sie jedes Mal, wenn ein Kaninchen plötzlich ihren Weg kreuzte, um augenblicklich im Nebel des Bahndamms wieder zu verschwinden.

Die L333, die Siegtalstraße, schlängelte sich von Hennef kurvenreich durch das Tal dieses Rheinnebenflusses. Nachdem sie die Straße erreicht hatte, atmete sie durch. Hier gab es zumindest wieder eine spärliche Straßenbeleuchtung. Ein einzelnes Auto raste an ihr mit viel höherem Tempo, als an dieser Stelle erlaubt war, vorbei in Richtung Hennef. Auf der anderen Straßenseite befand sich ein Restaurant, das natürlich zu dieser Uhrzeit geschlossen war und dunkel am Aufstieg zur Stadt Blankenberg lag.

Trotzdem hatte sie das Gefühl, sicher und wieder unter Menschen zu sein.

Anfang des Jahres hatte sie eine Putzstelle in Hennef angenommen. Sie war sich darüber im Klaren gewesen, dass besonders der Rückweg nach Hause kein Vergnügen sein würde. Aber sie hatte keine Wahl. Putzstellen gab es in ihrem Heimatort nicht viele und die es gab, waren bereits seit Jahren durch Frauen aus dem Ort besetzt, die diese Arbeit nie aufgeben würden. Da ihre Tochter jeden Dienstag und Freitag bei ihrem geschiedenen Mann war, hatte sie die Stelle in Hennef angenommen. Jeden Dienstag und Freitag von 18:00 bis 21:30 Uhr. Bis 14:00 Uhr war sie im Büro eines großen Unternehmens in Siegburg beschäftigt. Ihr Ex-Mann war selbstständig und konnte es so einrichten, dass er ihre Tochter mittags im Kindergarten abholte und zuverlässig am nächsten Morgen, wenn er nach Eitorf zur Arbeit fuhr, wieder zu ihr brachte.

Damals, als ihr Mann von ihrer Affäre mit Erich erfuhr, war er ausgerastet. Bereits am nächsten Tag hatte er ihre gemeinsame Wohnung verlassen und war fürs Erste in eine kleine Pension gezogen. Er war einfach geschockt, als er seine Frau mit einem fremden Mann im eigenen Ehebett vorgefunden hatte. Als sie ihm dann noch beichtete, dass die Beziehung bereits mehrere Monate andauerte, konnte er keine Minute länger in der Wohnung mit ihr zusammen sein. Von Verzeihen und Versöhnung war keine Rede, weder für ihn, noch für sie. Für sie war das mit Erich nicht nur eine Affäre. Sie wollte diese neue Beziehung nicht beenden, sondern wollte sich von ihrem Mann trennen und mit Erich zusammenleben. Für ihren Mann brach die Welt zusammen. Er konnte das nicht begreifen – insbesondere nicht im Hinblick auf ihre kleine Tochter.

Erst nach Wochen, nein, erst nach einigen Monaten hatte sich ihr Verhältnis als „getrennt lebende Eheleute mit Kind" soweit beruhigt, dass sie eine Vereinbarung über das Aufenthaltsrecht ihrer Tochter treffen konnten.

Inzwischen war auch die Beziehung mit Erich zerbrochen. Sie hatten zu wenige Gemeinsamkeiten und mit ihrer Tochter konnte er rein gar nichts anfangen.

Jetzt stand sie wieder einmal am Fuße des Bergs, auf dessen Höhe die Stadt Blankenberg lag. Der Aufstieg würde wie immer anstrengend sein, aber sie hatte keine Wahl. Öffentliche Verkehrsmittel verkehrten um diese nächtliche Zeit nicht mehr. Zum Glück regnete es heute nicht und die Temperaturen waren auch für die Jahreszeit bereits sehr niedrig, so dass sie nicht so ins Schwitzen geraten würde, wie so oft in den heißen Sommermonaten.

Sie streifte ihre blonden Haare glatt, zog sie mit einem Haarband zu einem einfachen Zopf zusammen, atmete einmal tief ein und ging los. Bereits nach einem kurzen Stück des Weges bemerkte sie, dass heute nicht ihr Tag war. Es war

Dienstag und der größte Teil der Woche lag noch vor ihr. Wie würden die nächsten Tage werden, wenn sie bereits heute erschöpft war und ihre Beine sich schwer wie Blei anfühlten? Sie keuchte.

Ihre Taschenlampe hatte sie inzwischen wieder eingesteckt. In großen Abständen beleuchtete das schale Licht alter Straßenlaternen die Straße. Nach einigen hundert Metern zweigte ein Fußweg von der Straße ab. Eine Abkürzung für Fußgänger und Fahrradfahrer. Der Weg führte jetzt steil in den Ort hinauf.

Um sich von ihrer Erschöpfung abzulenken, machte sie sich positive Gedanken. Sie dachte an ihre Tochter, die morgen in aller Frühe wieder zu ihr zurückkam. Sie hatte Glück, dass ihr geschiedener Mann dieser Regelung zugestimmt hatte. Auch er hatte dadurch den Vorteil, regelmäßig seine Tochter bei sich zu haben. Mia gefiel es, oft bei ihrem Vater zu sein. Nur sie hatte ihre Probleme damit. Wenn sie müde und abgespannt wie heute nach Hause kam, fühlte sie sich einsam und verlassen. Die Wohnung war menschenleer, niemand war da, auf den sie sich zu sehen freute. Wenn sie dann ins Kinderzimmer ging und das unbenutzte Bett sah, kamen ihr schon manchmal die Tränen und sie dachte darüber nach, wieso ihr Leben und vor allem ihre Beziehungen so verkorkst waren.

Der Fußweg wurde steiler und ihre Schritte langsamer. Wieder einmal, wenn sie müde war und ihren Gedanken unkontrolliert freien Lauf ließ, zog ihr Leben in lockerer Bildfolge an ihr vorüber: die anfängliche Liebe zu ihrem Ex-Mann, die Geburt ihrer Tochter, dann die Trennung und neue Liebe und wieder eine Trennung. Die ewige Suche nach Geborgenheit und Anerkennung. Besonders nach der Trennung von Erich, für den sie schließlich ihren Mann verlassen hatte, war sie verzweifelt, fühlte sich am Ende und konnte sich nur mit unzähligen Medikamenten durch den Tag schleppen. Wenn Mia, ihre Tochter, nicht gewesen wäre, die ihr einen Sinn im Leben gab, wer weiß, wo sie geendet wäre.

Mit einem Mal hatte sie den Eindruck, als höre sie Schritte hinter sich. Langsam drehte sie den Kopf und blickte über die Schulter nach hinten. Es war aber niemand zu sehen. Sie schien allein mit sich und ihren Gedanken zu sein. Sie kannte das, schließlich ging sie nicht zum ersten Mal bei solch einem Wetter nach Hause. Der Nebel beeinträchtigte nicht nur die Sicht, er täuschte auch das Gehör. Entfernte Geräusche oder auch Stimmen klangen im Nebel näher.

Nach nur wenigen Metern hörte sie rechts hinter sich das Rascheln von Blättern. Sie schaute sich erneut um. Bis zu der Wegbiegung, die sie gerade passiert hatte, sah sie niemand. Vielleicht ein Tier, ein Kaninchen, das in den Böschungen seinen Bau aufsuchte, dachte sie. Trotzdem konnte sie eine innere Unruhe nicht ignorieren.

Plötzlich packte sie jemand bei der Schulter und ein spitzer Gegenstand bohrte sich in die Haut ihres Halses. Sie erstarrte und fühlte sich wie zu Eis gefroren. Ihr Herz schien stehen zu bleiben.

„Ganz ruhig und keinen Laut“, forderte sie eine ruhig klingende, männliche Stimme auf.

Zur Unterstützung dieser Aufforderung bohrte sich der Gegenstand tiefer in ihre Haut. Sie bemerkte, wie eine warme Flüssigkeit an ihrem Hals hinab lief.

„Geh schneller, wenn ich bitten darf“, flüsterte jetzt sarkastisch die Stimme direkt an ihrem Ohr.

Die Haare auf ihren Unterarmen richteten sich auf. Sie begann zu zittern. Sie wollte sich zur Ruhe zwingen – aber es misslang.

„Was ... was ... wollen ...“

„Kein Wort, habe ich gesagt.“

Und wieder schien sich der spitze Gegenstand tiefer in ihr Fleisch zu bohren.

Sie ging so schnell, wie es ihr möglich war. Sie japste nach Luft. Die Messerspitze, und sie war sicher, dass es eine Messerspitze war, blieb fest an ihrem Hals. Sie hatte keine Möglichkeit, den Kopf zu wenden und ihren Angreifer anzusehen.

In ihrem Kopf ging es zu, wie in einem Bienenstock. Es brummte und summte – sie konnte keinen klaren Gedanken fassen.

„Jetzt nach links, hinüber zur Burg“, befahl ihr die Stimme.

Sie überquerten die Straße, die an dieser Stelle durch eine Straßenlaterne beleuchtet wurde und betraten den Burgparkplatz. Kein Auto parkte dort. Manchmal stand hier ein Auto, in dem ein junges Liebespaar saß. Aber heute war kein Wagen zu sehen, keine Menschenseele da, die ihr zur Hilfe kommen könnte.

Der Mann drängte sie zu einem unbefestigten Fußweg, der durch den Wald zur Burg führte. Mehrfach stolperte sie in der Dunkelheit. Beim ersten Mal war sie froh, dass sie das Messer nicht mehr am Hals spürte. Doch bei jedem Stolpern riss der Unbekannte sie an den Haaren zurück. Jedes Mal schrie sie laut auf. Sie wollte sich gar nicht vorstellen, wie brutal er sich verhalten würde, wenn sie hinfallen würde. Ihre Schritte wurden langsamer. Mit einem Male war das Gelände offen und es schien, als wenn sich der Nebel etwas lichtete. Sie kannte sich hier aus und wusste, dass sie an der Stelle waren, wo die beiden steilen Wegbiegungen zum Burggelände hoch führten. Weiter oben zeichnete sich die Silhouette der Burgruine ab.

Der Mann gebot ihr, stehen zu bleiben. Der Druck des Messers verschwand. Erleichtert, fast dankbar, atmete sie tief ein. In diesem Augenblick des Einatmens legte sich etwas über ihren Mund, das ihr die Zähne auseinanderdrückte und sich tief in ihre Mundwinkel einschnitt. Sie spürte, wie dieses Etwas hinter ihrem Kopf zusammengezogen wurde. Sie konnte kein Wort mehr sagen – sie konnte nicht einmal ihre Zunge bewegen. Auch das Atmen war nur noch durch die Nase möglich. Für einen kurzen Augenblick breitete sich der Geschmack von Gummi oder Leder in ihrem Mund aus. Sie war sich nicht sicher. Dann schmeckte sie nur noch den metallischen Geschmack von Blut – ihrem eigenen Blut.

„Geh' weiter", flüsterte die Stimme und der Druck des Messers an ihrem Hals war wieder da.

Da sich die Messerspitze exakt an derselben Stelle wie zuvor in ihre Haut bohrte, wollte sie vor Schmerz schreien. Es kam aber nur ein Würgen aus ihrer Kehle.

Der Weg war jetzt wieder asphaltiert. Langsam schlurfte sie die beiden Kehren der Straße hoch und sie erreichte völlig außer Atem den Burghof.

Im Tal hatte der Nebel jedes Licht der Sterne und des Mondes verschluckt. Bis hier oben waren die Nebelschwaden noch nicht in diesem Maße vorgedrungen und der Mond, es war beinahe Vollmond, beleuchtete schemenhaft das Geschehen auf dem Burghof. Der Mann drängte sie, den Burghof zu überqueren. Unter einer mächtigen Buche kurz vor der Burgmauer forderte er die Frau auf, stehen zu bleiben.

Mit schnellen, festen Griffen packte er ihre Handgelenke, spannte eine Gliederkette darum und zog die Frau mit dem Rücken gegen den Baum. Er zog die Ketten so fest an, dass sie zu keiner Bewegung mehr fähig war. Hinter dem Baum fügte er beide Ketten zusammen und verband sie mit einem Kabelbinder. Danach schritt er vor die Frau und betrachtete selbstgefällig sein Werk. Ihre flehenden, angsterfüllten Augen nahm er in der Dunkelheit nicht wahr.

Ja, ja, sein Werk war gut gelungen. Er zerrte einen prall gefüllten Rucksack herbei, den er wahrscheinlich irgendwann vorher hinter dem Baum abgelegt hatte. Neben dem Rucksack lag ein großer Felsbrocken. Im Schein des Mondes sah die Frau, dass er den Sack nur wenige Schritte vor ihr abstellte und sich kurz mit dem Inhalt beschäftigte. Er nahm einen Gegenstand heraus und stellte ihn auf die Bruchsteinmauer, die den Burghof umgab. Sie hatte keinerlei Vorstellung, um was es sich dabei handelte. Wenn es nicht so abwegig gewesen wäre, hätte sie auf ein Stativ mit einer Kamera getippt.

Ihre Augen hatte sie weit aufgerissen. Es war nicht die Kälte, weswegen die Frau am ganzen Leib zitterte. Sie hatte Angst – Todesangst. Sie ahnte, dass sie der Mittelpunkt der Vorbereitung war und etwas Schreckliches mit ihr geschehen würde.

Wenn sie gewusst hätte, was auf sie zukommen würde, hätte sie wahrscheinlich bereits vorher das Bewusstsein verloren. So dauerte es für sie noch eine lange Zeit, bis die Ohnmacht und letztendlich der Tod sie erlöste.

Kapitel 2

Lisa war froh, als sie ihren Wagen von der Straße auf den Parkplatz an der Burg Blankenberg einlenken konnte. Der Parkplatz lag in einer Kurve der Serpentinen, die hoch zur Stadt führten. Hier im Wald hing der Nebel noch dicht zwischen den Bäumen und Sträuchern und sie wäre fast am Parkplatz vorbei gefahren.

Vor einigen Wochen hatte sie die Zusage zur Versetzung nach Bonn erhalten. Sie hatte einen Versetzungsantrag von Köln zum Kommissariat in Bonn-Beuel gestellt, da dort im KK 11 eine Stelle freigeworden war und sie in Bonn bessere berufliche Möglichkeiten und Chancen sah. Außerdem wäre sie um einiges näher an ihrem Wohnort Troisdorf und die zermürbenden Fahrten im Berufsverkehr über den Rhein und durch Köln würden entfallen.

Die wenigen Tage Resturlaub, die sie genommen hatte, wollte sie unter anderem dazu nutzen, sich in Bonn vorzustellen und sich ihren neuen Arbeitsplatz anzusehen. Kurz nach der Zusage stattete sie ihrer neuen Arbeitsstelle aus diesem Grunde einen Besuch ab.

Obschon sie bereits seit einigen Jahren Kommissarin war, klopfte ihr Herz. Sie war aufgeregt. Heute ging es nicht um Entführung, Brandermittlung oder Bandenkriminalität, sondern heute war ihre Vorstellung beim Leiter des KK 1, dem auch das KK 11 für Tötungsdelikte unterstand.

„Gehen Sie bitte nach dort drüben zum Aufzug und fahren Sie in den 3. Stock. Der Leiter des KK 1 erwartet Sie“, sagte ihr die freundliche Dame beim Empfang, nachdem sie die Besucherin telefonisch im KK 1 angemeldet hatte.

Auf dem Weg zum Aufzug versuchte sie, ihre Nervosität in den Griff zu bekommen, indem sie ihre Gedanken ablenkte und an ihre Tochter dachte. Hoffentlich war ihre Mutter heute mit ihrer Tochter klar gekommen. Sie hatte ihre Mutter gebeten, dafür zu sorgen, dass Nicole, die nicht gerade einfach im Umgang war, rechtzeitig zur Schule kam. Insbesondere bei ihrer Mutter versuchte sie ständig, ihren Willen durchzusetzen, da sie ihrer Meinung nach oft zu nachgiebig mit ihrer Tochter war. Etwas mehr Konsequenz war manchmal angebracht.

Zu weiteren Gedanken kam Lisa nicht, da ein leises Klingeln des Aufzuges andeutete, dass die dritte Etage erreicht war.

Auf dem Flur kam ihr ein Mann entgegen. Er war groß und bullig mit einer ausgeprägten Halbglatze. Mit lauter, sonorer Stimme stellte er sich ihr als Leiter des Kriminalkommissariats 1 vor. Er war ihr keineswegs unsympathisch und begleitete sie zu den Zimmern des KK 11. Dort stellte er sie ihren neuen Kollegen mit netten Worten vor und zeigte ihr sowohl ihren Arbeitsplatz als auch anschließend das gesamte Haus. Ihr erster Eindruck war, dass in dem Kommissariat ein gutes Betriebsklima herrschte. Obschon sie überzeugt war, dass Schmitz, so hieß ihr Chef, bei allen Freiheiten, die er seinen Mitarbeitern erlaubte, sich nicht das Heft aus der Hand nehmen ließ. Als er sich ihr vorstellte, konnte sie sich ein Grinsen wegen des „seltenen“ Namens kaum verkneifen, was er wiederum sofort bemerkte.

„Ja, ja, grinsen Sie nur. Wir Schmitzen's sind immerhin jahrhundertealter, rheinischer Adel. Können Sie das auch von sich behaupten?", lachte er sie lauthals an.

Sie hatte den Eindruck, er hätte ihr am liebsten wie einem Kumpel heftig auf die Schulter geschlagen.

Gleichzeitig konnte sie sich aber auch vorstellen, dass er im Ernstfall gerecht aber unerbittlich war und seine Vorstellungen und Entscheidungen durchsetzen konnte.

So wie heute hatte Lisa sich ihren ersten Arbeitstag beim Kriminalkommissariat 11 des Bonner Polizeipräsidiums nicht vorgestellt. Kurz vor sieben Uhr rief ihr neuer Chef sie zu Hause an.

„Frau Brenner! Wir haben einen Notfall, den wir schlechthin immer haben: Uns fehlt Personal! So wie ich Sie kennengelernt habe, sind Sie bestimmt eine Frau, die flexibel und belastbar ist und gut improvisieren kann. Ich werfe Sie jetzt ins kalte Wasser. Anstatt hier ins Präsidium, fahren Sie sofort zum Tatort Ihres ersten Falls."

Nach diesen Worten lachte er aus vollem Hals.

„Dann heißt das, dass ich nicht nur flexibel und belastbar sein muss, sondern auch noch eine gute Schwimmerin?"

„Ja, genau, diese Antwort habe ich erwartet. Nicht lange zetern, sondern das Problem sofort auf den Punkt bringen und anpacken."

„Okay, wo soll ich hin?", fragte Lisa, die nun wirklich nicht begeistert war.

Sie ließ sich das aber nicht anmerken.

„Fahren Sie zur Burg Blankenberg. Wahrscheinlich ein Mord. Alles weitere erfahren Sie von dem Kollegen vor Ort. Mehr weiß ich auch noch nicht", waren die einzigen Informationen, die er ihr mit auf den Weg gab.

Lisa wohnte in Troisdorf in einer kleinen aber gemütlichen Mietwohnung. Die Fahrt von Troisdorf zur Burg Blankenberg war alles andere als angenehm gewesen. Bereits bei ihrer Abfahrt in Troisdorf war es neblig. Später, als sie im Tal der Sieg entlangfuhr, nahm der Nebel noch zu. Es wirkte, als wäre die gesamte Natur in Watte eingepackt. Ihre Nebelscheinwerfer fraßen sich Kilometer um Kilometer durch die weiße Suppe. Die schlimmsten Augenblicke waren für Lisa immer, wenn ihr ein schwerer LKW auf der kurvenreichen Siegtalstaße entgegenkam. Wie aus dem Nichts tauchten sie manchmal in einer Kurve auf und rasten für die Sichtverhältnisse viel zu schnell an ihr vorbei.

Jetzt stand sie hier auf dem Parkplatz in der Nähe der Burg Blankenberg und schaute sich um. Am Waldrand konnte sie schemenhaft zwei Personen erkennen und ging darauf zu. Es handelte sich um zwei Streifenpolizisten.

„Halt! Wo wollen Sie hin? Hier können Sie nicht durch!", blaffte einer der beiden sie an.

Lisa zeigte den beiden Polizisten ihren Dienstausweis.

„Mein Name ist Lisa Brenner von der Mordkommission", sagte sie trotzdem zusätzlich, als wenn sie die Befürchtung hätte, dass die beiden ihren Ausweis nicht lesen könnten.

„Was ist geschehen?"

„Ein Mord", sagte der größere und jüngere der beiden Männer.

Dabei drehte er sich von Lisa weg, als Zeichen, dass er weiterhin keine Auskunft mehr geben wollte.

„Ach, ja? Wie kommen Sie auf Mord?", fragte Lisa weiter, die gerne etwas mehr gehört hätte.

„Selbstmord ist sicherlich kaum möglich“, beteiligte sich jetzt der andere Polizist am Gespräch.

„Wie soll die Frau sich denn selbst an den Baum gekettet und sich dann selbst den Schädel eingeschlagen haben?“, ergänzte er aufgeregt.

Er war das glatte Gegenteil seines Kollegen: Wesentlich älter, klein, korpulent und anscheinend auch gesprächiger.

„Was Sie nicht sagen“, bemerkte Lisa lediglich.

„Liebe Frau Kommissarin. Trotz meiner vielen Dienstjahre habe ich so etwas noch nicht gesehen. Sie sind noch jung, ist vielleicht Ihr erster, richtiger Mord und ich sage Ihnen, bereiten Sie sich auf einen schlimmen Anblick vor. So etwas werden auch Sie nicht alle Tage sehen. Das geht an die Nieren.“

Dabei schüttelte er unablässig seinen Kopf, als wenn er nicht glauben wollte, was er gesehen hatte.

„Hier, mein Kollege war als Erster am Tatort. Er hat sich übergeben, bis sein Magen total leer war“, fügte er als abschreckendes Beispiel hinzu und wies mit dem ausgestreckten Arm auf seinen jungen Kollegen, der sich inzwischen einige Schritte entfernt hatte.

Dann hob er das Absperrband hoch, um die Kommissarin durchzulassen.

„Vielen Dank“, sagte Lisa abwesend, die aufgrund der Schilderung des Kollegen bereits ein grausiges Bild vor Augen hatte.

Gott sei Dank war die Tote kein Kind. Das wäre der absolute Horror für sie gewesen. Sie dachte dabei an ihre kleine Tochter.

„Wie weit ist es denn bis zum Tatort?“ rief sie, als sie bereits ein Stück gegangen war.

„Immer den Weg nach und dann hoch zur Burg. Ist nicht zu verfehlen", rief der ältere Polizist ihr hinterher.

Der Weg führte durch einen Wald und es war nicht immer einfach, dem Weg im Nebel zu folgen, obschon sie der Meinung war, hier oben im Wald eine bessere Sicht zu haben, als unten im Tal.

Als sie um eine Biegung kam, sah sie das Licht von mehreren Scheinwerfern, das wie weiße Finger in den Himmel ragte. Nach zwei steilen Kehren betrat sie etwas außer Puste den Burghof. Sie stellte fest, dass sie nicht mehr so in Form war, wie früher. Der Dienst im KK 36 für regionale Kriminalität bestand aus viel Schreibtischarbeit und die Versorgung und Beaufsichtigung ihrer Tochter hatte sie doch mehr, als sie sich eingestehen wollte, vom sportlichen Training abgehalten.

Sie blieb stehen und ließ den Blick über den Burghof schweifen. Die Kolleginnen und Kollegen der Spurensicherung waren bereits eingetroffen. Personen in weißen Overalls arbeiteten in gebückter Stellung oder knieten auf dem Boden mit dem Gesicht direkt über der Erdoberfläche. Drei Polizisten in Uniform standen etwas abseits an einem Streifenwagen und unterhielten sich. Dann liefen noch einige Männer in Jeans, Winterjacken oder Parkas geschäftig umher. Alle hatten eines gemein: alle trugen blaue Überziehschuhe über ihren Straßenschuhen und alle, bis auf die drei Polizisten, hielten sich unterhalb der Krone einer riesigen Buche auf.

Lisa war gespannt, wer der Kommissar war, den sie unterstützen sollte.

Sie schaute unwillkürlich an sich herab. Mit ihren einfachen Lackschuhen, der dünnen Stoffhose und der modischen Regenjacke war sie nicht gerade passend und in erster Linie nicht warm genug gekleidet. Sie merkte bereits, wie die Kälte an ihren Beinen hochkroch.

„Bringen Sie uns eine Thermoskanne mit Kaffee?“, fragte plötzlich eine Männerstimme hinter ihr.

Lisa hatte nicht bemerkt, dass jemand hinter sie getreten war.

„Leider nein. Ich soll Sie hier unterstützen. Personalengpass und so, wurde mir gesagt.“

Dabei drehte sie sich zu dem Mann hinter ihr um.

Sie erkannte ihn sofort. Schon immer war sie stolz darauf, dass sie Gesichter, die sie einmal gesehen hatte, mit den dazu gehörenden Namen in Einklang bringen konnte. Daher fügte sie hinzu: „Guten Morgen, Herr Kern.“

„Na, ein guter Morgen ist das hier bestimmt nicht. Und wer sind Sie?“

Ronni Kern war überrascht, dass diese junge Frau seinen Namen kannte. Daher fiel seine Frage barscher aus, als er ursprünglich wollte.

„Mein Name ist Lisa Brenner, Ihre neue Kollegin. Genauer gesagt, seit heute Ihre Kollegin. Bei meiner Vorstellung vor einigen Wochen haben wir uns gesehen.“

„Respekt. Ich hätte Ihren Namen nicht mehr gewusst. Und das mit dem „Herrn Kern“ lassen wir künftig. In unserem Büro duzen wir uns alle. Ich bin Ronni“, dabei streckte er ihr seine Hand entgegen und lächelte sie gewinnend an.

„Prima, ich bin Lisa“, entgegnete sie und drückte seine Hand.

Ronni, mit seiner unkomplizierten Art, war ihr sofort sympathisch. Auch das gewinnende Lächeln, das er jetzt aufgesetzt hatte, gefiel ihr. Hinzu kamen seine gute Figur, seine pechschwarzen, glänzenden Haare und wenn sie dann in sein freundliches Gesicht sah, musste sie sich eingestehen, dass dieser Mann in hohem Maße ihrem Beuteschema entsprach. Ob er wohl verheiratet oder in einer Beziehung ist?, überlegte sie. Bereits damals bei der Vorstellung war er ihr angenehm aufgefallen. Und jetzt, nach diesen wenigen

Augenblicken, hatte sie wieder dasselbe Gefühl: der Mann gefällt mir!

Mensch Lisa, was machst du dir bloß für Gedanken, schalt sie sich. Es wird Zeit, dass auch du wieder einen Mann findest, dachte sie und blendete dann den Gedanken sofort wieder aus. Hier gab es zurzeit Wichtigeres zu überlegen und zu tun, als sich über den eigenen Hormonstau Gedanken zu machen.

„Dann wollen wir mal“, sagte Ronni und holte sie endgültig in die Wirklichkeit zurück.

„Zieh die über.“

Er hielt ihr ein Paar blaue Einwegüberziehschuhe hin.

„Nicht nur wegen der Spurensicherung, sondern auch zum Schutz für deine Schuhe. Dort drüben ist es ein wenig matschig“, lächelte er sie an.

Ohne ein Wort zu sagen nahm sie die Schuhe und zog sie über ihre Lackschuhe. Es war ihr peinlich, wie unpassend gekleidet sie zu einem Tatort erschien.

Mit der Hand an ihrem Arm schob Ronni sie in Richtung des mächtigen Baumes.

Unterhalb der Buche, fast am Ende des Burghofs, war die Spurensicherung mit der Arbeit beschäftigt. Riesige Scheinwerfer beleuchteten das Geschehen. Die von den Scheinwerfern ausgehende Wärme schien den Nebel aufzulösen.

Als sie nur noch wenige Meter vom Stamm der Buche entfernt waren, hielt Ronni sie am Arm fest und beide blieben stehen.

„Jetzt müssen Sie, jetzt musst du“, berichtigte er sich, „stark sein. Die Leiche ist noch so, wie wir sie vorgefunden haben.“

Erst dann gingen sie die letzten Meter bis zum Stamm des Baumes, an dem eine Frau angebunden stand, nein – besser gesagt hing.

„Oh!“

Mehr war Lisa nicht in der Lage zu sagen. Sie wandte sich ab. Als der erste Schock überwunden war, drehte sie ihr Gesicht wieder dem Baumstamm zu. Es bot sich ihr ein Bild des Grauens, das ihre Vorstellungen, die sie sich auf dem Weg von den beiden Polizisten bis hierhin gemacht hatte, total übertraf. Ihr Blick wanderte von der Frau, die an den Baum gekettet war, über den Bereich vor dem Baum. Dann wieder zurück zu der Frau, ehe sie sich vollständig abwandte.

Sie hatte das gesehen, was sie sehen musste, länger wollte sie nicht hinsehen.

„Wer macht so etwas?“, fragte sie mehr sich selbst, als ihren Kollegen.

Mit den Händen nahm Ronni sie stützend an der Schulter und führte sie einige Schritte zur Seite. Hätte er sie genauer angesehen, hätte er erkannt, dass sie um die Nasenspitze blass geworden war.

„Was ist hier geschehen? Das sieht wie eine Hinrichtung aus“, sagte sie zu ihm, der ihr jetzt gegenüber stand.

„Das glaube ich auch. Und wir beide werden herausfinden, was hier geschehen ist – und wer das getan hat“, antwortete Ronni.

Lisa bemerkte, dass er seinen Zorn und seine Wut nur schwer unterdrücken konnte. Auch in Lisa kam augenblicklich der unwiderstehliche Wunsch hoch, den Mörder, nein, die Bestie, zu fassen.

„Komm, wie setzen uns drüben auf die Mauer und ich berichte dir, was wir im Augenblick wissen.“

„Die Tote wohnt hier in Blankenberg und ist sechsunddreißig Jahre alt. Ihr Name ist Franziska Schlierbaum. In ihrer Geldbörse fanden wir ein Foto eines kleinen Mädchens, wahrscheinlich ihre Tochter. Ebenfalls fanden wir eine 4er-Bahnkarte. Ein Kollege der SpuSi meinte, das sei eine Karte für die Fahrt von Hennef nach Blankenberg. Wir müssen das noch prüfen. Sonst war nur der übliche Krimskrams in ihrer Handtasche, den eine Frau so mit sich führt. Du kennst das ja."

„Ja, ja, Krimskrams. Ich kenne das", wiederholte Lisa leicht säuerlich.

„Entschuldigung, war nicht so gemeint", antwortete Ronni, der einsah, dass er etwas Falsches gesagt hatte.

„Ist schon okay", sagte Lisa leichthin und lächelte ihn an.

„Ach, noch etwas Seltsames: Ihre Handtasche stand fein säuberlich neben dem Baum, an den sie gefesselt war."

„Das sieht ja so aus, als wenn der Täter wollte, dass wir möglichst schnell die Identität der Toten feststellen können. Der will uns etwas sagen", war sich Lisa sofort sicher.

Für ihren ersten Mordfall ist die Kleine ganz schön clever, dachte Ronni.

„Wer hat die Tote gefunden?", wollte Lisa jetzt wissen, denn sie hatte niemanden außer den Kollegen von der Spurensicherung gesehen.

„Ein Rentner, ein Hobbyfotograf. Er wollte von hier oben Bilder machen, wenn die Sonne sich zeigen und der Nebel sich langsam lichten würde. Von seinem Smartphone hat er über die 110 die Bereitschaftspolizei informiert. Er war fix und fertig. Wahrscheinlich hat er einen Schock. Ein Streifenpolizist hat ihn nach Hause gefahren. Zum Tathergang konnte er ohnehin keine Aussage machen."

Lisa und Ronni saßen weiterhin nebeneinander auf der Mauer. Keiner sagte mehr etwas. Beide starrten vor sich hin, und jeder hing seinen Gedanken nach, bis Lisa ihren Kopf hob und Ronni ansah.

„Bist du allein hier?", fragte Lisa skeptisch.

Sie konnte sich nicht vorstellen, dass bei so einem Fall lediglich ein Kommissar, na gut, mit ihr waren es jetzt zwei, vor Ort waren.

„Ich hatte Bereitschaft und war zu Hause. Schmitz sagte lediglich, dass ich Hilfe bekommen würde. Du bist dann ja auch gekommen. Wir beide werden den Fall allein lösen müssen – Personalmangel, Arbeitsunfähigkeit von Kollegen, Weiterbildung, Mutterschutz – du kennst das ja. Natürlich werden uns die anderen Kommissariate unterstützen, wenn wir Hilfe benötigen."

Nein, so kannte sie das nicht. Da wo sie herkam, hatten sie genug Mitarbeiter. Aber wer wollte auch schon zum KK 11 und sich solche Bilder wie hier ansehen?

Sie wollte es!

Als ihre Tochter in die Schule kam und ihre Eltern sich bereit erklärten, sie zu unterstützen, war ihre Entscheidung gefallen. Sie wollte weg vom Schreibtisch und von der Kleinkriminalität. Sie wollte etwas verändern – sie wollte gegen das Böse kämpfen und dafür sorgen, dass ihre Mitmenschen sicherer leben konnten.

Von Ihrem Mann hatte sie sich scheiden lassen. Er war in ihren Augen ein kleinkarierter Schreibtischtäter. Bereits nach wenigen Jahren hatten sie sich auseinander gelebt. Sie hatten keine Gemeinsamkeiten und sich nichts mehr zu sagen, außer wenn sie sich stritten. Sie wollte nicht, dass ihre Tochter in einer Ehe aufwuchs, in der es nur Schweigen und Streit gab. Dann besser ohne Vater. Danach hatte sie einige Liebschaften, der Richtige war aber nicht dabei und so war sie zurzeit in keiner Beziehung. Sie fand das zwar nicht in Ordnung, aber mit Hilfe ihrer Eltern konnte sie sich wenigstens voll auf ihre Arbeit und ihren neuen Job konzentrieren.

Das war auch notwendig, wie sie heute Morgen feststellte. Diese Arbeit war mehr, als nur ein Job und würde sie wahrscheinlich körperlich und mental vollkommen beanspruchen.

„Was habt ihr sonst noch heraus bekommen? Was ist genau geschehen?“, wollte Lisa wissen.

„Die Frau wurde mit dem Rücken an den Baum gefesselt, wobei die Handgelenke mit einer Kette zusammengehalten wurden“, begann Ronni.

„Und wieso wurden die Beine mit einem Paketklebeband um den Baum herum festgebunden?“

Ronni war ein wenig erstaunt, dass Lisa das Paketband um die Beine der Toten in den wenigen Augenblicken, die sie die Tote betrachtete hatte, gesehen hatte.

„Wir vermuten, dass das Klebeband angebracht wurde, als die Frau tot war. So als Stütze, damit sie aufrecht am Baum stehen blieb und nicht zusammensackte.“

„Dann sollte die Tote geradezu zur Schau gestellt werden?“, schlussfolgerte Lisa.

„Wahrscheinlich. Ihr Kopf weist viele kleine Wunden auf, die womöglich durch Werfen von Steinen entstanden sind.“

„Das kann aber nicht die Todesursache sein und der Grund für das viele Blut und den total zersplitterten Kopf“, warf Lisa ein.

„Richtig. Vielleicht hast du den Felsbrocken gesehen, der neben der Toten lag. Dieser Gesteinsbrocken wurde von oben auf ihren Kopf fallen gelassen. Vermutlich wurde ein Seil über einen Ast geworfen, womit der Täter dann den Stein hochzog. Wie er das im Einzelnen genau angestellt hat, wissen wir noch nicht. Ein Seil wurde nicht gefunden. Letztendlich ist die Frau verblutet.“

Ronni konnte seine neue Kollegin nicht ansehen, während er das alles berichtete. Er starrte vor sich auf den Boden und knetete unablässig vor Nervosität seine Hände.

„Vor der Toten lagen mehrere vergammelte Salatköpfe und Tomaten. Kann es sein, dass ich auch eine tote Ratte gesehen habe?", fragte Lisa und man konnte ihr den Ekel, den sie empfand, ansehen.

„Ja, nicht nur das. Im Gesicht der Toten, oder in dem was davon übrig geblieben ist, und auf dem Boden fanden wir Reste von Exkrementen. Wahrscheinlich von einem Tier, vielleicht von einem Hund. Wir gehen davon aus, dass der Mörder die Frau zu Beginn seiner Tat mit all diesen Sachen beworfen hat."

Lisa schaute Ronni an und schüttelte angewidert den Kopf.

„Ich habe keine Ahnung, was das soll, und womit wir es hier zu tun haben."

„Das hört sich an, als wenn der Täter ein Ritual durchgeführt hat – aber was für ein Ritual und wieso?", überlegte Lisa laut.

In diesem Moment kam eine Frau in weißem Overall, weißen Schuhüberziehern und weißer Kapuze auf die beiden Kommissare zu. Der Ansatz ihrer schwarzen Haare lugte vorne aus der Kapuze heraus. In der Hand hielt sie einen Gegenstand, der aus Lederriemen bestand. Ronni erkannte sie trotz ihres weißen Overalls und der Kapuze sofort.

„Darf ich dir unsere Rechtsmedizinerin Susanne Ohlrogge vorstellen? Wir arbeiten bereits seit einiger Zeit zusammen und haben den ein oder anderen kniffligen Fall gelöst."

„Ich freue mich. Mein Name ist Lisa Brenner, seit heute Kommissarin im KK 11."

Die beiden Frauen gaben sich die Hand und lächelten trotz der widrigen Umstände ihres Kennenlernens.

„Ich habe hier etwas."

Dabei hob sie den Gegenstand, den sie mitgebracht hatte, in die Höhe.

„Das ist der Knebel, den die Frau im Mund hatte."

Ronni und Lisa schauten sich an. Sie hatten keine Vorstellung, was das sein könnte.

„Der Knebel erinnert an ein Zaumzeug bei Pferden. Man nennt diesen Knebel auch ‚Trensenknebel', der auch in erotischen Rollenspielen eingesetzt wird. Dieses Stück Hartgummi wird zwischen die Zähne geschoben."

Susanne Ohlrogge fuhr zur Demonstration mit einem Finger über das Hartgummiteil.

„An den Enden sind in den großen Ringen Riemen befestigt, die hinter dem Kopf zusammengebunden werden."

Sie wies jetzt auf die beiden Ringe und zeigte die Riemen.

Ronni hielt es nicht mehr auf der Mauer. Er sprang auf.

„Womit haben wir es denn hier zu tun? Geht es hier vielleicht um Sadomaso, bei dessen Ausführung die Frau ‚zufällig' zu Tode gekommen ist?"

Ronni war außer sich. Er ging zwischen den beiden Frauen auf und ab.

„Nein, das glaube ich nicht. Geschlechtsverkehr oder Vergewaltigung kann ich zum jetzigen Zeitpunkt nicht bestätigen", sagte Susanne Ohlrogge ruhig.

Sie war eine erfahrene Rechtsmedizinerin, die ihre Emotionen ausklammern konnte und sich nur an Fakten orientierte.

„Ich habe da noch etwas."

Ronni blieb wie angewurzelt stehen.

„Was kann es denn noch Furchtbares geben? Reicht es denn noch nicht?"

Lisa hatte bisher kein Wort gesagt und die Rechtsmedizinerin wegen ihrer Ruhe bewundernd angeschaut. Jetzt stand sie auf und legte Ronni zur Besänftigung eine Hand auf die Schulter. Ronni verstand diese Geste und beide setzten sich wieder auf die Mauer.

„Wir haben etwas im Mund der Toten gefunden", fuhr Susanne Ohlrogge fort.

Aus der Tasche ihres Overalls zog sie einen kleinen Plastikbeutel hervor. In dem Beutel befand sich ein Stück Papier, das wahrscheinlich ursprünglich weiß gewesen, und jetzt offensichtlich von Blut rot getränkt war. Trotzdem konnte man eine Schrift erkennen.

„Dieser Zettel steckte im Mund der Toten."

„Konnten Sie feststellen, was darauf geschrieben steht?", fragte Lisa.

„Ja. Er ist zwar von Speichel und Blut durchtränkt, aber der Text ist noch lesbar. Er wurde mindestens mit Schriftgröße zwanzig und in „fett" auf einem PC geschrieben. Auf dem Zettel steht ein Spruch."

Susanne machte eine kurze Pause. Irgendwie genoss sie die Anspannung und Neugierde, die sich in den Gesichtern der beiden Kommissare spiegelte.

„Ein Spruch?", kam die Frage gleichzeitig aus Lisas und Ronnis Mund.

„Ja. Ich lasse den Zettel in der Tüte. Die Gefahr ist zu groß, dass er beim Herausnehmen beschädigt wird. Aber ich kenne den Spruch auswendig:

„Treue kann man nie genug vergelten, Untreue nie genug bestrafen", sagte Susanne langsam, steckte den Beutel wieder in ihre Tasche und ging zurück zum Tatort.

Die beiden Kommissare schauten ihr ratlos und verwirrt hinterher.

Inzwischen hatte sich der Nebel hier oben auf der Burg und gegenüber im Ort Blankenberg weitgehend aufgelöst. Lediglich der Talnebel im Bereich der Sieg lag noch wie festgeklebt auf dem Fluss.

Niemand auf dem Burghof bemerkte, dass am Ortsrand der Stadt Blankenberg ein Mann an einem Baum lehnte und das Treiben am Tatort mit einem Fernglas beobachtete. Das Fernglas schien aus hochwertiger Qualität zu bestehen und mit einer hohen Vergrößerungszahl ausgestattet zu sein. Kein Detail entging dem heimlichen Beobachter.

Die normalen Gesten zwischen Lisa und Ronni, als Ronni Lisa mit der Hand an ihrem Arm zum Tatort leitete oder wie Lisa beruhigend ihre Hand auf Ronnis Schulter legte, deutete der Mann als Vertrautheiten, die seiner Auffassung nach zwischen Polizeibeamten nicht sein dürften.

„Auch so eine Schlampe“, murmelte er vor sich hin, nahm das Fernglas von den Augen und verließ seinen Beobachtungsstand.

Kapitel 3

Der Kaffeeautomat pustete und stöhnte, wobei er die braune, wärmende und wachhaltende Brühe ausspuckte.

„Möchtest du einen Kaffee?“, fragte Lisa.

„Nein, nicht schon wieder. Ich hatte doch bereits zwei. Denk doch mal an mein Herz“, antwortete Ronni.

„Du bist vielleicht ein Weichei. Heute Morgen waren deine ersten Worte zu mir: Bringen Sie uns eine Thermoskanne mit Kaffee? Und ich dachte, du seiest ein richtiger Kaffeetrinker.“

Lisa lachte und stellte die Tasse zu sich auf den Schreibtisch. Ronni saß ihr gegenüber.

„Verstehst du das? Wieso schleppt der die Frau auf den Burgplatz? Und was soll dieser Spruch auf dem Zettel, den er ihr in den Mund steckte?“, sinnierte er.

„Und wieso bewirft er sie mit faulem Gemüse, um ihr anschließend den Kopf zu zertrümmern?“, erweiterte Lisa den Fragenkatalog.

„Er will die Frau zur Schau stellen und mit dem Spruch will er uns etwas sagen.“

„Richtig“, bestätigte Lisa. „Nur, was will er uns sagen? Wieso wählt er diesen komplizierten Weg? Wenn er mit uns kommunizieren will, soll er das doch auf die normale Art des 21. Jahrhunderts tun.“

Lisa wurde ungeduldig und nervös. Das kam immer dann vor, wenn sie etwas nicht verstand und nicht mehr weiter wusste.

„Der Spruch hilft uns nicht weiter. Es handelt sich um einen altdeutschen Spruch aus dem 18. oder 19. Jahrhundert. Der Verfasser ist unbekannt. Ich sehe da keinen Ansatzpunkt."

„Oho, die neue Kommissarin hat recherchiert!", frotzelte Ronni und Erstaunen machte sich auf seinem Gesicht breit.

Lisa zog ihm eine Grimasse und drehte sich um. Sie wollte nicht, dass ihr Kollege ihre leichte Verlegenheit bemerkte. Denn eine Besserwisserin war das Letzte, was sie sein wollte.

„Wir müssen mehr über die Frau erfahren. Wahrscheinlich liegt irgendwo in ihrem Leben der Schlüssel", wurde Ronni wieder sachlich, der bemerkt hatte, dass er sich mit dem Veralbern der Kollegin auf dünnem Eis bewegte.

„Der Kollege, der zu ihr nach Hause gefahren ist, um jemanden zu benachrichtigen, hat zwar niemanden angetroffen, vielleicht haben wir mehr Erfolg oder Nachbarn können uns weiterhelfen. Komm, lass uns fahren."

Ronni und Lisa nahmen ihre Jacken und verließen das Büro. Der Nebel hatte sich weitgehend verflüchtigt und es schien, dass es heute ein schöner Spätherbsttag werden würde.

Auf dem Weg zu ihrem Dienstwagen fragte Lisa „Wieso sind wir im KK 11 eigentlich so stark unterbesetzt?"

„Ein Kollege hat Burnout, eine Kollegin ist schwanger und dann ist da noch Frank Eisenstein, der fehlt."

Lisa meinte gesehen zu haben, wie Ronni beim Namen Frank Eisenstein die Augen verdrehte.

„Was ist mit ihm?", wollte sie jetzt genau wissen, denn sie war neugierig geworden.

„Frank und ich haben jahrelang in Duisburg zusammen gearbeitet, bevor wir beide uns aus unterschiedlichen Gründen nach Bonn haben versetzen lassen. Wir haben manchen schwierigen Fall durchgezogen. Insbesondere unser letzter Fall war nicht einfach. Ein geistig zurückgebliebener Serienmörder in Troisdorf hat uns alles abverlangt. Danach war Frank einfach fertig. Er wollte nicht mehr. Er hatte genug von Gewalt, Morden und Mördern. Ende vergangenen Jahres wurde er fünfundfünfzig und konnte sich unter Fortfall der Bezüge beurlauben lassen, ohne seinen Pensionsanspruch zu verlieren. Und das hat er gemacht. Jetzt ist er Hausmann und lebt mit Susanne Ohlrogge zusammen", berichtete Ronni.

„Mit der Rechtsmedizinerin, die ich heute auf der Burg kennengelernt habe?"

„Ja, genau die. Sie liebt Frank, aber auch ihren Beruf. Diesen aufgeben, um Frank zu Hause Gesellschaft zu leisten, das wollte sie nicht."

„Siehst du ihn denn noch manchmal?"

„Ja, wenn die Zeit es zulässt. Aber du kennst Frank nicht. Ich glaube, er fragt nur meinetwillen, ob es etwas Neues gibt. Ein Treffen, ohne dass wir über meine Arbeit sprechen, ist nicht möglich. Da wir beide das grundsätzlich nicht wollen, sehen wir uns eher selten. Trotzdem mögen wir uns weiterhin. So, und jetzt konzentrieren wir uns auf unseren Fall."

Ronni hielt den Wagen vor einem alten Fachwerkhaus an. Auf dem unteren Klingelschild stand der Name „Schlierbaum". Er klingelte.

Ein großer Mann, der beinahe den gesamten Türrahmen des alten Hauses ausfüllte, öffnete. Sein Gesicht wurde von einem Vollbart eingerahmt. Seine stechenden Augen, die unter buschigen Augenbrauen lagen, schauten Lisa und Ronni streitsüchtig an.

„Was gibt es?", stieß er in Richtung der beiden Kommissare hervor.

„Sind Sie Herr Schlierbaum?“, fragte Ronni.

„Wer will das wissen?“, war die Gegenfrage des Bärtigen.

Ronni zog seinen Dienstausweis aus der Tasche und hielt ihn dem Mann vors Gesicht.

„Wir sind von der Kriminalpolizei Bonn. Mein Name ist Kern und das ist meine Kollegin Brenner.“

„Okay, ich bin Lars Schlierbaum. Ist etwas mit meiner Frau? Meiner Ex-Frau. Wir sind geschieden“, stellte der Mann sich jetzt bereitwillig vor.

„Dürfen wir hereinkommen? Wo ist Ihre Tochter?“, fragte Lisa.

Lars Schlierbaum gab den Eingang frei und ging voraus ins Haus. Die beiden Kommissare folgten ihm ins Wohnzimmer.

„Die habe ich heute Morgen in den Kindergarten gebracht, da meine Frau nicht da war. Wahrscheinlich hat sie sich wieder mit diesem Erich versöhnt und ist jetzt bei ihm. Ihre Tochter hat sie bestimmt wieder total vergessen.“

„Wer ist Erich?“, fragte Lisa sofort nach.

„Erich Klein, ihr Liebhaber, mit dem sie mich betrogen hat und der unser Scheidungsgrund war. Ein Lebemann, ein von Frauen Besessener. Wahrscheinlich hat er neben Franzi noch andere Frauen. Aber Sie ist blind und läuft ihm wie ein Hund hinterher.“

Der Mann war sauer, sauer auf diesen Erich und auf seine Frau. Das war offensichtlich.

„Und wieso haben Sie Ihre Tochter in den Kindergarten gebracht? Sie sind doch geschieden.“

Lisa konnte es kaum glauben, dass ein Ex-Ehemann sich so verantwortungsbewusst um den Nachwuchs kümmerte. War sie doch selbst geschieden und hatte eine Tochter. Das kannte sie so nicht von ihrem geschiedenen Mann.

„Nach der Scheidung haben wir uns arrangiert, zumindest was unsere Tochter angeht. Sie soll nicht unter unserer gescheiterten Ehe leiden."

„Wann haben Sie denn Ihre Tochter in den Kindergarten gebracht?", fragte Lisa weiter.

„Wie immer, kurz vor acht Uhr. Meine Ex hat dienstags und freitags in Hennef eine Putzstelle. Ich hole Mia dann mittags vom Kindergarten ab und bringe sie am nächsten Morgen, wenn ich zur Arbeit fahre, wieder zurück nach Hause. Heute Morgen war Franzi nicht da, und ich warte seitdem auf sie. Ich muss schließlich wissen, wer Mia heute Mittag vom Kindergarten abholt. Ich bin selbstständig und kann es mir zum Glück leisten, hier herumzusitzen. Was ist nun mit meiner Frau?"

„Herr Schlierbaum, setzen Sie sich bitte", forderte Ronni den Mann auf, der bisher aufgeregt im Wohnzimmer von einem Bein auf das andere getreten war.

Lars Schlierbaum ließ sich in einen der Sessel fallen und schaute Ronni mit einem Gemisch aus Neugierde und Furcht fragend an.

„Ihre geschiedene Frau ist tot. Sie wurde Opfer eines Verbrechens."

Ronni sah bei diesen Worten den Mann aufmerksam an. Die erste Reaktion eines Angehörigen kann immer wichtig sein.

„Nein, das kann nicht sein!"

Der Ex-Mann von Frau Schlierbaum wurde weiß im Gesicht, schlug die Hände davor und begann hemmungslos zu weinen. Offenbar war da doch mehr Gefühl für seine geschiedene Frau, als er bisher zugegeben hatte.

Es dauerte sehr lange, bis er sich gefangen hatte. Für Lisa war klar, dass eine weitere Befragung heute nicht möglich war. Hier spielte niemand Betroffenheit, hier war das Entsetzen echt. Die Kommissarin und der Kommissar warteten eine Weile, bis Lars Schlierbaum sich etwas beruhigt hatte.

„Können Sie sich um Ihre Tochter kümmern?“, fragte Lisa mitfühlend, der diese, für sie unbekannte Situation, an die Nieren ging.

„Ja, ja, natürlich. Was ist passiert und wo ist Franzi jetzt?“, fragte Herr Schlierbaum mit erstickter Stimme.

„Wir haben Ihre Frau im Burghof der Burg Blankenberg gefunden. Sie befindet sich zurzeit in der Rechtsmedizin in Bonn“, antwortete Ronni.

„Was ... was wollte Franzi denn auf der Burg?“

Es war klar, dass der frühere Ehemann des Opfers jetzt viele Fragen hatte, auf die er gerne eine ausführliche Antwort erhalten hätte.

„Wie kommt Ihre Frau, Entschuldigung Ex-Frau, normalerweise nach Hause?“, fragte Ronni, ohne auf die vorherige Frage einzugehen.

„Mit dem Zug bis zum Haltepunkt Blankenberg und den Rest des Weges bis hier oben zum Ort zu Fuß. Aber wieso war sie auf der Burg? Das macht doch überhaupt keinen Sinn.“

Der Mann schüttelte jetzt unablässig seinen Kopf und schien durch Ronni hindurchzusehen.

„Wir wissen es nicht – noch nicht. Womöglich hat der Täter sie abgepasst und gezwungen, zum Burghof zu gehen“, antwortete Ronni.

Dass der Täter in diesem Fall wissen musste, wann das Opfer nach Hause kam, oder dass er sein Opfer möglicherweise sogar persönlich kannte, sagte er nicht. Ein zufälliges Zusammentreffen von Täter und Opfer schien ihm ausgeschlossen.

Auch die fürchterlichen Einzelheiten der Tat behielt er für sich. Diese würde Herr Schlierbaum in den nächsten Tagen noch früh genug durch die Presse erfahren.

„Haben Sie jemanden, der sich um Sie und um Ihre Tochter kümmern kann, der vielleicht hierher kommen kann?“

Lisa hatte das Gefühl, dass sie den Mann nicht so allein hier zurücklassen konnte. Lars Schlierbaum schien mit seinen Gedanken weit weg zu sein und es dauerte wieder eine Weile, ehe er antwortete.

„Ja, ich rufe meine Mutter an, die wohnt in Merten und kommt bestimmt sofort hierher.“

„In Ordnung. Wir werden Sie in den nächsten Tagen bestimmt nochmals aufsuchen. Bleiben Sie sitzen, wir finden schon hinaus“, sagte Ronni.

„Ach, noch eine Frage.“

Er blieb stehen und drehte sich nochmals zu Lars Schlierbaum um, der wie ein Haufen Elend im Sessel hing.

„Nur aus Routine. Wo waren Sie in der vergangenen Nacht?“

Lars Schlierbaum schaute den Kommissar verwundert an.

„Wo soll ich schon gewesen sein. Natürlich zu Hause im Bett.“

„Kann das jemand bezeugen?“

„Ich habe keine neue Frau oder Geliebte, wenn Sie das meinen. Werde ich vielleicht jetzt verdächtigt?“

Schlierbaum sprang aus seinem Sessel auf und kam schnellen Schrittes auf den Kommissar zu. Kurz vor ihm blieb er abrupt stehen. Man musste den Eindruck gewinnen, dass er sich nur schwer beherrschen konnte.

„Nein, nein. Ist schon gut. War wirklich nur eine Routinefrage“, beschwichtigte Ronni ihn und versuchte mit ausgestreckten Armen den Mann auf Abstand zu halten.

Er bedankte sich nochmals und folgte Lisa, die an der Haustür stehen geblieben war.

„Scheiße", entfuhr es ihm, als er und Lisa im Auto saßen.

„Da stimme ich dir uneingeschränkt zu. Zuerst heute Morgen der Leichenfund der Frau und jetzt die Überbringung der Todesnachricht an den Ex-Mann. Ich glaube, ich hasse den Job bereits am ersten Tag."

„Wenn ich sagen würde: du gewöhnst dich daran, wäre das sicherlich nicht richtig. So etwas geht dir immer an die Nieren. Aber es gibt auch andere Tage und auch so etwas gehört halt zu unserem Job. Akzeptiere es so wie es ist und versuche es so schnell wie möglich abzuhaken. Nur so kannst du dich selbst schützen", versuchte Ronni seiner Kollegin Mut zu machen.

Lisa nickte und beide machten sich auf den Weg zurück ins Büro. Vielleicht lagen neue Erkenntnisse der Spurensicherung vor oder sogar das Ergebnis der Obduktion.

„Was hältst du vom Ex unseres Opfers?", frage Lisa unterwegs.

„Ich bin mir nicht ganz sicher. Seine Reaktion schien nicht gespielt zu sein. Die Nachricht des Todes seiner geschiedenen Frau hat ihn wahrscheinlich sehr getroffen. Aber dieser Groll auf seine Frau und diese Emotion, als ich ihn fragte, wo er vergangene Nacht war – ich weiß nicht so recht."

„Na klar hat der eine Wut auf seine Frau. Sie hat ihn schließlich mit einem anderen Mann betrogen und sitzen gelassen. Aber beide lieben ihre Tochter, weswegen sie sich auf irgendeine Weise arrangiert haben. Aber einen Mord? – Nein, das traue ich ihm nicht zu", entgegnete Lisa.

*

Wieder im Büro musste Lisa erfahren, dass weder neue Erkenntnisse der SpuSi noch das Obduktionsergebnis vorlagen. Ronni wollte sich sofort an den Telefonhörer hängen und Susanne fragen, wann er mit einem Ergebnis rechnen könnte.

Lisa legte ihm eine Hand auf den Arm, um seinen Tatendrang zu stoppen.

„Ist es dir recht, wenn ich nach Hause fahre? Es ist bereits spät und meine kleine Tochter ..."

„Du hast eine Tochter? Hätte ich nicht gedacht. Und dann bewirbst du dich bei der Mordkommission?"

Ronni war mehr als erstaunt und schaute Lisa mit großen Augen an.

„Ja, sie ist sieben und meine Mutter holt sie von der Schule ab und passt danach auf sie auf."

„Und dein Mann? Unterstützt der dich auch? Wie stellst du dir das künftig hier vor? Wir haben nicht immer geregelte Dienstzeiten."

„Ich bin geschieden. Als ich mich für die Stelle beworben habe, haben mir meine Eltern ihre Unterstützung zugesagt. Das wird schon klappen. Nur heute ... gerade am ersten Tag ... meine Mutter ..."

„Okay, geh' schon. Es war ein harter Tag. Besonders, weil es dein erster Mordfall ist. Ich kann das verstehen. Und mit Susanne kann ich auch allein reden. Vielleicht wissen wir morgen mehr."

„Danke", sagte Lisa überglücklich und strahlte dabei ihren Kollegen wie eine fünfzehnjährige Teenagerin an.

Lisa schnappte sich ihre Tasche und im nächsten Augenblick hatte sie auch schon das Büro verlassen.

Ronni schaute ihr leicht irritiert hinterher. Was war das denn? So glücklich hat mich bisher nur selten eine Frau angeschaut, dachte er.

*

Zwei Tage waren inzwischen vergangen, ohne dass die Kommissare in der Ermittlung auch nur einen Schritt weitergekommen waren.

Lisa war der Meinung, dass der im Mund des Opfers gefundene Zettel mit den Worten:

„Treue kann man nie genug vergelten,
Untreue nie genug bestrafen“

ein Hinweis auf das Tatmotiv sei. Franziska Schlierbaum war schließlich ihrem Mann untreu geworden und womöglich wollte sich jemand dafür rächen? Sie hatte sich wegen eines Anderen von ihrem Ehemann getrennt. Doch dann käme nur ihr Ex-Mann als Täter in Frage. Ein Tatmotiv hätte er demzufolge. Diese Schlussfolgerung konnten weder Lisa noch Ronni so recht glauben. So wie der Mann aussah und wie er sich gab, so sieht kein Mörder aus und so verhält sich auch kein Mörder.

Aber wie sieht schon ein Mörder aus und wie verhält er sich im normalen Leben? Normen gibt es sicherlich keine, dachte Lisa.

Um Zeit zu sparen, hatten Lisa und Ronni sich die Vernehmungen der Menschen im sozialen Umfeld der Toten geteilt. Lisa befragte nochmals ihren Ex-Mann und versuchte, Freunde und Bekannte aufzuspüren. Die Mühe war so gut wie erfolglos. Lars Schlierbaum erklärte, dass durch die Arbeit seiner Frau kaum Zeit blieb, Freundschaften zu schließen oder gar zu pflegen. Natürlich, die eine oder andere

Mutter, die sie vom Kindergarten ihrer Tochter her kannte ... aber Freundschaften? Nein, Freundschaften waren das nicht, höchstens flüchtige Bekanntschaften. Dann waren da noch einige Nachbarn, mit denen sie hin und wieder ein paar Worte wechselte und eine langjährige Freundin, die in Troisdorf wohnte. Jedoch zu ihr war der Kontakt bereits seit längerer Zeit abgebrochen. Die Aussagen der Nachbarn und der Mütter vom Kindergarten deckten sich mit der Aussage von Lars Schlierbaum.

Ronni besuchte währenddessen Erich Klein, den neuen Freund von Franziska Schlierbaum. Ein unsympathischer Kerl, berichtete Ronni später.

Er hatte eine Wohnung in einem Mehrfamilienhaus in Troisdorf-Sieglar. Als Ronni klingelte, öffnete eine schwarzhaarige Schönheit die Tür. Gekleidet war sie in einem schwarzen, seidenen Morgenmantel, der perfekt zu ihrer Haarfarbe passte.

Erich Klein folgte wenige Augenblicke später in ihrem Schlepptau. Ebenfalls in einem seidenen Morgenmantel gekleidet. Allerdings in knallrot. Die Haare hingen fettig um seinen Kopf und ein Fünftagebart „zierte" sein rot aufgedunsenes Gesicht.

Der Zugang zur Wohnung wurde dem Kommissar entschieden verwehrt. Erich Klein bestätigte lediglich dessen Frage, dass er eine Franziska Schlierbaum kenne. Mit einem tiefgründigen Blick zu der schwarzhaarigen Schönen meinte er lapidar, dass diese Franziska wohl zu viel in einige harmlose Treffen hineininterpretiert habe. Nein, eine nähere Beziehung bestehe da überhaupt nicht.

Ein Tatmotiv konnte der Kommissar bei Erich Klein nicht erkennen. Wahrscheinlich hatte er mit der schwarzhaarigen Schönheit eine neue Freundin gefunden. Vielleicht wollte er mit beiden Frauen ein „abwechslungsreiches Verhältnis“ führen. Vielleicht wollte er aber auch Franziska Schlierbaum einfach nur loswerden. Aber dafür einen so bestialischen Mord zu begehen, das konnte Ronni sich nicht vorstellen.

*

Für Lisa war das Positive der letzten beiden Tage, dass sie einigermaßen zeitig nach Hause zu ihrer Tochter kam. Auch schien es, dass ihre Eltern, in erster Linie ihre Mutter, gut mit ihr klar kamen. Natürlich versuchte Nicole in bestimmten Situationen ihren Dickkopf durchzusetzen, ihre Mutter war allerdings konsequenter, als Lisa angenommen hatte.

Lisa war glücklich, dass sie und auch ihre Tochter sich wieder gut mit ihren Eltern verstanden. Nicht nur, weil ihre Eltern ihr den Rücken für ihre berufliche Tätigkeit freihielten, sondern auch, weil sie nach ihrer Scheidung Halt und Verständnis bei ihnen gefunden hatte. Für ihre Tochter waren Oma und Opa ein Glücksfall, denn grundsätzlich mochte sie beide sehr.

Das Verhältnis zu ihren Eltern war jedoch nicht immer so gut gewesen, wie zurzeit.

Als Jugendliche hatten ihre Eltern viele Probleme mit ihr. Nicht, dass sie Schulprobleme hatte, nein, sie war eine gute Schülerin, der das Lernen leicht fiel. Wahrscheinlich viel zu leicht, denn sie verbrachte die Zeit, die andere Mitschüler zum Lernen brauchten, mit der Erforschung von Unbekanntem und Außergewöhnlichem. Immer wieder wollte sie die starren Zwänge ihrer Eltern aufbrechen und Neues kennenlernen und erleben.

So war es gar nicht verwunderlich, dass sie mit sechzehn zum ersten Mal Haschisch probierte. Es war auf einer Party ihrer besten Freundin. Sie hatte sich mehr davon versprochen und das ständige Nachfeuern, damit der Joint richtig brannte, fand sie nur ätzend. Im Gegensatz zu einigen Klassenkameraden blieb es bei diesem ersten Versuch – zumindest vorerst.

Mit siebzehn lernte sie Stefan kennen. Er war fünf Jahre älter und er faszinierte sie im höchsten Maße. Immer einen coolen Spruch auf den Lippen, lässig gekleidet und grundsätzlich gegen alles, was die „Alten" sagten oder verlangten.

Nachdem sie mit 18 das Abitur gemacht hatte – ohne Mühe mit der Note 1,8 – zog sie von zu Hause aus und in seine Wohnung ein. Obschon der Begriff Wohnung bei Weitem zu hoch angesiedelt war. Es war ein schäbiges Loch. Eine Einzimmerwohnung in einem alten Mietshaus. Nicht renoviert und die Möbel bestanden ausschließlich aus Kisten und aus selbst zusammengezimmerten „Möbeln". Lediglich das Bett hatte er von einem Freund geschenkt bekommen und es war fast neu. Hierin verbrachten sie die längste Zeit des Tages. Sie liebte ihn, oder meinte zumindest ihn zu lieben. Ob er sie auch liebte, wusste sie nicht. Obschon ihre wenigen, verbliebenen Freundinnen sagten, dass er nur ihren Körper zu seiner Befriedigung benutzte, konnte sie nicht von ihm lassen. Sie hatte keine Aussprache bei ihm und ein Gespräch über Probleme oder über die Zukunft fand nicht statt. Inzwischen war sie regelmäßige Haschischraucherin geworden. Gemeinsam rauchten sie das Gras und danach liebten sie sich und vergaßen die Welt um sich herum.

Um eine Ausbildungsstelle zu suchen, fehlte ihr die Energie. Er hielt sie beide mit Arbeitslosengeld, später Sozialhilfe und mit dubiosen Gelegenheitsjobs über Wasser. Manchmal erhielt er Geld von seinen Eltern. Dann war großer Bahnhof angesagt: Tolles Essen, neue Kleidung für sich und auch für sie und natürlich Drogen.

Grundsätzlich war sie einsam. Einsamer als bei ihren Eltern. Wenn sie allein war und Stefan seinen „Geschäften" nachging, weinte sie viel. Sie weinte wegen Stefan, der sie enttäuscht hatte, über die Welt, die so ungerecht zu ihr war und auch ein wenig über sich selbst, weil sie keine Änderung herbeiführen konnte. Sie fühlte sich wie eine Pflanze, die kein Wasser erhält, die zu vertrocknen und einzugehen droht. Sie hatte bei ihren Eltern ein streng konservatives Leben kennen gelernt – das wollte sie auf keinen Fall für sich. Aber je mehr sie nachdachte, desto mehr sehnte sie sich nach einem geregelten Leben, einer befriedigenden Aufgabe und keine Abhängigkeit mehr von Sex und Drogen.

Irgendwann brachte Stefan härtere Sachen mit nach Hause: Amphetamine und einige Male Ecstasy. Sie blieb jedoch beim Haschisch, auch wenn es ihr unendlich schwer fiel.

Stefan hatte sich inzwischen beide Arme und Schultern tätowieren lassen. Eines Abends, sie hatten nochmals beide Hasch geraucht und sich wie immer anschließend geliebt, verlangte er von ihr, dass sie sich ebenfalls ein Tattoo machen lassen sollte. Er bestand darauf, dass sie sich seinen Namen auf ihren Unterarm tätowieren lassen würde. Sie lehnte das strikt ab und es kam zu einem heftigen Streit. In dessen Folge packte sie ihre wenigen Sachen und kehrte reumütig zu ihren Eltern zurück. Wo hätte sie auch sonst hin gehen sollen?

Sie hatte längst erkannt, dass sie dieses Leben mit Stefan nicht mehr wollte und endlich war sie so weit, eine entscheidende Wende ihres Lebens herbeizuführen.

Spät, aber nicht zu spät, begann sie das Studium bei der Polizei und heiratete einen Mann, den sie heute als „überhasteten Fehlgriff" bezeichnete. Von diesem Mann trennte sie sich ohne Reue. Auf ihre Tochter aus dieser kurzen Ehe, war sie dagegen mächtig stolz. Danach hatte sie keine feste Beziehung mehr. Den einen oder anderen One-Night-Stand, auch gab es zwei Beziehungen, die einige Wochen andauerten. Aber das war‘s. Keiner der Männer erfüllte ihre Ansprüche, die, so meinte sie, nicht zu hoch waren.

Jetzt lag sie wie fast immer allein im Bett und schaute an die weiße Zimmerdecke ihres Schlafzimmers. Sie war froh, dass sie nicht in der völligen Dunkelheit des Raumes gefangen war. Das eindringende Licht der Straßenlaternen sorgte für genügend Helligkeit, damit sie ihre Einrichtungsgegenstände schemenhaft erkennen konnte. Ihre Gedanken waren weit in die Vergangenheit gedriftet. Zum ersten Mal seit ihrem Amtsantritt im KK 11 hatte sie nicht an den grässlichen Mord auf der Burg gedacht.

Morgen war Samstag, aber für sie würde das kein freier Tag sein. Solange dieser irre Mörder umherlief, würde es keinen freien Tag für sie geben. Und wieder waren ihre Gedanken bei ihrem und Ronnis Fall. Ja, Ronni – sie war froh, dass er der Kommissar war, den sie unterstützen sollte. Aber nicht nur das. Sie war auch froh, dass sie den Mann Ronni Kern kennengelernt hatte. Sie hatte ja bisher in ihrem Leben nicht die besten Erfahrungen mit Männern gemacht. Ronni schien anders zu sein, als die Männer, die sie bisher kennengelernt hatte. Sie fand, er war einfach sympathisch, nett und verlässlich. Oder war da womöglich noch mehr, das ihren Blick für die Realität trübte? Nein, eher nicht. Sie kannte den Mann doch erst seit ein paar Tagen.

Das letzte Mal, als sie zur Uhr blickte, war es 0:45 Uhr. Danach übermannte sie endlich die Müdigkeit und mit angenehmen Gedanken schlief sie ein.

Teil II

Ich kann und will sie nicht verstehen.
Betrug in aller Öffentlichkeit – ohne Moral.
Sie denkt noch nicht einmal darüber nach
– für sie ist das nur ein Spiel ohne Einsatz.
Wenn der Einsatz fehlt, ist der Verlust nicht nennenswert.

Kapitel 4

Am Morgen zogen Nebelfelder durch das Tal der Sieg. In den Wäldern rechts und links des Flusses roch es erdig und modrig nach feuchtem Laub.

Doch jetzt um die Mittagszeit schien die Sonne von einem fast wolkenlosen Himmel. Die Natur zeigte noch einmal ihr schönstes Gesicht.

Er saß auf den Resten der Jahrhunderte alten Stufen, die zum Burgfried hoch führten. Zur Sicherheit der Besucher hatte man über den Steinstufen eine Holzkonstruktion gebaut. In der jetzigen Jahreszeit war das für ihn ein warmer Sitzplatz. Wenige Meter links neben ihm erhob sich die Ruine des ehemaligen Bergfrieds. Rechts von ihm öffnete sich der Schlund eines überdachten Ganges, in dem eine steinerne Treppe auf den unteren Burghof und in das Burggewölbe führte.

Jedoch für die einst imposante Burganlage, deren frühere Größe die heutige Ruine nur noch erahnen ließ, hatte er heute keinen Blick übrig. Die Burgruine, die hoch oben auf dem Schlossberg oberhalb von Altwindeck thronte, war ihm durch seine vielen Besuche vertraut. Weswegen er immer wieder hierherkam, war die fantastische Aussicht über das Tal der Sieg. Im Herbst leuchteten die Blätter des Laubwaldes, der die Burg wie ein Gürtel umgab, in allen Farben und in kaum fassbarer Vielfalt und Schönheit.

Diese Jahreszeit zwischen Sommer und Winter weckt in vielen Menschen gemischte Gefühle. Gerade für manche ältere Menschen ist sie die melancholischste Jahreszeit.

Auch der Mann, der auf den Stufen saß, hatte diese melancholischen Gefühle. Traf die Redewendung „Herbst des Lebens“ bereits auf ihn zu? Normalerweise war das eine Metapher für Senioren, aber alt war er noch lange nicht, obschon er sich an manchen Tagen so fühlte.

Von seinem Sitzplatz verwehrten Bäume mit ihrem herbstlichen Laub den Blick ins Tal. Heute interessierte ihn die Aussicht nicht. Er hing seinen Gedanken nach. Düstere Gedanken waren es, die ihn beschäftigten.

Wenn er an sonnigen Herbsttagen hier oben an den gesicherten Aussichtspunkten stand, suchte er mit seinem Fernglas die Hausgärten im Tal nach seiner Lieblingsblume, der Chrysantheme, ab. Er erfreute sich an den gefüllten, als auch an den einfachen Blüten, an den ballenförmigen oder pomponartigen, an den weißen, gelben, roten oder rosa und violetten Farben. Vielleicht mochte er diese Blume so sehr, weil ihr das Image der Friedhofsblume anhing und sie sich dadurch von den meisten anderen Blumen unterschied.

Er war genau so skurril wie die Chrysantheme – und er wusste das. Heute hatte er sein Fernglas nicht dabei. Trotzdem sah er vor seinen Augen viele, bunte Chrysanthemen. Er fühlte sich wie eine dieser bunten Blumen – die Blumen, die er so sehr mochte.

Nein, dieser Vergleich passte überhaupt nicht. Er war bisher immer ein unscheinbares, bedauernswertes Unkraut gewesen, das auf einem kargen Felsen wuchs. Unbedeutend und zu nichts nutze. Es musste jeden Sonnenstrahl und jeden Wassertropfen auffangen, um seinen Platz in der kargen, unfreundlichen Welt zu behaupten. Doch manchmal entwickelten auch Unkräuter wunderschöne Blüten.

Jetzt war er nicht mehr unbedeutend. Seit dem Tag auf der Burg Blankenberg war er nicht mehr bedeutungslos. Das unscheinbare Unkraut war zu einer prächtigen Blume mutiert. Seine Tat stand auf der Titelseite aller Zeitungen im gesamten Rhein-Sieg-Kreis. Ob jung oder alt, ob Mann oder Frau, man sprach von ihm. Nur den Grund seiner Handlung erkannte bisher niemand. War der Hinweis, den er auf dem Zettel hinterlassen hatte, nicht deutlich genug? Wieso begriff niemand, dass er der Gerechtigkeit zum Sieg verhalf?

Sie würden ihn noch verstehen, da war er sich todsicher.

Unvermittelt stand er auf. Sein Entschluss stand fest: Er war die hohe Gerichtsbarkeit – der Blutrichter und er würde weiterhin über Leib und Leben richten.

Mit sich zufrieden verließ er das Burggelände.

Kapitel 5

Anne war völlig in die Musik und in das Ballett eingetaucht. Erst als der letzte Vorhang gefallen war, kehrte sie in die Realität zurück.

Das Ballett „Schwanensee“ und die wundervolle, einprägsame und doch schlichte Melodik von Tschaikowsky hatte sie völlig in ihren Bann gezogen.

Es dauerte lange, bis sie sich erhob und mit den anderen Zuschauern zur Garderobe gedrängt wurde. Als sie ihre neongrüne Regenjacke in Empfang nahm, erntete sie doch den ein oder anderen missbilligenden Blick. Denn für manch einen Zuschauer war das nicht die Abendgarderobe für einen Ballettabend.

„Ich glaube, nein, ich bin mir sicher, dir hat es gefallen“, sagte ihre Freundin Juliane, die neben ihr stand.

„Es war fantastisch. Danke, dass du mitgekommen bist“, entgegnete Anne und ihre Augen strahlten bei diesen Worten.

„War doch selbstverständlich. Mir hat es auch gut gefallen, auch wenn ich nicht so ein Ballettfan bin wie du.“

Anne und Juliane gingen zum Ausgang der Troisdorfer Stadthalle. Kühle Nachtluft schlug ihnen entgegen.

„Und du willst tatsächlich mit dem Fahrrad nach Hause fahren?“, fragte Juliane ungläubig.

„Geh mit mir nach Hause. Dort steigen wir in meinen Wagen ein und ich fahre dich nach Hause. Oder möchtest du bei uns schlafen? Matthias hat bestimmt nichts dagegen“, schlug sie vor.

Sie wohnte nur wenige Straßen weiter, direkt in der City.

Anne zog unmissverständlich den Reißverschluss ihrer Regenjacke zu und ihre Handschuhe an. Auf ihren Fahrradhelm hatte sie heute verzichtet – der Frisur zu Liebe. Stattdessen zog sie die Kapuze ihrer Regenjacke über den Kopf, denn ohne Kopfbedeckung würde es bestimmt zu kalt sein.

„Vielen Dank für das Angebot, Juliane. Aber ich freue mich auf die Fahrt mit dem Fahrrad und heute am Samstag ist bestimmt nicht viel Verkehr. Ich möchte noch eine Weile allein sein, bevor ich zu Hause ankomme und Robert mich mit Fragen und Infos vom Tag überschüttet. Von Ballett hat er einfach keine Ahnung und keinen Bezug dazu.“

Beide Frauen lachten, denn ihre Freunde hatten beide kein Faible für Ballett, Oper oder klassische Musik. Daher hatten sie die Männer zu Hause gelassen und sich allein einen schönen Samstagabend gemacht. Annes Freund war beruflich mit dem Wagen unterwegs und noch nicht zu Hause, als sie nach Troisdorf aufbrach. Sie teilten sich das Auto, aus Kostengründen. Daher hatte sie ihr Fahrrad genommen. Sie fuhr leidenschaftlich gerne Fahrrad und von St. Augustin-Mülldorf bis Troisdorf war für sie keine Entfernung.

„Okay, aber bleib‘ auf der Hauptstraße und fahr‘ nicht an der Sieg entlang, dort ist es stockfinster“, mahnte Juliane ihre Freundin.

Sie hatte kein gutes Gefühl, dass Anne alleine zu so später Stunde mit dem Fahrrad nach Hause fuhr. Aber sie kannte ihre Freundin lange genug, um zu wissen, dass sie nur schwer umzustimmen war, wenn sie sich etwas in den Kopf gesetzt hatte.

Juliane blieb so lange bei ihr stehen, bis sie das Schloss am Fahrrad aufgeschlossen hatte. Zum Abschied umarmten und küssten sie sich. Juliane schaute ihr nach, bis sie in Richtung Bahnhof aus ihrem Blickfeld verschwand.

*

In Annes Kopf spielte noch immer Tschaikowskys Musik. Der Autolärm und das Warten vor roten Ampeln störten diesen Genuss erheblich. Als sie über der Mendener Brücke die Sieg überquerte, war es daher nicht verwunderlich, dass sie gewohnheitsmäßig die Straße verließ und in den Weg hinab zur Siegaue einbog.

Wegen der Dunkelheit drosselte sie ihr Tempo auf dem abschüssigen Weg. Vorsichtiger als bei Tageslicht bog sie in die anschließende Rechtskurve ein.

Hier war sie allein und Stille umgab sie. Nur aus der Ferne hörte sie hin und wieder Geräusche. Der Radweg war nebelfrei, lediglich über dem Wasser der Sieg lag ein leichter Nebelschleier.

Ich kenne den Weg wie meine Westentasche, zudem habe ich eine leistungsstarke Lampe am Rad, rechtfertigte sie ihre Entscheidung. Die Mahnung ihrer Freundin hatte sie zwar nicht vergessen, wischte sie aber beiseite. Sie befand sich kurz vor der Brücke der Bundesstraße 56, die sich hier über die Sieg spannte.

Plötzlich, wie aus dem Nichts, blendete sie der Schein einer starken Lampe. Reflexartig zog sie Vorder- und Hinterradbremse gleichzeitig an. Fast wäre sie über den Lenker gestürzt. Als ihre Füße auf dem sicheren Boden landeten, hob sie beide Hände vor die Augen, um sich vor dem grellen Schein zu schützen. Hätte ich doch nur den Helm angezogen – scheiß' auf die Frisur, dachte sie noch, als grelle Blitze durch ihren Kopf zuckten. Der Schmerz folgte kurz hinterher. Sie hielt immer noch die Hände vors Gesicht und hatte keine Ahnung, woher die grellen Blitze kamen – doch dann verstand sie. Etwas war auf ihrem Kopf explodiert und hatte ihr dabei die Kapuze vom Kopf gerissen.

Ihre Gedanken verflüchtigten sich. Sie wollte etwas sagen – schreien. Aber kein Laut kam über ihre Lippen, als gehöre Gehirn und Mund zwei verschiedenen Körpern. Die Blitze in ihrem Kopf mehrten sich – die Schmerzen nahmen zu. Dass sie das Gleichgewicht verlor und mit dem Fahrrad zu Boden fiel, registrierte sie nicht mehr. Ihr kam es vor, als hätte sie Kopfhörer auf den Ohren, nur hörte sie keine Musik. Sie hörte rein gar nichts mehr. Vollkommene Stille umgab sie. Ihre letzte Wahrnehmung war ein seltsamer Geschmack im Mund. War das Erde, Blut oder nasses Gras? Sie hatte keine Ahnung. Dann war es vorbei – es wurde schwarz um sie herum.

Starke Arme zerrten Anne zu einem Auto, das mit aufgeblendeten Scheinwerfern unterhalb der Brücke abgestellt war. Der Kofferraum wurde geöffnete und unsanft wurde ihr Oberkörper hineingelegt. Ihre Beine mussten eingeknickt werden, damit der Kofferraumdeckel wieder geschlossen werde konnte.

Ohne Eile setzte sich ein Mann hinter das Steuer. Sein Gesichtsausdruck zeugte davon, dass er mit sich zufrieden war.

Langsam fuhr er zurück zur Straße und verschwand ungesehen mit seiner Fracht in Richtung Autobahn 560.

*

Als sie die Augen öffnete, wusste sie nicht, ob sie geschlafen hatte oder ob sie noch immer schlief. Um sie herum war es stockfinster. Die letzten Bilder, an die sie sich langsam erinnern konnte, waren eine Straße, eine Laterne, eine Brücke, ein Fluss, die Sieg. Oder hatte sie diese Bilder alle geträumt?

Wieso war alles dunkel um sie herum? War es doch ein Traum?

Sie versuchte, ihren Körper zu drehen – sich aufzurichten. Vergeblich. Weder ihre Arme, noch ihre Beine konnte sie bewegen. In ihren Händen spürte sie ein Kribbeln, wie von Tausend Nadelstichen.

Sie wollte ihren Mund öffnen, um die Luft in tiefen Zügen einzuatmen. Ebenso vergeblich. Ihr Mund ließ sich nicht öffnen. Der Versuch, mit der Zungenspitze die Lippen auseinander zu drücken, scheiterte genauso.

Inzwischen war ihr drastisch klar, dass sie nicht in einem Traum gefangen war, sondern, dass das hier alles real war. Sie war gefesselt und ihr Mund war zugeklebt. Panik breitete sich in ihr aus.

Und dann diese Kopfschmerzen! Sie erinnerte sich, dass etwas in ihrem Kopf explodiert war. Danach umgab sie eine tiefe Dunkelheit. Ihr Kopf brummte – nein, das war nicht ihr Kopf. Irgendetwas um sie herum brummte – ein Motor? Ein Automotor? Befand sie sich in einem Auto? Sie strengte ihre Augen an, um die Dunkelheit zu durchdringen. Hin und wieder drang rotes Licht bis an ihre Augen. Befand sie sich womöglich im Kofferraum eines Autos? Sie hatte so etwas schon mal in Kriminalfilmen gesehen. Aber sie in einem Kofferraum? Nein, das konnte nicht sein – und was war, wenn doch?

Ihre Panik nahm zu. Sie begann schneller zu atmen. Sie hatte das Gefühl, keine Luft mehr zu bekommen, nicht mehr atmen zu können. Ihr Brustkorb schien sich nicht mehr genügend dehnen zu können, um die Luft in ihre Lungen zu pressen. Ihre Atmung ging immer schneller, stoßweise. Das Kribbeln in ihren Händen hatte aufgehört, dafür krampften sich die Finger zusammen, bis sie ihre Hände nicht mehr bewegen konnte.

Sie hyperventilierte vollständig und verlor erneut das Bewusstsein.

Plötzlich drang Licht in ihre Augen. Sie befand sich wie in einem Dämmerzustand. Der Strahl der Taschenlampe blendete sie. Ihre Augen schmerzten. Starke Hände griffen nach ihr und zerrten sie hoch. Sie vernahm das Ächzen eines Mannes, der sie wie einen Sack Kartoffel über seine Schulter warf.

Sie stöhnte vor Schmerzen. Ängstlich öffnete sie ihre Augenlider – einige Meter entfernt stand ein Auto mit geöffnetem Kofferraum. Tatsächlich, sie musste wohl im Kofferraum dieses Wagens gelegen haben.

Der Mann entfernte sich mit ihr immer weiter von dem Auto, bis er sie plötzlich ohne Vorwarnung von seiner Schulter auf die Erde warf. Ihr Rücken prallte mit voller Wucht gegen einen Baum.

Unsanft wurde ihr Körper hochgezerrt und der Mann band sie fest an diesen Baum an. Außer ihren Kopf konnte sie kein Glied ihres Körpers bewegen.

Jetzt schien der Mann sich einige Meter von ihr zu entfernen. Sie konnte ihn nicht mehr sehen. In der Dunkelheit der Nacht flackerte hin und wieder der Schein einer Taschenlampe auf. Sie meinte zu erkennen, dass er etwas auf einem Gestell befestigte. Mit einem Mal vernahm Sie, wie der Mann undefinierbare Laute ausstieß. Es hörte sich wie Beschimpfungen an. Worte konnte sie nicht verstehen.

Die Angst schien ihre Gehörgänge zu blockieren. Für wen waren diese Beschimpfungen gedacht? Vielleicht für sie? Mit Sicherheit, denn eine weitere Person hatte sie bisher nicht ausmachen können.

Plötzlich traf sie etwas am Kopf. Ein weiches Etwas. Da nochmals. Etwas fiel vor ihre Füße. In der Dunkelheit konnte sie jedoch nicht erkennen, was es war. Dann Treffer am Körper. Die Gegenstände, die sie in unregelmäßigen Abständen trafen, wurden härter.

Dann nichts mehr. Es herrschte Ruhe – fürchterliche Ruhe. Sie empfand die Ruhe schlimmer, als die Treffer an Kopf und Körper. Was passierte hier mit ihr?

Plötzlich riss ein Schmerz sie aus ihren Gedanken. Ihr Kopf schien zu bersten. Dann spürte sie nichts mehr.

Für Anne war es zum zweiten Mal in dieser Nacht vorbei!

Doch jetzt endgültig.

Kapitel 6

Es war sehr früh am Morgen. Draußen war es noch dunkel. Ronni stand vor der geöffneten Kleiderschranktür. Ziehe ich heute ein schickes Hemd an oder reicht ein T-Shirt?, überlegte er. Es war zwar Sonntag, aber er musste und er wollte ins Büro. Solange dieser Mörder frei herumlief, gab es für ihn keinen freien Tag.

Isabelle lag noch im Bett und begutachtete den Rücken ihres Freundes, der nur mit einer schwarzen Retro-Shorts bekleidet war. Ihr Urteil schien gut auszufallen, denn sie schmunzelte anerkennend.

„Hat mir gefallen – gestern Abend mit dir“, sagte sie.

„Du warst auch ganz gut und sehr kreativ.“

Ronni drehte sich kurz um und lächelte seine Freundin zustimmend an, um sich dann wieder der kleidungstechnischen Frage zu widmen.

„Liegt sicher daran, weil du dir tagsüber Appetit im Büro holst. Hauptsache du kommst zum Essen zu mir nach Hause.“

Isabelle lächelte, konnte ihre Eifersucht aber nicht ganz verbergen.

„Wie meinst du das?“, fragte Ronni, der hellhörig geworden war.

„Na ja, die Neue ist eine attraktive Frau. Ein leuchtender Stern in eurer Männerwelt auf dem Kommissariat.“

„Vernehme ich da eine gewisse Eifersucht aus dem Mund meiner hübschen Freundin?“

Ronni sprang aufs Bett und nahm Isabelle in den Arm, wobei er ihr einen dicken Schmatzer auf den Mund drückte.

„I-wo, wie kommst du …“

„Denk‘ daran, ich bin Kommissar. Mir bleibt nichts verborgen.“

Ronni erhob sich und zog sich spontan ein einfaches T-Shirt über. Er wollte sich nicht herausputzen und damit noch mehr Öl ins Feuer gießen.

„Ich hole frische Brötchen, dann können wir zusammen frühstücken, oder möchtest du lieber noch etwas im Bett bleiben?“

„Ich würde lieber noch etwas im Bett bleiben – aber mit dir zusammen“, dabei wand sich Isabelle verführerisch in den Laken.

Unerwartet und zum völlig falschen Zeitpunkt ertönte der grässliche Klang von Ronnis Handy. Widerwillig nahm er das Gerät vom Nachttisch und meldete sich.

„Hier ist Lisa. Er hat wieder zugeschlagen“, vernahm er Lisas krampfhaft gesenkte Stimme.

„Nein!“, entfuhr es Ronni lediglich.

„Auch bei den wenigen Details, die mir die Kollegen vom Tatort mitgeteilt haben, besteht für mich kein Zweifel. Wir treffen uns auf der Burg Windeck.“

„Burg Windeck? Wo ist die denn?“

„Irgendwo an der Sieg. Schalte halt dein Navi ein“, erklärte Lisa noch immer mit ruhiger Stimme.

„Schon wieder an der Sieg. Was ist denn bloß los in dieser Gegend? Ich bin schon unterwegs.“

Ronni warf Isabelle einen traurigen Blick zu und zog sich fertig an.

„Schade, ich werde gebraucht. Das Frühstück fällt für mich aus. Ich hätte gerne aus einem anderen Grund auf das Frühstück verzichtet. Der Verrückte, du weißt schon, hat wieder zugeschlagen."

Er zog seinen Schulterhalfter an, steckte sein Handy ein und warf sich ein Sakko über die Schulter.

„Ich bin dann mal weg", dabei beugte er sich zu Isabelle und gab ihr zum Abschied einen Kuss.

„Bis später", sagte seine Freundin, die wie immer Verständnis für seinen Job hatte, auch wenn es manchmal recht schwierig war.

*

Das Navi leitete Ronni von Bonn zur A 560, die bei Hennef endete und in die B 8, die Westerwaldstraße, überging. Bei Buchholz folgte ein kurzer Schlenker durch Rheinland-Pfalz.

Hier setzte ein sintflutartiger Regenschauer ein, der auch anhielt, als er wieder auf nordrheinwestfälischen Straßen in Richtung Sieg fuhr. Zum Glück war so früh am Sonntagmorgen kaum nennenswerter Verkehr auf den Straßen. Durch den Regen war die Sicht sehr eingeschränkt, so dass Ronni nichts von der schönen Landschaft der oberen Sieg mitbekam.

So plötzlich, wie der Regen eingesetzt hatte, schlossen sich im Siegtal bei Windeck die Himmelsschleusen wieder.

Inzwischen war zwar die Nacht dem Tag gewichen, aber dunkle, tiefhängende Wolken verhinderten, dass es richtig hell wurde.

Ronni fuhr durch Alt-Windeck den Berg hoch bis zum Parkplatz unterhalb der Burg. Der kleine Platz war vollgeparkt mit Wagen der Kollegen. Weiter konnte er nicht fahren. Eine

Eisengittertür versperrte die Zufahrt zur Burg. Die letzten zweihundert Meter würde er zu Fuß gehen müssen.

Hier oben auf dem Berg wehte ein heftiger Wind. Ronni ging zum Kofferraum seines Wagens, wo er seine Regenjacke vermutete. Fehlanzeige. Hoffentlich setzt in der nächsten Stunde der Regen nicht wieder ein, dann habe ich ein Problem, dachte er.

Als er das Eisentor passiert hatte, sah er, dass bereits alle da waren: die Kollegen der Spurensicherung, der Fotograf und mehrere Streifenpolizisten, die den Tatort direkt hinter dem Tor weiträumig mit rot-weißem Flatterband abgesperrt hatten. Ronni zeigte den beiden Polizisten, die die Absperrung bewachten, seinen Dienstausweis und ging wortlos an ihnen vorbei weiter bergan. Ihren freundlichen Gruß nahm er nicht wahr. Zu sehr war er bereits auf das fokussiert, was ihn erwarten würde.

Im steilen Aufgang zur Burg befand sich rechter Hand eine waagerecht angelegte, fast kreisrunde Wiese. Am hinteren Rand der Grasfläche stand eine große Eiche. Das eigentliche Burggelände befand sich weiter oberhalb.

Unter der Krone des Baumes hatten die Techniker einen Faltpavillon und mehrere Schirme aufgebaut. Die Szenerie glich der auf der Burg Blankenberg: großer Platz mit dem Tatort unter einem mächtigen Baum, wo zahlreiche Techniker schweigend ihre Arbeit verrichteten. Ronni ging direkt auf den Pavillon zu.

„Bringen Sie uns eine Thermoskanne mit Kaffee?“, fragte eine ihm inzwischen wohlbekannte Frauenstimme in seinem Rücken.

„Leider nein. Hallo Lisa, bist du schon lange hier?“

Lisa trug eine dieser gelben Regenjacken. Früher nannte man sie „Ostfriesennerz“ und sie waren damals aus einfachem

Material. Heute war das Material wahrscheinlich atmungsaktiv, wasserdicht mit einem hohen Tragekomfort. Ihre Haare hingen nass wie Fäden um ihren Kopf.

„Gerade solange, dass ich noch einen Rest des Wasserfalls mitbekommen habe, wie du siehst", dabei hob sie mit den Fingern ihre zerzauste Frisur in die Höhe.

„Komm mit, das musst du dir ansehen. Fast eine Kopie der Tat auf der Burg Blankenberg."

Ronni folgte Lisa zu dem Pavillon, der unter dem Baum aufgebaut war und dessen Dachbespannung bis an den Baumstamm reichte.

Was er dort sah, krampfte ihm schmerzhaft den Magen zusammen. Er bemerkte, wie sein Körper unter Spannung stand und sein Puls schneller pochte. Im Gegensatz dazu hörte er im gleichmäßigen, langsamen Rhythmus Wassertropfen aus der Baumkrone auf die Bespannung des Pavillons fallen. Ansonsten war kein Laut zu vernehmen.

Lisa und er waren allein. Die Techniker schienen ihre Arbeit hier beendet zu haben. Wie gebannt hing sein Blick an der Frau, die am Baumstamm angebunden war. Ihr Kopf hing vornüber und getrocknetes Blut bedeckte ihre Haare, Hals und Schultern. Das Blut schien aus einer großen Kopfwunde zu stammen. Das Gesicht der Frau konnte Ronni nicht sehen. Die Hände der Frau waren mit einer Kette nach hinten um den Baumstamm gebunden. Die Kette war mehrmals um den Stamm gewickelt und fesselte ihre Beine gleichfalls am Stamm.

Die Frau trug eine neongrüne Regenjacke, so wie sie Jogger oder Radfahrer trugen, eine schwarze Stoffhose und schwarze Lackschuhe. Hose und Schuhe schienen irgendwie nicht zur sportlichen Regenjacke zu passen.

Ronni riss sich vom Anblick der Frau los und ließ seinen Blick über den Boden vor und neben der Frau gleiten. Was er dort sah, war nicht neu für ihn: Verfaulte Äpfel, Birnen, Salatköpfe und Tomaten.

Neben dem Baum stand eine kleine Umhängetasche – wahrscheinlich die Tasche des Opfers.

„Übrigens, Susanne Ohlrogge steht dort drüben“, unterbrach Lisa seine Betrachtungen.

Sie zeigte mit der Hand zu einer Gruppe in weißen Overalls gekleideten Technikern.

„Später“, war Ronnis wortkarge Reaktion.

Er fror und zog seinen Sakko enger um seinen Körper. Die Arme verschränkte er vor der Brust. Er runzelte die Stirn.

„Wer ist die Tote?“, wollte er wissen.

„In ihrer Geldbörse haben wir ihren Ausweis gefunden. Anne Hafner, achtundzwanzig Jahre, wohnhaft in St. Augustin-Mülldorf.“

„Was will sie denn bei diesem Wetter in Windeck?“, überlegte Ronni lauter als er wollte.

„Das wissen wir auch nicht. Wir haben Reifenspuren gefunden. Vielleicht wurde sie mit einem Auto hierher gebracht.“

„Habt ihr sonst noch etwas gefunden?“, fragte Ronni.

„Ja. Du wirst nicht glauben was die Tote im Mund hatte.“

Er sah Lisa eindringlich an, ohne seine Vermutung preiszugeben.

„Einen Knebel. Dieses Mal einen gewöhnlichen Knebel aus Stoff, vermutlich ein Fetzen eines Geschirrhandtuches. Zur Befestigung hatte er ihr normales Klebeband über den Mund geklebt.“

„Sonst noch etwas?“, fragte Ronni jetzt neugierig, denn er ahnte, dass das noch nicht alles war, was Lisa ihm sagen wollte.

„Ja, noch etwas. Im Mund der Frau befand sich ein Zettel ...“

„Lass mich raten: mit einem coolen Spruch“, unterbrach sie Ronni.

„Genau!“

Auch Lisa verstand es, die Spannung, ähnlich wie Susanne, in die Länge zu ziehen.

„Nun sag schon. Du kennst den Spruch bestimmt auswendig.“

Lisa holte tief Luft, als ob sie sich auf einen längeren Vortrag vorbereiten müsste:

„Gutes wird mit Gutem,
Böses mit Bösem vergolten.“

Teil III

Er weist mir die Richtung –
und ich gehorche bedingungslos.
Seine Ansicht ist moralisch und richtig.
Wenn ich ihm folge,
kann mein Weg nur recht und richtig sein.

Kapitel 7

Es war eine ungemütliche Novembernacht. Der Regen hämmerte monoton auf das Autodach. Über die Windschutzscheibe lief das Wasser in Bächen herab. Die Seitenscheiben waren mit Tropfen übersät und alle Scheiben von innen beschlagen. Auch wenn er mit der Hand über die Scheibe wischte, konnte er draußen nichts erkennen. Wie sollte er auch? Es war total dunkle Nacht. Er hatte seinen Sitz in die Liegeposition gedreht. An Schlaf war dennoch nicht zu denken. Aus seiner Hosentasche zog er eine zerknitterte Zigarettenpackung und ein Feuerzeug heraus. Er nahm eine der bereits gebogenen Zigaretten, strich sie gerade und zündete sie an. Er rauchte nur selten – und jetzt war einer dieser seltenen Momente, in denen er durch das inhalierte Nikotin Entspannung suchte. Bei jedem Zug atmete er den Rauch tief ein, als wolle er jeden Rest frischer Luft aus seinen Lungen verbannen. Hin und wieder hustete er. Er öffnete einen Spalt breit das Seitenfenster, damit der Rauch abziehen konnte. Als er die Zigarette zu Ende geraucht hatte, öffnete er das Seitenfenster und warf den Zigarettenstummel in den Regen hinaus. Dann schloss er die Augen. Nach kurzer Zeit liefen vor seinem inneren Auge Bilder seiner Kindheit wie ein Film ab. Zum hundertsten oder gar tausendsten Mal. Immer die gleichen Bilder:

Er ging mit seinem Vater durch die engen Gassen der Stolberger Altstadt. Es war ein schöner Frühlingssonntag. Die Luft war klar und frisch. Aus den Häusern drang der Geruch nach Sonntagsbraten auf die Straße, den die Frauen vorbereiteten. Das Sonnenlicht drang nur in den frühen Morgenstunden für kurze Zeit bis auf den schmalen Bürgersteig zwischen den alten Häusern. Jetzt war es hier schattig und kühl. Victor fror in seiner kurzen Sommerhose.

Er war vielleicht acht oder neun Jahre alt. Sein Vater hatte ihn an die Hand genommen. Victor mochte das auch noch in seinem Alter, wenn die große, warme Hand des Vaters seine kleine Hand umspannte. Er fühlte sich so seinem Vater sehr nahe und er glaubte, auch sein Vater mochte diese kleine Geste der Vertrautheit. In den Arm nahm ihn sein Vater äußerst selten, das hätte seinem Erscheinungsbild des strengen Familienoberhauptes widersprochen. Für diese Art der Zuneigung waren die Mutter und die anderen Frauen in der Familie zuständig.

Sie bogen in den Aufgang zur Burg ein. Kurze gepflasterte Wegstücke wechselten immer wieder mit Treppen ab. In einem Haus, an dem sie vorüber gingen, bellte ein Hund und eine schwarze Katze mit weißen Pfötchen stürmte aus dem Hauseingang und jagte über den Weg. Sein Vater ging seinen gewohnten, schnellen Schritt und Victor musste sich anstrengen, ihm zu folgen. Als sie endlich den unteren Burghof erreichten, blieb Victor keuchend stehen. Sein Vater gönnte ihm ausnahmsweise eine kurze Pause, ehe er den Burghof überquerte und den Weg über die Treppe zum oberen Burghof einschlug. Hier setzten sie sich auf die Bruchsteinmauer, die den Burghof umgab und genossen den berauschenden Ausblick über ihre Heimatstadt. Sein Vater nahm ein Bonbon aus der Hosentasche und reichte es ihm. Victor entfernte das Papier und steckte es in den Mund, wobei er hinauf zum

Bergfried blickte, wo mehrere Turmfalken ihre Kreise zogen. Die Schießscharten unter dem Dach wurden gerne von ihnen als Nistplätze genutzt.

Es war eine mächtige Burg mit einem riesigen Bergfried, einer Vorhalle mit anschließendem Palas sowie zwei Nebentürmen, Kemenate, Flankierungsturm und oberem Torbau. Die Anlage umspannte eine Ringmauer, auf der Vater und Sohn sich niedergelassen hatten.

Victor kam oft mit seinem Vater hier hin und war immer wieder begeistert. Das war auch nicht verwunderlich, denn die im 18. und 19. Jahrhundert zur Ruine verfallene Burg wurde in den Jahren nach 1888 durch den ansässigen Fabrikant Moritz Kraus wieder zu einem echten Schmuckstück aufgebaut, das er danach der Stadt schenkte.

Eine Frau ging in einiger Entfernung an Vater und Sohn vorüber.

„Sieh mal Papa, die Frau dort drüben sieht fast so aus wie Mama“, sagte Victor und verfolgte die Frau, bis diese hinter der Kemenate aus seinem Blick entschwand.

„Unsinn“, erwiderte sein Vater barsch.

„Was sollte deine Mutter denn hier in Stolberg?“

Victors Vater hatte sich von seiner Mutter vor inzwischen fast zwei Jahren getrennt. Nein, so konnte man es nicht sagen. Er hatte sie eines Abends im wahrsten Sinne des Wortes vor die Türe gesetzt. Lange hatte er es ertragen, dass seine Frau ihn immer wieder mit anderen Männern betrog und an diesem Abend brachen alle Dämme. Für die erste Zeit nach dem Rauswurf nahm die Schwester von Victors Mutter sie und den kleinen Victor auf. Überraschend schnell fanden sie im Nachbarort eine Wohnung. Sein Vater wohnte weiterhin in der bisherigen Wohnung. Inzwischen war die Ehe geschieden und Victor durfte jedes zweite Wochenende zu seinem Vater, den er verehrte und liebte.

Victor rutschte auf der Mauer aufgeregt hin und her.

„Wieso wohnst du eigentlich nicht mehr bei uns?“

Diese Frage hatte er seinem Vater noch nie gestellt, obschon er bereits mehrmals einen Versuch gestartet hatte, aber es nie zu Ende gebracht hatte.

Sein Vater dreht sich zu ihm hin und sah ihn lange an. Die ärmellose Lederweste, die seinen Bauch und Brustkorb wie eine zweite Haut umspannte, hob und senkte sich durch die tiefen Atemzüge. Bevor er seine sonore Stimme zu einer Antwort anhob, nahm er die Schirmmütze von seinem kahlen Schädel und kratzte ausgiebig seine Kopfhaut. Dann setzte er bedächtig seine Mütze wieder auf und ergriff Victors Hände. Er begann so sanft zu sprechen, dass Victor fast erschrak:

„Ach, mein Sohn, schau dir die Burg an. Damals im Mittelalter, so nennt man die Zeit vor einigen hundert Jahren, lebten hier Edelherren und Herzöge. Diese Herren hatten auch Frauen, schöne Frauen. Eine schöner als die andere. Manch eine dieser Frauen, wäre gerne weggelaufen, weggelaufen zu irgendeinem anderen Mann, weil sie etwas erleben wollte, oder weil ihr Mann ihr nicht mehr das bot oder bieten konnte, was sie sich wünschte. Aber die Frauen durften das nicht. Damals gab es noch Recht und Ordnung. Die Frauen mussten zu ihren Männern stehen. So wie sie es am Traualtar versprochen hatten: In guten, wie in schlechten Zeiten. Die Frauen mussten sich zur damaligen Zeit aller Ausschweifung und Zügellosigkeit enthalten und sich bescheiden und sittsam verhalten. Andernfalls stand dem Mann das Recht zu, seine Frau dem Gespött der gesamten Stadt auszusetzen oder sie sogar im ganz schlimmen Fall zu töten. Heute ist das leider anders. Manche Frauen werfen sich jedem Mann an den Hals und der eigene Mann zu Hause kann nichts dagegen tun. So war das auch bei deiner Mutter. Sie hat mich immer und immer wieder mit anderen Männern betrogen. Das hat mich sehr verletzt", dabei legte er seine flache Hand auf die Stelle seiner Brust, wo sich sein Herz befand.

„Daher wohne ich jetzt nicht mehr bei ihr, sondern allein und bin glücklich, wenn du mich besuchst. Hast du das verstanden?"

Victor schaute während des gesamten Vortrags seinen Vater unentwegt an. Nicht einmal wandte er seinen Blick von dessen Gesicht. Auch nicht, als sich am Ende Tränen in seinen Augen bildeten. Tapfer versuchte er, die Tränen zu unterdrücken, was ihm auch halbwegs gelang. Er hatte nicht alles verstanden. Eins hatte er verstanden, dass Frauen, schlecht und gemein waren, wenn sie nicht bei ihrem Mann blieben.

„Hier nimm", sagte sein Vater und reichte ihm ein frisches Stofftaschentuch.

Victor wischte sich die Tränen aus den Augen.

„Ja. Papa. Das habe ich verstanden", sagte er verlegen.

Auf dem Rückweg gingen Vater und Sohn schweigsam nebeneinander – Hand in Hand. Jeder hing seinen Gedanken nach.

Im Nachhinein bereute Victor es, dass er diese entscheidende Frage gestellt hatte. Was sein Vater ihm gesagt hatte, hatte er eigentlich nicht wissen wollen. Jetzt gab es kein Zurück mehr und das Gespräch würde ihn sein Leben lang begleiten, ob er es wollte oder nicht.

Jetzt saß er in seinem Auto und die Erinnerungen kamen wieder einmal über ihn wie ein Albtraum. Manchmal war er sich nicht ganz sicher, ob er sich an alles richtig erinnerte, oder ob die Zeit die Bilder der Vergangenheit seinem Leben und seinem Tun angepasst hatte. Aber die damaligen Worte seines Vaters klangen in seiner Erinnerung echt, in keinem Fall so, als hätte er sie selbst erfunden oder für sich zurechtgebogen. Auch an die Lederweste oder an die Schirmmütze konnte er sich erinnern, als wäre es gestern gewesen. Es war nicht so, als wäre das Bild seines Vaters im Laufe der Zeit verblasst und seine Fantasie hätte einiges hinzugefügt. Vor allem jedoch das Gefühl von damals, als sein Vater seine Hände nahm und sanft zu ihm sprach, verspürte er immer wieder, wenn er sich erinnerte.

Jedes Mal, wenn ihn diese Erinnerungen quälten, kam der Hass gegen Frauen in ihm hoch. Insbesondere gegen jene, die die Männer, wie damals seinen Vater, betrogen hatten und leiden ließen und deren Männer das hilflos ertragen mussten. Huren waren es in seinen Augen. Frauen, die zu keinerlei Gefühlen fähig waren, die den Mann lediglich als zahlendes Objekt ansahen, der nur zu ihrer Befriedigung diente.

Zum Glück war er in der Lage, etwas dagegen zu unternehmen.

Schlafen, schlafen, dachte er. Ich muss schlafen. Morgen gibt es noch sehr viel zu tun für mich. Irgendwann war die Erschöpfung stärker als die Erinnerungen und er schlief ein.

*

Victor wachte auf. Er fror und sein Nacken schmerzte. Er lag auf dem Sitz hinter dem Lenkrad seines Wagens, den Kopf gegen die Nackenstütze gelehnt. Noch immer war es dunkel, zumindest hier unter den Bäumen, obschon er meinte, zwischen den blätterlosen Ästen in der Ferne das Licht des aufgehenden Tages wahrzunehmen.

Es regnete nicht mehr, aber dicke Tropfen fielen von den Ästen der Bäume, die seinen Parkplatz umgaben, auf das Wagendach.

Er wusste im Augenblick nicht mehr, wo er sich befand. Schemenhaft konnte er sich daran erinnern, dass er fast am Steuer eingeschlafen war. Planlos war er durch das Siegtal bis nach Troisdorf gefahren. Zu aufgewühlt war er nach den Ereignissen auf der Burg Windeck gewesen. Das endlos scheinende Warten an der Sieg, bis diese Anne endlich kam und dann die lange Fahrt von Troisdorf nach Windeck, hatten ihn mehr angestrengt, als er erwartet hatte.

Zuerst wollte er vor der Burg Wissem parken und dort eine Pause einlegen, da Burgen immer einen enormen Reiz auf ihn ausübten, zumal es sich bei der Burg Wissem nicht um eine Burgruine wie Blankenberg oder Windeck handelte. Die gut restaurierte Wasserburg mit ihrem Burghof und der Remise hatte einen gewissen Charme und ließ erahnen, wie die Reichen in früheren Zeiten gelebt und gewohnt hatten. Er konnte sich genau vorstellen, wie er Herr dieser Burg und Herrscher über die Menschen damals hätte sein können. Streng aber gerecht.

Letztendlich verwarf er sein Vorhaben und fuhr weiter. Als er in die Straße, die aus der Stadt hinaus nach Altenrath führte, einbog, entschied er, auf dem Parkplatz hinter den letzten Häusern eine kurze Rast einzulegen. Das war nach zwei Uhr in der Nacht gewesen – soweit er sich richtig erinnerte.

Viktor massierte sich seinen Nacken. Dabei dachte er an den gestrigen Abend. Die Anprangerung hatte ihm dieses Mal viel mehr Freude und Befriedigung bereitet, als beim ersten Mal auf der Burg Blankenberg.

Immer wieder hatte er sich die Videoaufnahme von Franziska Schlierbaum auf der Burg Blankenberg angesehen. Für seine DSLR Kamera hatte er sich ein lichtstarkes Objektiv mit einer großen Blende von 1.2 zugelegt. Trotzdem waren die Aufnahmen weit hinter seinen Erwartungen geblieben.

An einem Abend, als er sich wieder einmal den Film ansah, fragte er sich zum ersten Mal, warum er kein Mitleid für diese Frau empfand. Er verspürte nur Freude und Befriedigung – nein, für Mitleid war da kein Platz. Schließlich hatte diese Frau es mehr als verdient, dass endlich jemand ihr zeigte, dass eine Frau so nicht leben durfte.

Genauso verhielt es sich mit dieser Anne. Er hatte schließlich mit eigenen Augen gesehen, wie sie die Männer gegeneinander ausgespielt hatte. Mit dem einen küsste sie sich in Windeck auf offener Straße, während der neue Freund bereits bei ihr zu Hause auf sie wartete. Ja, sie war nicht verheiratet – aber trotzdem, so erniedrigt man einen Mann nicht. Wäre das ihr einziges Vergehen gewesen, hätte er womöglich noch von einer Strafe abgesehen, aber so war es ja immer bei ihr – sie war halt durch und durch unehrenhaft und schlecht.

Mit den Vorbereitungen hatte er sich auf Burg Windeck mehr Mühe gegeben. Auch war das Wetter klarer gewesen, was für die Videoaufnahme ein großer Vorteil war. Er hoffte inständig, dass dieser Film um einiges besser geworden war. Er freute sich darauf, wenn er sich endlich die Bilder auf seinem 40 Zoll großen Fernsehbildschirm würde ansehen können.

Er schaute auf die Uhr. 7:15 Uhr. Bald würde es hell werden, überlegte er und rieb sich die Augen. Er registrierte, dass er schlecht roch. Ein muffiger Gestank nach Schweiß und schmutziger Kleidung. Diese hatte er seit zwei Tagen nicht mehr gewechselt. Der gestrige Abend war körperlich anstrengend gewesen und er hatte stark geschwitzt und wurde später vom Regen durchnässt. Kein Wunder, dass er stank. Es war unbedingt Zeit zu duschen und anschließend etwas zu essen.

Danach würde er den heutigen Tag in Angriff nehmen.

Schade, dass heute Sonntag war und keine regionale Tageszeitung erschien. Dafür würde er sich morgen alle Tageszeitungen kaufen. Mit Sicherheit würde seine Tat in großen Lettern auf der ersten Seite stehen. Davon war er überzeugt. Schade nur, dass sein Name nicht dabei stehen konnte.

Wahrscheinlich hatten die Kommissarin und der Kommissar auch noch nicht sein Motiv erkannt. Wie sollten sie auch, waren sie doch viel zu sehr mit sich selbst beschäftigt. Aber das würde sich ändern. Daran musste er arbeiten.

Er hatte noch viel vor und demzufolge ein umfangreiches Programm.

Kapital 8

Lisa war bereits sehr früh auf den Beinen. Bevor sie ins Präsidium fuhr, wollte sie Juliane Schäfer, die Freundin von Anne Hafner, aufsuchen. Sie wohnte ebenfalls am Rand der Troisdorfer City, nicht weit von Lisas Wohnung entfernt und sie wollte sie sprechen, bevor sie womöglich zur Arbeit unterwegs war. Ronni würde sie danach über das Ergebnis informieren.

*

Gestern hatten Lisa und Ronni Robert Esser, dem Freund von Anne Hafner, die Todesnachricht übermittelt. Lisa hatte vorher lange mit Ronni über diese Aufgabe gesprochen. Es gab kaum einen Satz der brutaler war als „Wir müssen Ihnen leider mitteilen, dass Ihre Freundin verstorben ist“, sagte Ronni zu ihr.

Ronni war sich vorher bereits sicher, dass dieser Satz, von einer Sekunde auf die andere alles in Robert Essers Leben grundlegend verändern würde. Er kannte und hasste diesen Teil seiner Arbeit und wusste, dass die Menschen, denen er diese Mitteilung überbringen musste, sich total unterschiedlich verhielten. Der eine bekam einen Weinkrampf, der andere führte sich aggressiv auf. Manche reagierten gar nicht und zogen sich verstört zurück. Ihm war klar, er würde etwas zerstören. Es war wie immer furchtbar. Es würde nie Routine bei ihm werden, auch wenn er den Job noch hundert Jahre machen würde, meinte er zu Lisa.

Für Lisa war es das erste Mal und sie hatte mehr als nur Respekt vor der Aufgabe – sie hatte regelrecht Angst davor.

Im Nachhinein waren sich beide einig, dass es nicht so schlimm war, wie sie befürchtet hatten. Als Ronni den unausweichlichen, schicksalshaften Satz wie ein Roboter gesagt hatte, schien Robert Esser zuerst die Tatsache nicht wahrhaben zu wollen. Erst nach einer endlos dauernden Zeit, schien er zu begreifen, was geschehen war und fiel in einen Weinkrampf. Lisa versuchte, ihn, soweit es ihr möglich war, zu trösten. Ronni suchte in der Zeit die Küche auf und bereitete für alle einen starken Kaffee. Irgendwann war Robert Esser dann soweit, dass sie mit ihm reden konnten. Er hatte nicht die Spur einer Ahnung, wer und warum jemand seine Freundin umgebracht hatte. Mit ihrer besten Freundin Juliane hatte sie eine Ballettaufführung besucht. Sie war mit dem Fahrrad gefahren, da er erst spät von der Arbeit nach Hause kam. Auch zurück wollte sie mit dem Fahrrad fahren. Sie war begeisterte Radfahrerin und fuhr fast überall mit dem Rad hin, sagte er. Nein, angerufen hatte sie nicht. Auf Lisas Frage, wieso er nicht bei Juliane angerufen hatte und sich nach ihrem Verbleib erkundigt hatte, brach er fast wieder zusammen. Schuldbewusst stammelte er, dass er ihr eine WhatsApp gesandt hatte, als er nach Hause kam. Eine Antwort hatte er nicht erhalten. Er ging davon aus, dass sie mit ihrer Freundin noch etwas Trinken war und dann bei ihr übernachtete. Zusätzlich anrufen wollte er nicht. Es sollte nicht so aussehen, als ob er sie kontrollierten würde und als ob er ein Spießer sei. Schließlich waren sie noch nicht so lange zusammen.

Insgesamt war Robert Essers Verhalten zwar etwas seltsam, aber Ronni war der Meinung, dass es trotzdem nachvollziehbar war. Lisa sah das völlig anders.

„Typisch Mann“, urteilte sie, womit sie auch Ronnis Akzeptanz gegenüber Robert Essers Verhalten meinte.

Neue Erkenntnisse, die ihnen weiterhelfen konnten, brachte das Gespräch nicht.

Die Kollegen der Troisdorfer Dienststelle fanden Anne Hafners Fahrrad an der Sieg in der Nähe der Brücke von Troisdorf nach St. Augustin-Menden. Kratzspuren am Lenker und die zerbrochene Lampe ließen vermuten, dass Anne Hafner gestürzt war. Sie musste verletzt sein. Nach einer ausgiebigen Suchaktion fanden Spezialisten Blutspuren auf dem Asphalt und am Fahrrad, die nach dem morgendlichen Regen fast weggeschwemmt worden waren. Ob es Anne Hafners Blut war, konnte noch nicht festgestellt werden, schien aber naheliegend zu sein.

Anne Hafners beste Freundin Juliane Schäfer und deren Freund konnten sie gestern nicht mehr sprechen. Das Paar war nicht zu Hause.

*

Lisa ging unter die Dusche und ließ das heiße Wasser lange über Kopf und Körper rinnen. Am Schluss drehte sie das kalte Wasser auf, damit ihr Gehirn so richtig in Gang kam. Auf dem Weg zum Schlafzimmer und Ankleiden setzte sie schnell in der Küche heißes Wasser auf. Dann drei Teelöffel Pulverkaffee in einen Becher, ein Brot mit Butter geschmiert und eine Scheibe Käse darauf und fertig war ihr Frühstück. Im Stehen ein Bissen und dann saß sie auch schon im Wagen und fuhr los. Das Brot hatte sie neben sich auf den Beifahrersitz gelegt. Unterwegs biss sie hin und wieder einen Happen davon ab.

Die Fahrt dauert nur wenige Minuten. Unter der Anschrift von Juliane Schäfer fand sie ein Mehrfamilienhaus vor. Der Name Schäfer befand sich als Oberster auf der Klingeltafel.

Lisa würgte den letzten Bissen herunter, dann klingelte sie. Einmal – ein zweites Mal – dann schellte sie Sturm. Nichts geschah, außer, dass die Haustüre sich öffnete und ein Mann herauskam. Er trug eine weiße Hose und eine weiße Jacke. Besonders auf der Hose waren eine Menge alter Farbflecke. Es war unschwer zu erraten, dass es sich um einen Maler und Anstreicher handelte, der zur Arbeit wollte.

„Entschuldigen Sie, ich habe da eine Frage“, sprach Lisa den Mann an.

Dieser blieb stehen und musterte die ihm unbekannte Frau von Kopf bis Fuß.

„Ich wollte zu Juliane Schäfer. Wissen Sie, ob sie da ist? Auf mein Klingeln meldet sich niemand.“

„Wenn sie nicht öffnet, ist sie auch nicht da. Was wollen Sie denn von ihr?“

„Ich bin von der Polizei und muss sie dringend sprechen“, erwiderte Lisa und zeigte dem Mann ihren Dienstausweis.

„Polizei? Was hat Jule denn mit der Polizei zu tun?“

„Ist sie bereits zur Arbeit und falls ja, wo arbeitet sie, wo kann ich sie antreffen?“

„Die ist doch schon lange weg. Die hat diese Woche Frühschicht, in dem Café in der Fußgängerzone, Sie wissen schon …“

„Nein ich weiß es nicht, aber ich werde sie schon finden. Vielen Dank“, dabei drehte sich Lisa um und ließ den verdutzten Anstreicher stehen.

Lisa betrat das Café und schaute sich um. Fast alle Tische waren besetzt. Sie staunte. Überwiegend ältere Frauen und ein älteres Ehepaar, die frühstückten. Direkt am Fenster war noch ein kleiner Tisch frei, auf den Lisa zusteuerte.

„Was darf ich Ihnen bringen?“, fragte die freundliche, junge Bedienung.

„Einen Cappuccino, bitte. Wenn Sie mir den gebracht haben, hätte ich Sie noch gerne gesprochen.“

„Gesprochen? Mich? Worum geht es denn?“, fragte die junge Frau.

„An ihrem Namensschild sehe ich, dass Sie Juliane Schäfer sind. Richtig? Es geht um ihre Freundin Anne“, antwortete Lisa jetzt leise, damit die beiden alten Damen am Nachbartisch nichts mitbekamen.

Lisa sah, dass sich die Augen der Kellnerin sofort mit Tränen füllten.

„Ich komme sofort“, sagte sie und drehte sich zum Gehen um.

„Lassen Sie sich Zeit, bis Sie sich wieder beruhigt haben. Haben Sie hier einen Raum, in dem wir ungestört sprechen können?“

„Mhh, ja. Kommen Sie bitte mit. Wir haben einen kleinen Mitarbeiterbereich.“

Lisa stand auf und folgte der jungen Frau zu einem winzigen, fensterlosen Raum. Er ähnelte mehr einer Abstellkammer, als einem Mitarbeiterraum. An einer Stelle war ein Stahlregal aufgebaut, auf dem sich Vorräte und Gebrauchsgegenstände stapelten. An der gegenüberliegenden Seite des Raumes standen wie verloren zwei Stühle.

„Warten Sie bitte hier. Ich sage den Kolleginnen Bescheid, damit wir nicht gestört werden und bringe Ihnen Ihren Cappuccino mit."

Es dauerte nicht lange bis die Frau wieder da war. Den Cappuccino gab sie Lisa in die Hand, da es keine Möglichkeit gab, die Tasse in Lisas Reichweite abzustellen.

„Ich denke, Sie wissen was geschehen ist?", begann Lisa.

„Ja, Robert, Annes Freund, hat Matthias angerufen. Matthias ist mein Freund. Es ist schrecklich. Anne hat doch keinem Menschen etwas getan. Warum hat man ihr das angetan?"

Juliane betupfte mit einem Finger ihre Augen. Lisa zog ein Papiertaschentuch aus ihrer Handtasche und reichte es ihr.

„Damit wir den Täter fassen können, müssen wir mehr über Annes Leben wissen. Wir suchen ein Motiv für die Tat. Der Täter hat Anne an der Sieg aufgelauert. Das Verbrechen ist dann auf der Burg Windeck geschehen. Hatte Anne irgendeine Beziehung zu Windeck, die den Ort der Tat erklärt?"

„Sie hat in Windeck gewohnt – bei ihrem letzten Freund", antwortete Juliane Schäfer etwas überrascht.

„Wie lange ist das her? Sie hatte doch jetzt einen neuen Freund, diesen Robert. Gab es bei der Trennung etwas Besonderes, vielleicht Streit?"

Lisa trank einen Schluck Cappuccino. Sie hatte das Gefühl, als wäre sie auf der richtigen Spur.

„Na ja, es war wirklich nicht alles so toll gelaufen. Eine Trennung ist nie angenehm und manchmal ist sie auch mit einem Streit verbunden – aber damals, das war schon krass."

Juliane hielt inne und ihr Blick starrte an Lisa vorbei ins Leere.

„Fahren Sie bitte fort", forderte Lisa sie auf.

„Sie war noch mit Jan zusammen, als sie Robert kennen lernte. Das dauerte eine ganze Zeit, bis Jan erfuhr, dass Anne einen Neuen hatte."

„Wie lange dauerte das? Und von wem erfuhr Jan, dass seine Freundin einen Anderen hatte?", unterbrach Lisa sie.

„Ja, das ging so ein, zwei Monate. Anne traute sich nicht, Jan das zu sagen. Jan spielt Fußball, bei den alten Herren. Er ist ja schon fünfunddreißig. Seine Kumpels haben Anne und Robert bei einem Auswärtsspiel in Siegburg gesehen. Jan selbst war verletzt und nicht dabei."

„Wie hat Jan reagiert, als er erfuhr, dass Anne fremdging?"

„Wie ein Mann halt so reagiert. Er ist ausgerastet und hat Anne am nächsten Tag vor die Türe gesetzt. Sie hat dann zuerst zwei Tage bei mir gewohnt, ehe sie zu Robert gezogen ist."

„Hat sie Jan später nochmal getroffen oder gesehen?"

„Ich glaube nicht. Mein Freund hat Annes Sachen bei Jan abgeholt. Als er sie rausgeworfen hat, hatte sie überhaupt nichts mitgenommen. Annes Sachen müssen wohl alle auf einem Haufen in einer Ecke des Schlafzimmers gelegen haben, erzählte Matthias. Kleidung, CDs, ihre Kompaktanlage, Kosmetik und so weiter."

Juliane schien jetzt erschöpft zu sein. Die Erinnerungen hatten sie doch sehr angestrengt und aufgewühlt.

„Ich denke, das reicht mir. Vielen Dank, dass Sie mir das alles erzählt haben. Das hilft uns vielleicht weiter. Noch eine Frage. Wie heißt dieser Jan mit Nachnamen und wohnt er? Noch immer in Windeck?"

„Ja, der wohnt noch dort. Die Anschrift kenne ich nicht. Die können Sie aber leicht im Vereinsheim erfahren. Jan Seeger heißt er."

Lisa erhob sich, während Juliane zusammengesunken auf ihrem Stuhl sitzen blieb.

„Verdächtigen Sie jetzt Jan?“, fragte sie und schaute Lisa ängstlich an.

Wahrscheinlich war sie sich erst jetzt der Tragweite ihrer Aussage bewusst.

„Jan hat Anne bestimmt nichts angetan. Natürlich war er wütend, aber er würde sie doch nie umbringen – nein, das würde er nicht. Er hat sie schließlich einmal geliebt“, versuchte Juliane ihre Aussage zu relativieren.

„Machen Sie sich keine Sorgen. Das ist schon in Ordnung, dass Sie mir das erzählt haben.“

Lisa stand auf und legte beruhigend die Hand auf Julianes Schulter. Sie drückte ihr das Geld für den Cappuccino und ein großzügig bemessenes Trinkgeld in die Hand, verabschiedete sich und verließ den Raum.

Auf dem Weg zu ihrem Wagen kam sie an einem anderen Café vorbei. Da sie von dem vorherigen Cappuccino nur einen Schluck getrunken hatte, kehrte sie dort ein. Außerdem wollte sie Ronni anrufen und ihm von dem Gespräch mit Juliane Schäfer berichten. Bis auf zwei ältere Damen, die im hinteren Teil saßen, war das Café leer. Sie setzte sich direkt an einen Tisch am Fenster. Ihren Schlüsselbund mit Auto- und Haustürschlüssel steckte sie in die Jackentasche. Die Jacke hängte sie über die Stuhllehne.

Bevor sie mit Ronni sprechen wollte, musste sie die Toilette aufsuchen. Sie nahm sich ihre Handtasche und verließ den Tisch. Ihre Jacke ließ sie über dem Stuhl hängen. Die würde sich wohl in der Zwischenzeit niemand mitnehmen, dachte sie.

Als sie nach wenigen Minuten zurückkam, hing die Jacke natürlich noch dort. Sie sah ihren Schlüsselbund auf dem Tisch liegen und steckte ihn in die Jackentasche.

Ich dachte, ich hätte die Schlüssel bereits vorhin in die Jackentasche gesteckt, überlegte sie. Egal.

Eine junge Kellnerin trat an ihren Tisch und fragte nach ihren Wünschen. Sie bestellte erneut einen Cappuccino.

Dann nahm sie ihr Smartphone und wählte Ronnis Nummer. Anstatt ein „Guten Morgen. Ich freue mich dich zu hören", legte Ronni, der im Display gesehen hatte, dass Lisa am Telefon war, sofort los: „Da bist du ja endlich! Hast wohl verschlafen und lässt mich die ganze Arbeit machen. Wo bist du?"

Lisa hörte, wie er leise lachte. Er schien trotz der widerlichen Fälle, die sie bearbeiteten, gute Laune zu haben.

„Ich sitze in Troisdorf in einem Café. Wenn du dich beeilst und herkommst, kannst du mir noch einen Cappuccino ausgeben. Außerdem haben wir einiges zu besprechen", lachte Lisa.

„In welchem Café ...", Ronni kam nicht weiter, Lisa hatte bereits aufgelegt.

Als er nach über einer halben Stunde das Café betrat, war seine Laune nicht mehr so gut wie vorhin.

„Ich habe dich in ganz Troisdorf gesucht. Ich kenne jetzt alle Cafés hier. Und natürlich im letztmöglichen Café treffe ich dich an", machte er ihr schon Vorwürfe, bevor er überhaupt Platz genommen hatte.

„Dann hast du nicht viele Cafés kennen gelernt, denn so viele hat Troisdorf nicht", lachte Lisa, stand auf und umarmte ihn zur Begrüßung.

Mit ihrer unverfälschten, freundlichen Art hatte sie ihm natürlich den Wind aus den Segeln genommen. Gut gelaunt setzten sich beide an den Tisch.

Lisa berichtete Ronni, was sie vorher von Juliane Schäfer erfahren hatte. Er hörte aufmerksam zu, ohne sie zu unterbrechen.

„Wie gehen wir weiter vor, großer Meister?“, alberte Lisa.

„Nein, im Ernst. Ich bin mit meinem Latein am Ende. Ich habe keine Idee, wie wir weiter vorgehen sollten“, sagte Lisa jetzt mit ernster Miene.

Dabei legte sie, vielleicht als Entschuldigung für den „großen Meister“, ihre Hand kurz auf seine. Ronni verstand und nickte.

„Fassen wir zusammen, was wir bisher wissen“, begann Ronni.

„Franziska Schlierbaum wohnte in Blankenberg und wurde auch dort umgebracht. Anne Hafner wohnte in Windeck und wurde dort umgebracht.“

„Beide hatten eine gescheiterte Beziehung, die in beiden Fällen mehr oder weniger unschön zu Ende ging“, ergänzte Lisa.

Ronni fuhr fort: „Beide wurden auf die gleiche Art und Weise ermordet. Der Täter hat sie an einen Baum gefesselt und geknebelt. Dann hat er sie mit allen möglichen Sachen beworfen. Letzten Endes war die Todesursache ein großer Felsbrocken, der an einem Seil befestigt war und aus großer Höhe von einem Ast auf den Kopf der Frauen fallen gelassen wurde. Ach ja, dann war da noch der Zettel, den wir bei jeder Toten im Mund fanden.“

„In beiden Fällen stand darauf ein Spruch, der etwas mit Untreue zu tun hatte. Wahrscheinlich bezieht sich der Spruch auf die gescheiterten Beziehungen der Frauen“, machte Lisa weiter.

Ronni kratzte sich am Kopf.

„Beide Opfer hatten ihre Papiere, Ausweis, Geld, das erste Opfer ein Bild ihrer Tochter bei sich. Der Täter hat demnach kein Interesse, die Identität der Opfer zu verbergen oder die Identifizierung zu erschweren. Er wollte sie zur Schau stellen und durch den Spruch der ganzen Welt sagen, dass die Opfer ihre Männer betrogen hatten.“

„Genau, fast wie im Mittelalter“, fügte Lisa hinzu.

„Das ist es. Früher wurden Menschen, die sich etwas zu Schulden haben kommen lassen, an einen Pfahl gebunden ... wie hieß der noch gleich?“

„Schandpfahl, oder so ähnlich“, ergänzte Ronni.

„Richtig. Aber wurden diese Menschen auch umgebracht? Egal. Auf jeden Fall passen die Burgen zum Mittelalter und Schandpfahl dazu. Unser Täter kommt sich womöglich wie ein Scharfrichter vor“, überlegte Lisa laut.

Lisa schaute ihren Kollegen triumphierend an, als hätte sie den Fall bereits gelöst.

„Das mag alles richtig sein, aber damit wissen wir noch immer nicht, wer der Täter ist. Ich glaube, die Opfer müssen irgendeine Gemeinsamkeit habe, die wir finden müssen. Dann kommen wir vielleicht dem Täter näher. Oder sucht der Verrückte die Opfer wahllos aus?“

„Womöglich bin auch ich dann ein potentielles Opfer. Auch ich habe die eine oder andere unschöne Beziehung hinter mir“, bemerkte Lisa scherzhaft.

Dabei wusste sie nicht so recht, ob sie lachen oder ernst bleiben sollte. So kam ein völlig missglückter Gesichtsausdruck zustande.

„Hört, hört. Frau Kommissarin hat ein Geheimnis“, frotzelte Ronni und lachte.

Lisa boxte ihm leicht gegen die Schulter und lachte jetzt ebenfalls. Sofort wurde sie wieder ernst.

„Meinst du, der sucht sich weitere Opfer?“

„Keine Ahnung. Ich fürchte fast ja. Komm, lass uns gehen und nochmal die Akten durchsehen, vielleicht stoßen wir auf etwas, das wir bisher nicht beachtet haben. Danach sollten wir den Ex-Freund von Anne Hafner in Windeck aufsuchen.

Mal sehen, was der uns zu erzählen hat“, antwortete Ronni, wobei sich auf seiner Stirn eine tiefe Falte bildete.

Lisa erhob sich, nahm ihre Jacke von der Lehne und steuerte auf den Ausgang zu.

„Der Herr bezahlt“, rief Lisa der Bedienung im Vorübergehen zu.

Zu Ronni gewandt: „Du wolltest mich doch einladen, oder? Wir treffen uns im Präsidium. Ich habe meinen Wagen gleich hier um die Ecke geparkt, du deinen wahrscheinlich am anderen Ende von Troisdorf. Tschau!“

Damit blieb Ronni allein im Café zurück. Er lächelte vor sich hin. Die Art von Lisa gefiel ihm schon recht gut. Schade nur, dass sie eine Kollegin war, dachte er.

Keiner, weder Lisa noch Ronni, hatten den Mann in der schwarzen Regenjacke bemerkt, der vor dem Cafe stand und unauffällig immer wieder durch das große Schaufenster die beiden Kommissare beobachtete.

Nachdem Lisa gegangen war, betrat er das Café ohne den Kommissar, der gerade seine Rechnung bezahlte, zu beachten. Er setzte sich an einen Tisch im hinteren Bereich des Cafés. Aus seinem kleinen Rucksack, den er lässig auf dem Stuhl neben sich abgestellt hatte, zog er ein Buch heraus. Der Titel lautete: „Gerichtsbarkeit vom Mittelalter bis zur Neuzeit“.

Kapitel 9

Lisa und Ronni hatten sich bis in den Nachmittag in die Akten der beiden Mordfälle vertieft. Wenn einer der beiden eine Aussage gelesen hatte, gab er sie an den anderen ab, der dann seinerseits die Aussage las. Anschließend sprachen sie darüber und konnten so mit großer Wahrscheinlichkeit ausschließen, dass sie etwas übersehen oder falsch interpretiert hatten. Ronni hatte dieses Verfahren mehrmals mit seinem früheren Chef Frank Eisenstein mit Erfolg praktiziert. Aus Gründen der Aktualität hatten sie den Fall Anne Hafner vorgezogen. Sie hatten keinerlei relevante Ergebnisse erzielt. Sie würden am frühen Abend den Ex-Freund von Anne Hafner in Windeck aufsuchen und vielleicht auch noch das ein oder andere Mitglied des Fußballclubs befragen. Vielleicht ergaben sich daraus neue Erkenntnisse.

Bevor sie sich mit der Akte von Franziska Schlierbaum befassten, schauten sie sich nochmals gemeinsam die Bilder der beiden Tatorte an und verglichen sie. Auf dem PC-Bildschirm wirkten die Bilder noch abstoßender und intensiver als in Papierform.

Beim Betrachten der Bilder schüttelte sich Lisa mehrmals. Das war nicht verwunderlich, war es doch Lisas erster Mordfall – und dann gleich in doppelter Ausführung. Ronni verstand, dass die Fälle Lisa unter die Haut gingen. Waren es doch auch keine Bilder, die man sich allein in einer fremden Stadt, in einem dunklen Hotelzimmer oder allein im Präsidium ansehen sollte. Beiden Frauen wurden auf die schlimme Art regelrecht massakriert. Lisa war froh, dass sie sich die Bilder gemeinsam ansahen. Sie betrachtete dabei möglichst nicht die Opfer, sondern konzentrierte sich auf die Umgebung des Tatortes. Vielleicht fand sie einen Hinweis, den sie bisher nicht gesehen oder erkannt hatten.

Ronni klickte Bild für Bild vom Tatort von Anne Hafner durch. Sobald Lisa „weiter" sagte oder stumm den Kopf schüttelte und er ebenfalls nichts Neues entdeckt hatte, holte er das nächste Bild auf den Bildschirm. Nach fast einer Stunde waren sie mit den Bildern von Anne Hafner durch. Ronni stand auf und massierte sich mit beiden Händen den Nacken.

„Ich hole uns einen Kaffee", sagte er.

Auch Lisa stand auf und streckte ihren Körper. Ihre Augen brannten, ein Problem, das immer bei ihr auftrat, wenn sie zu lange am Bildschirm arbeitete.

„Hier, bitte."

Ronni drückte ihr einen Becher schwarzen Kaffee in die Hand. Er selbst schlürfte bereits das heiße Lebenselixier in sich hinein.

„Geht es noch? Können wir uns die Bilder von Franziska Schlierbaum ansehen, oder sollen wir später weitermachen?", fragte Ronni, der Lisas gerötete Augen bemerkt hatte.

„Machen wir weiter, dann haben wir es hinter uns", antwortete Lisa und setzte sich wieder neben ihn vor den PC-Bildschirm.

Im Gegensatz zu den Bildern von Anne Hafner hatte der Polizeifotograf bei Franziska Schlierbaum öfter Bilder in der Totalen Einstellung und in zwei Fällen sogar in der extrem Totalen als Weitwinkel-Ansicht aufgenommen, um den Tatort in seiner Gesamtheit darzustellen. Bei einem Bild konnte man im Hintergrund die Burganlage oder bei einem anderen Bild das Panorama der Stadt Blankenberg erkennen.

„Zoom bitte die Umgebung vor der Stadt mal etwas näher heran“, bat Lisa und berührte mit dem Zeigefinger die entsprechende Stelle auf dem Bildschirm.

Ronni folgte Lisas Wunsch und sie konnten jetzt die Häuser der Stadt und die vorgelagerten einzelnen Sträucher und Bäume ziemlich gut erkennen. Der Nebel hatte sich seinerzeit am Morgen gelichtet, trotzdem hing über den Bildern immer noch ein grauer Schleier.

Lisa strengte ihre Augen an und ging ganz nahe mit ihrem Gesicht an den Bildschirm heran, dann wieder lehnte sie sich zurück und starrte das Bild von einer größeren Entfernung an.

„Warte mal“, bedeutete sie Ronni.

Er hielt das Bild an und schaute Lisa fragend und neugierig an.

„Siehst du etwas Wichtiges?“

„Vielleicht. Schau dir mal diesen Baum genau an“, dabei tippte sie mit dem Finger auf eine Stelle auf dem Bildschirm, die einen Baum mit einer großen Krone ein Stück vor den Häusern der Stadt zeigte.

„Steht da nicht jemand unter dem Baum? Es sieht so aus, als wenn er zum Tatort hinüber schaut“, vermutete Lisa aufgeregt.

Wegen des starken Zooms hatte das Bild viel an Schärfe eingebüßt.

„Ja, du hast Recht. Wir geben das Bild der KTU. Vielleicht können die mehr herausholen.“

Beide lehnten sich in der Hoffnung zurück, vielleicht etwas gefunden zu haben, das sie einen Schritt weiterbringen würde. Ronni betrachtete Lisa unbemerkt von der Seite. Er war froh, diese junge Frau an seiner Seite zu haben.

Nach einer kurzen Pause begannen sie mit dem Aktenstudium des ersten Falls. Sie stellten mit Erstaunen fest, dass dieser bereits nach so kurzer Zeit viel an Aktualität und Priorität in ihren Köpfen verloren hatte.

„Hier, hier steht etwas, das wir bisher nicht beachtet haben. Ich kann mich noch genau erinnern. Um Zeit zu sparen, hatten wir uns die Vernehmungen aufgeteilt. Ich hatte nochmals mit dem Ex-Ehemann von Franziska Schlierbaum gesprochen. Ich glaube Lars heißt er mit Vornamen. Du entsinnst dich? Das ist der Mann mit dem Vollbart, der immer die Tochter vom Kindergarten abholte“, erklärte Lisa, da sie Ronnis fragendes Gesicht sah.

„Nein, Freundschaften hatte meine Ex-Frau nicht. Nur Bekannte, Nachbarn, Kindergarten und so weiter. Zu einer langjährigen Freundin war der Kontakt seit langer Zeit abgebrochen. Diese Freundin wohnt in Troisdorf“, zitierte Lisa sinngemäß aus den Akten.

„Was willst du damit sagen?“, fragte Ronni, der bemerkte, dass Lisa nachdachte.

„Es ist doch seltsam, Anne Hafner wird zwar in Windeck ermordet, hat aber eine Freundin aus Troisdorf und wird in Troisdorf vom Täter überfallen, bevor sie nach Windeck verschleppt wird. Franziska Schlierbaum hat eine Freundin aus Troisdorf.“

„Und der Mann, mit dem sie ihren Ex betrogen hat, diesen Widerling, den ich aufgesucht hatte, wohnt in Troisdorf-Sieglar. Das ist tatsächlich etwas viel Troisdorf. Vielleicht liegt hier die Gemeinsamkeit der Fälle“, führte Ronni den Gedanken von Lisa fort.

„Wir müssen unbedingt die Freundin ausfindig machen und mit ihr sprechen. Aber zuerst fahren wir nach Windeck zu diesem Fußballer“, entschied er.

„Und ich hoffe, dass die KTU uns, wenn wir zurück sind, ein Ergebnis von dem Bild vorlegen kann."

Lisa plante bereits ihre Aktivitäten für den nächsten Tag: „Morgen früh rufe ich Lars Schlierbaum an und frage ihn, ob er weiß, wie die damalige Freundin seiner Ex-Frau heißt und wo sie in Troisdorf wohnt."

*

Ronni Kern und Lisa Brenner fuhren von Windeck durch das Siegtal zurück in Richtung Troisdorf. Sie hatten Jan Seeger auf dem Fußballplatz angetroffen. Er war zwar erschüttert, als er vom Tod seiner ehemaligen Freundin erfuhr, fasste sich aber schnell und die beiden Kriminalbeamten konnten ein einigermaßen sachliches Gespräch mit ihm führen. Womöglich lag das daran, dass er inzwischen in einer neuen, glücklichen Beziehung war, und mit Anne abgeschlossen hatte. Eine Verbindung zu Franziska Schlierbaum oder zu irgendjemand aus deren Umfeld war trotz aller Bemühungen nicht zu finden. Beide Kommissare waren sich einig, dass er als Täter nicht in Frage kam.

Nach dem Gespräch, das für die Kommissare ergebnislos verlief, begleitete Jan sie zum Vereinsheim. Dort befanden sich auch die Umkleidemöglichkeiten für die Spieler. Das Training der „alten Herren" sollte in einer halben Stunde unter Flutlicht stattfinden. Die Spieler warteten umgezogen in den Räumen bis das Flutlicht eingeschaltet wurde. Hier sprachen sie mit drei Mannschaftskameraden von Jan. Einer von ihnen hatte Jan seinerzeit gesteckt, dass Anne einen neuen Freund hatte.

Ausschweifend erzählte er, wann, wo und wie er Anne mit dem neuen Freund gesehen hatte. Wie er sich verhielt und was er als Jans Freund dabei gedacht hatte. Er fühlte sich unbeschreiblich wichtig, gleich von zwei Beamten der Kriminalpolizei befragt zu werden. Als Jan dann ebenfalls begann, bis ins kleinste Detail zu berichten, wie es mit der Beziehung zu Anne zu Ende ging, brachen Lisa und Ronni das Gespräch ab. Den damaligen Beziehungsstress von Jan und Anne wollten sie sich nicht weiter anhören.

Jetzt saß Ronni am Steuer seines Wagens und näherte sich Troisdorf. Lisa saß neben ihm auf dem Beifahrerplatz und schaute, wie es schien, gelangweilt aus dem Fenster. Die Rückfahrt war bisher überwiegend schweigend verlaufen.

Ronni musste sich voll auf den Verkehr konzentrieren. Die Straße durch das Siegtal war eng und kurvenreich. Es herrschte Berufsverkehr, der ihnen überwiegend entgegen kam. Es hatte zu regnen begonnen und die aufgeblendeten Scheinwerfer der entgegenkommenden Autos blendeten Ronni. Der Regen, die nasse, kurvenreiche Straße und die Dunkelheit machten die Fahrt zusätzlich schwierig.

Lisa schaute ihn aus den Augenwinkeln an. Sein markantes, männliches Gesichtsprofil hob sich scharf gegen das Scheinwerferlicht der vorbeifahrenden Autos ab. Sie bemerkte, wie sich seine Kiefermuskeln immerfort bewegten. Seine Kiefer malten gegeneinander. Sie kannte ihn bereits so gut, dass sie wusste, dass das ein Zeichen dafür war, dass er angestrengt nachdachte. Worüber wohl? Über den Fall – oder vielleicht über sie? Sie wäre glücklich, wenn er über sie nachdachte. Was dann am Ende dabei herauskommen würde, müsste sie abwarten.

Wieso hatte sie so wenig Glück mit ihren Männern? Die wenigen, die lediglich halbwegs interessant waren, entpuppten sich früher oder später als Nieten. Die Männer, die sie ganz und gar gewollt hätte, bekam sie nicht. So würde es auch mit Ronni sein. Wie sie vernommen hatte, lebte er in einer durchaus glücklichen Beziehung mit einer rassigen, gebürtigen Spanierin. Wie sie ihn einschätzte, würde er außerdem nie etwas mit einer Kollegin anfangen. Sie musste sich damit abfinden: Sie hatte keine Chance.

Als sie gerade am Tiefpunkt ihrer Gefühle angekommen war, klingelte Ronnis Handy, das er wie immer ans Armaturenbrett geklemmt hatte.

„Nimmst du mal an?", fragte er, ohne sie anzusehen.

„Na, klar", seufzte sie, aus ihren Träumen gerissen.

„Ist etwas mit dir?", fragte Ronni.

„Nein, wieso fragst du?"

„Du klangst gerade so deprimiert."

„Unsinn."

Sie nahm das Handy und meldete sich. Sie hörte kurze Zeit zu, sagte lediglich „Danke" und klemmte das Handy wieder ans Armaturenbrett.

„Das war die KTU. Sie haben das Bild analysiert. Unter dem Baum steht tatsächlich jemand. Wahrscheinlich ein Mann, der zur Burg blickt. Es sieht so aus, als hält er etwas vor sein Gesicht. Könnte ein Fernglas sein", berichtete Lisa.

„Dann wurden wir beobachtet. Wer könnte das gewesen sein? Jemand von der Presse?", überlegte Ronni.

„Eher unwahrscheinlich. Die kamen erst wesentlich später zum Tatort. Wir haben uns doch noch gewundert, weil sie so spät kamen. Die wären doch direkt am Tatort aufgetaucht, wenn sie zu dem Zeitpunkt bereits Wind von der Sache bekommen hätten", entgegnete Lisa.

„Vielleicht ein Bewohner des Städtchens, dem das Treiben auf der Burg aufgefallen war?", überlegte Lisa.

„Möglich. Oder der Mörder."

Lisa drehte abrupt ihren Kopf ganz zu Ronni hin und schaute ihn mit großen Augen an.

„Das wäre ungeheuerlich."

„Du hast doch selbst gesagt, dass er die Frauen zur Schau stellen wollte. Er hat den Frauen ihre Ausweise gelassen, damit wir sie sofort identifizieren konnten. Es wäre doch nur natürlich, wenn er sehen wollte, wie wir uns anstellen, wie wir reagieren und was wir unternehmen. Er will seinen Triumph auskosten."

„Was ist, wenn er uns auch weiterhin beobachtet? Dich, mich, uns beide. Was wir unternehmen. Wie wir uns anstellen, ihn zu identifizieren. Mir wird schwindlig bei dem Gedanken. Und irgendwann, vielleicht morgen, übermorgen oder in einer Woche schlägt er erneut zu. Und wir können nichts tun, können es nicht verhindern."

Ronni sagte nichts dazu. Er wusste, dass seine neue Kollegin vollkommen Recht hatte.

Kapitel 10

Ronni warf die Tageszeitung auf den Schreibtisch. „Hast du das schon gelesen? Die Presse macht Druck. Wir sind mehr oder weniger unfähig. Ich wette mit dir, in der nächsten halben Stunde steht unser Chef auf der Matte und macht uns so klein mit Hut“, dabei zeigte er mit Daumen und Zeigefinger die Größe an, die er meinte.

Er war geladen. Wahrscheinlich weniger über den Zeitungsartikel, als über den Tatbestand, dass sie so gut wie keinen Schritt weiterkamen. Außer einigen Vermutungen konnten sie mit keinem möglichen Täter oder einem sicheren Motiv aufwarten.

„Ach Ronni, reg dich doch nicht auf. In den letzten Tagen stand doch täglich ein Artikel in der Zeitung. Was ich schlimm finde, ist die Behauptung des Verfassers des heutigen Artikels, dass Frauen im Rhein-Sieg-Kreis nicht mehr sicher sind. Außerdem glaube ich, dass die vielen Veröffentlichungen unserem Täter gefallen. Wenn er die ermordeten Frauen zur Schau stellen will, spielen ihm die Presseberichte in die Karten und spornen ihn noch mehr an. Er will möglichst großes Aufsehen und das hat er erreicht. Wir müssen uns unbedingt etwas einfallen lassen.“

Ronni hörte Lisa aufmerksam zu, dabei mahlten seine Kiefer aufeinander, wie gestern während der Autofahrt.

„Du hast ja Recht. Aber was?“

„Ich rufe jetzt Lars Schlierbaum an und versuche, die ehemalige Freundin von Franziska ausfindig zu machen.“

Sie nahm ihr Handy und wählte die dort gespeicherte Nummer des geschiedenen Mannes von Franziska Schlierbaum.

Es dauerte nur wenige Minuten und Lisa sprang auf, riss einen Zettel von ihrem Block und kam schnellen Schrittes auf Ronnis Arbeitsplatz zu. Sie baute sich vor dem Schreibtisch auf und wedelte stolz mit dem Zettel durch die Luft.

„Ich habe Name und Anschrift der Freundin. Jessica Stuch, wohnt in Troisdorf-Spich. Komm wir fahren sofort hin, dann kommen wir auf andere Gedanken. Vielleicht erfahren wir etwas, was uns weiterhilft.“

Lisa war bereits auf dem Weg zum Garderobenständer und nahm sich ihre Jacke vom Haken. Ronni blieb am Schreibtisch sitzen und schaute zur Zimmerdecke hoch.

„Moment mal. Jessica Stuch aus Spich? Ich glaube, ich kenne diese Frau.“

Lisa kam zurück und setzte sich auf den Besucherstuhl vor Ronnis Schreibtisch.

„Du kennst die Frau? Woher?“, fragte sie verwundert.

„Ja, ja. Im letzten Fall mit Frank Eisenstein haben wir die Ehefrau eines Opfers besucht, die in Spich wohnte.“

„Und diese Frau hieß Jessica Stuch?“, fragte Lisa jetzt eher ungläubig.

„Nein, aber deren Schwester, die seinerzeit ebenfalls in der Wohnung war.“

„War das der Fall, nach dem Frank alles hingeschmissen hat? Du hast so etwas einmal erwähnt“, fragte Lisa.

„Richtig“, antwortete Ronni lediglich.

Er war mit seinen Gedanken abwesend. Hatten ihn die Erinnerungen an den damaligen Fall eingeholt?

„Komm lass uns fahren. Mal sehen, was sie zu sagen hat. Vielleicht hilft es uns weiter“, holte Lisa ihn wieder in die Realität zurück.

*

Jessica Stuch wohnte in der Hauptstraße in einem Mehrfamilienhaus. Laut Klingel müsste sie eine Wohnung im dritten Stock gemietet haben. Ronni betätigte den Klingelknopf. Es dauerte nur wenige Augenblicke bis der Türöffner summte. Vergeblich suchte er im Hausflur einen Aufzug.

„Dann müssen wir wohl die Treppe benutzen“, war sein ernüchterndes Fazit.

Hin und wieder eine Stufe überspringend stiegen sie schnellen Schrittes die Treppen hoch.

„Ich glaube, es wird Zeit, dass ich wieder mit meinem Lauftraining beginne“, meinte Lisa außer Atem, als sie die dritte Etage erreicht hatten.

„Wem sagst du das?“, pflichtete Ronni ihr bei und drückte den Klingelknopf unter dem Namensschild von J. Stuch.

Es dauerte eine Weile, bis die Tür geöffnet wurde. Ronni erkannte die kleine, blonde Frau sofort wieder.

„Guten Tag, mein Name ist Lisa Brenner vom Kriminalkommissariat Bonn, das ist mein Kollege Ronni Kern“, stellte Lisa sich und ihren Kollegen vor.

Dabei zeigte sie der Frau ihren Dienstausweis.

„Sind Sie Jessica Stuch?“, fragte sie.

„Ja. Kriminalpolizei? Ist etwas passiert? Waren Sie nicht im vergangenen Jahr bei meiner Schwester?". Dabei schaute sie unmissverständlich Ronni an.

„Ja, das stimmt. Wir haben ein paar Fragen an Sie. Können wir hereinkommen?"

„Ja, natürlich."

Jessica Stuch ging einen Schritt zur Seite, damit die beiden Kommissare eintreten konnten. Durch einen kleinen Flur geleitete die Frau sie in ein großes, modern eingerichtetes Wohnzimmer. An einer langen Wand waren helle Möbel aufgestellt und eine fast weiße Ledergarnitur und ein ovaler Glastisch standen auf einem ebenfalls hellen Langflorteppich. Am Kopfende des Zimmers fiel ein gewaltiger Flachbildschirm ins Auge. Darunter ein kleines Bord mit HiFi-Geräten.

Das Zimmer wirkte aufgeräumt, sauber, fast steril. Man hatte nicht den Eindruck, dass hier Menschen lebten.

Nachdem Lisa und Ronni auf dem Sofa und Frau Stuch in einem Sessel Platz genommen hatten, eröffnete Ronni das Gespräch: „Wie geht es Ihrer Schwester?"

Er hatte wirklich das Bedürfnis zu erfahren, wie es der Schwester nach dem damaligen, abscheulichen Mord an ihrem Mann heute erging.

„Nicht gut. Es ist jetzt bereits über ein Jahr vergangen. Überwunden hat sie die schrecklichen Ereignisse noch immer nicht. Ihre kleine Tochter fragt ständig nach dem Papa. Vielleicht können Sie sich vorstellen, wie das ist. Ich hoffe nur, dass sich dieser Irre, der das meinem Schwager und damit auch meiner Schwester angetan hat, sicher hinter Schloss und Riegel befindet. Aber deswegen sind Sie doch nicht gekommen?"

„Der Täter, Felix Grünbaum, befindet sich in der geschlossenen Anstalt in Düren. Von ihm geht keine Gefahr mehr aus. Aber deswegen sind wir natürlich nicht gekommen."

„Frau Stuch, kennen Sie eine Franziska Schlierbaum?", fragte Lisa.

Sie schaltete sich ins Gespräch ein und übernahm die Befragung. Ihr war nicht entgangen, dass Ronni emotional noch zu sehr mit dem alten Fall befasst war.

„Ja, wir waren einmal gute Freundinnen. Leider ist der Kontakt in letzter Zeit eingeschlafen. Wir haben uns lange nicht mehr gesehen. Was ist mit ihr?"

„Wir müssen Ihnen leider mitteilen, dass sie Opfer eines Gewaltverbrechens wurde", sagte Lisa möglichst ruhig.

Frau Stuch sank im Sessel in sich zusammen und schlug die Hände vors Gesicht.

Lisa hatte das Gefühl, dass es eine Ewigkeit dauerte, bis Frau Stuch die Hände herunternahm und den Mund bewegte, als wolle sie etwas sagen. Es dauerte eine Weile, bis sie die Worte laut formen konnte.

„Nein, nein, das kann doch nicht wahr sein. Immer wenn Sie zu mir kommen, ist jemand gestorben. Im vergangenen Jahr habe ich Ihnen die Tür bei meiner Schwester geöffnet und Sie brachten uns die Nachricht vom Tod meines Schwagers. Heute bringen Sie mir die Nachricht vom Tod meiner Freundin."

„Das tut mir auch sehr leid, Frau Stuch. Wir haben es allem Anschein nach erneut mit einem anderen Irren, wie Sie diesen Felix zu Recht nannten, zu tun. Und wir benötigen Ihre Hilfe, damit nicht noch mehr geschieht."

Ronni erwähnte bewusst nicht, dass bereits zwei Morde geschehen waren. Ebenso würde er nicht sagen, wie die Opfer ums Leben gekommen waren und dass sie noch keine Spur hatten, den Täter dingfest zu machen.

„Frau Stuch", begann Lisa etwas lauter als vorhin, um das Augenmerk von Frau Stuch von Ronni abzulenken.

„Sind Sie in der Lage uns zu berichten, wie Ihre Freundschaft mit Frau Schlierbaum so im Alltag ablief und seit wann und weshalb Sie in letzter Zeit keinen Kontakt mehr zu ihr hatten?"

Frau Stuch setzte sich wieder gerade und wischte sich mit dem Handrücken über die Augen. Dass sie dabei die Wimpertusche verwischte, bemerkte sie nicht oder schien ihr egal zu sein.

„Die Kleine meiner Schwester ist oft bei mir. Das können Sie sich sicher vorstellen", dabei schaute sie erneut Ronni an.

„Wenn sie bei mir war, haben wir uns oft zusammen mit Franzis Tochter getroffen. Manchmal bei mir, meistens bei ihr in Blankenberg. Sie hatte ja nicht viel Freizeit. Morgens musste sie immer arbeiten und ich konnte auch nur nachmittags, wenn ich Frühschicht hatte. Oft haben wir uns am Wochenende getroffen. Es war immer schön mit den Kindern. Wir sind dann spazieren gegangen – zu Spielplätzen. Ich kann keine Kinder bekommen und genieße daher die Zeit mit meiner Nichte."

„Wieso haben Sie sich denn in letzter Zeit nicht mehr getroffen?", fragte Lisa.

„Ihr Mann hatte sich von ihr getrennt. Eine unschöne Sache. Franziska hatte da wirklich totalen Mist gebaut. Sie begann eine Affäre mit einem anderen Mann. Ein undurchsichtiger, schmieriger Typ. Ich weiß bis heute nicht, was sie an dem gefunden hatte. Ich habe ihr das auch gesagt, ich habe sie mehrmals ins Gebet genommen. Geholfen hat es nicht. Im Gegenteil, wir haben uns nur noch ein- oder zweimal gesehen. Dann war Funkstille. Wenn ich anrief, ging sie nicht ans Telefon. Sie selbst rief nie mehr an. Einmal bin ich nach Blankenberg gefahren. Ich wusste ganz sicher, dass sie zu

Hause war, wahrscheinlich mit diesem Kerl. Sie hat nicht geöffnet."

„Noch eine Frage: Können Sie sich vorstellen, wer ihrer Freundin etwas angetan haben könnte?"

„Nein", antwortete Jessica Stuch spontan.

„Wenn ich mir jemanden vorstellen müsste, könnte ich mir nur diesen neuen Freund vorstellen. Ja, dem traue ich das zu."

„Ach Frau Stuch, noch etwas", schaltete sich Ronni wieder ein.

„Die Sache mit Franziska Schlierbaum geschah auf der Burg Blankenberg. Ich stelle Ihnen jetzt eine für Sie vielleicht etwas seltsam klingende Frage: Kennen Sie jemanden in Ihrem oder in Franziskas Bekanntenkreis, der eine Affinität zu Burgen oder zur Geschichte des Mittelalters hat?"

Jessica Stuch schaute Ronni fragend an. Die Frage schien ihr tatsächlich unverständlich zu sein. Sie überlegte, dann sagte sie entschieden: „Sie meinen, weil es auf der Burg geschah? Nein, da kenne ich niemanden."

Die Kriminalbeamten bedankten sich für das offene Gespräch und ließen Jessica Stuch allein in ihrer Wohnung zurück.

„Wir haben ganz vergessen, nach dem Mann oder Freund von Frau Stuch zu fragen. Oder glaubst du, dass die allein in der großen Wohnung lebt?"

„Nein, glaube ich nicht. Du hast Recht, wir hätten fragen sollen. Vielleicht können wir das später nachholen."

Lisa war deprimiert, als sie Ronni fragte „Hat uns das Gespräch einen Schritt weitergebracht?"

„Nein, hat es direkt nicht", bestätigte Ronni, der genau so enttäuscht war.

Kapitel 11

Der Donnerstag verging, der Freitag verging – nichts passierte und im KK 11 für Tötungsdelikte herrschte schlechte Stimmung. Die Presse machte Druck, Dirk Schmitz, der Leiter vom KK 11, machte Druck, während Ronni und Lisa mit leeren Händen dastanden und nicht wussten, wie sie dem Druck entgehen konnten.

Es war Samstagmorgen. Lisa konnte seit Stunden nicht mehr schlafen. Sie wälzte sich von einer Seite auf die andere. Um sieben Uhr hielt sie es nicht mehr aus. Sie stand auf und schaute aus dem Fenster. Es war noch dunkel. Aber es war weder neblig, noch regnete es. Die beste Zeit, ihren Vorsatz wahrzumachen und endlich wieder einmal eine Runde zu joggen. Sie zog ihre Winterleggings und eine warme Laufjacke an, denn um diese Uhrzeit würde es noch empfindlich kalt sein. Als sie in ihren Wagen einstieg, überlegte sie, ob sie ihre Stirnlampe mitnehmen sollte. Sie entschied sich schließlich dagegen, es würde nicht mehr lange dauern, bis der Tag anbrechen würde.

Sie fuhr, wie früher immer, hinauf zu den Spicher Höhen und parkte auf dem großen Parkplatz am Clubheim des 1. FC Spich. Sie wollte den Mauspfad, die kilometerlange Straße, die sich von Köln bis Troisdorf hier oben durch den Wald schlängelt, überqueren und dann durch das Heidegebiet laufen. Auf der Höhe und in der offenen Heide würde es eher hell sein, als am Waldrand unten im Ort.

Sie war eine gewissenhafte Sportlerin, die alles tat, um jedes Verletzungsrisiko auszuschließen. Bevor sie loslief, dehnte sie daher ihre Muskeln und brachte ihren Körper langsam auf Betriebstemperatur. Auf dem Parkplatz war es bereits nicht mehr stockfinster. Vor wenigen Tagen war Vollmond und tief am Horizont leuchtete der abnehmende Ball des Mondes, bei dem an der rechten Seite bereits ein Stück nicht mehr von der Sonne beschienen wurde. In der Ferne konnte man das Licht des erwachenden Tages sehen.

Lisa lief los. Es war wunderbar ruhig. Sie spürte, wie die Natur langsam erwachte und vereinzelt Vögel den aufgehenden Tag mit ihrem Zwitschern begrüßten. Tau glitzerte rechts und links im Gras. Sie war allein mit sich und der Natur. Der Wald hatte fast vollständig seine Blätter fallen gelassen, die Zugvögel waren auf dem Weg in den warmen Süden und die Menschen hatten sich schon lange mit Wehmut von der fröhlichen Sommerzeit verabschiedet und suchten Ruhe und Gemütlichkeit in den eigenen vier Wänden – nur für sie und Ronni gab es keine Ruhe und Gemütlichkeit. Sie hatten diese grässlichen Morde aufzuklären. Sie wollte durch das Joggen einen freien Kopf bekommen, merkte aber zunehmend ihren Frust wegen ihrer Erfolglosigkeit und den Hass gegen den Täter in sich aufsteigen. Sie beschleunigte ihr Tempo.

Mit jeder Minute wurde es etwas heller. Sie überquerte die Altenrather Straße und lief in Richtung Leyenweiher. Wenn sie den idyllisch gelegenen Weiher erreicht hätte, würde es hell genug sein, den Rückweg durch den Wald einzuschlagen.

Nach einigen Minuten hatte sie das Gewässer erreicht. Sie drosselte ein wenig das Tempo, um die Schönheit des Weihers genießen zu können. Über dem Wasser lagen noch einige dünne Nebelschleier. Die Wasseroberfläche war fast glatt.

Nur ein paar Enten sorgten für einige Wellenbewegungen. Direkt am Ufer sah sie einen riesigen Koi vorüber schwimmen, der sicherlich vor einigen Jahren hier ausgesetzt worden war.

Plötzlich vernahm sie Laufschritte hinter sich, die sich ihr näherten. Sie drehte ruckartig den Kopf nach hinten. Ein großer Mann in schwarzer Windjacke, schwarzer Hose und sie meinte, keine Laufschuhe erkannt zu haben, näherte sich ihr in schnellem Lauf. Das Gesicht konnte sie nicht erkennen, da sich seine Gesichtszüge im Schatten einer Kapuze befanden, die er über den Kopf gezogen hatte.

Irgendwie machte sich ein beklemmendes Gefühl in ihr breit. Jäh verschärfte sie ihre Laufgeschwindigkeit. Nach vielleicht hundert Metern drehte sie sich nochmals kurz um. Der Abstand hatte sich nicht verringert.

Sie strengte ihr Gehör an, damit sie vernahm, wenn die Schritte des Verfolgers näher kamen. Sie konnte kein Schrittgeräusch mehr ausmachen.

Nochmals ein kurzer Blick über die Schulter zeigte ihr erneut, dass der Abstand gleich geblieben war.

Jetzt bin ich dran, ich werde das nächste Opfer sein, dachte sie. Eine Waffe oder ein Spray zur Abwehr hatte sie natürlich nicht dabei.

Ich darf nicht in Panik verfallen – ich muss ruhig bleiben. Bleib ganz locker, Lisa. Wie kann ich locker bleiben, wenn ich fast zu Eis erstarrt bin, ging es ihr durch den Kopf.

Diese Verhaltensregel hatte sie in einem Buch über Selbstverteidigung für Frauen gelesen. Autor des Buches war ein Mann. Natürlich, diesen Ratschlag konnte nur ein Mann geschrieben haben, jemand dem so etwas nicht passieren kann.

Er kriegt dich nicht, du bist schneller als er, redete sie sich ein, um sich selbst zu motivieren. Fragt sich nur, wie lange noch? Ihr Atem ging bereits bedenklich schnell. Sie keuchte.

Sollte sie einfach stehen bleiben und den Mann vorbeilaufen lassen? Womöglich stellte er gar keine Gefahr für sie dar. Aber wenn doch?

Sie kam am Friedhof vorüber. Irgendwie makaber, fand sie. Sie kannte sich hier gut aus. In fünfzig Metern war sie an der Straße, die in der Regel nicht sehr stark befahren war. Schon gar nicht um diese Uhrzeit.

Als sie die Straße erreichte, riskierte sie erneut einen Blick nach hinten. Der Mann verfolgte sie weiterhin. Es schien ihr, als sei der Abstand kleiner geworden.

Jetzt die Straße überqueren und nochmals hundert Meter durchhalten, dann würde sie die belebte Straße am Ortsrand von Troisdorf erreichen. Dort wäre sie in Sicherheit. Bis dahin hieß es, Zähne zusammen beißen und auf keinen Fall langsamer werden.

Nach dem Überqueren der Straße bog links ein Waldweg ab, der zur Burg Wissem führte. Nein, in diesen Weg wollte sie nicht einbiegen. Sie wollte weiter geradeaus zur nächsten Straße rennen.

Völlig unerwartet hörte sie eine laute, schnaufende Stimme hinter sich: „Sie sind Klasse, junge Frau ... Ich habe alles gegeben, konnte sie trotzdem nicht einholen. Gratulation! Wir begegnen uns bestimmt noch einmal ...“

Mehr verstand sie nicht. Dann war es still. Lisa verlangsamte ihren Lauf und schaute nach hinten. Sie sah gerade noch, wie der Mann in Richtung Burg Wissem abbog.

Lisa brach ihren Lauf ab und ging langsam weiter, damit sich ihr Puls beruhigen konnte.

Was war das hier gerade? Hatte sie einen Wettlauf mit einem anderen, unbekannten Jogger absolviert? Wie verrückt war sie denn oder hatten die beiden Mordfälle sie so verunsichert?

Nachdenklich ging sie bis zur Straße. Auf der gegenüberliegenden Straßenseite trabte sie langsam an, denn sie hatte noch einige Kilometer bis zum Parkplatz zurückzulegen.

Wenn sie als Polizistin schon so in Panik verfiel, wenn sie einem Jogger begegnete, wie musste es denn erst anderen Frauen ergehen, die von den Morden in der Zeitung gelesen hatten. Wahrscheinlich würde eine, zumindest unterschwellige Angst bei vielen Frauen vorhanden sein.

Als sie in ihr Auto einstieg, freute sie sich auf eine heiße Dusche, auf eine Tasse Kaffee und auf ein Brötchen, das sie unterwegs beim Bäcker kaufen wollte. Ihre Angst, die sie vorhin noch hatte, hatte sie abgeschüttelt.

Nach dem Frühstück, oder vielleicht auch schon vorher, würde sie Ronni anrufen. Sie mussten unbedingt überlegen, was sie unternehmen konnten, um die Bevölkerung zu beruhigen.

*

Lisa hatte nach dem Frühstück Ronni angerufen und sich vergewissert, dass er im Büro war. Sie hatte ihm gesagt, dass auch sie in Kürze ins Büro kommen würde. Ihrer Fehleinschätzung während der Joggingrunde hatte sie verschwiegen – noch, wahrscheinlich würde sie es ihm gleich gestehen.

Trotz des emotionalen Stresses am frühen Morgen fühlte sie sich körperlich topfit. Die Bewegung an der frischen Luft hatte ihr gut getan.

„Morgen, Ronni“, rief sie lautstark in den Raum hinein, als sie die Tür zum Büro öffnete.

„Oh. Entschuldigung, ich hatte nicht geahnt, dass du Besuch hast“, fügte sie gleich hinzu.

Vor Ronnis Schreibtisch saß ein Mann. Er trug einen Pullover und schien um einiges älter zu sein als Ronni. Seine Haare waren ergraut und am Hinterkopf deutlich gelichtet.

Lisa drehte sich um, um zu ihrem Schreitisch am anderen Ende des Großraumbüros zu gehen.

„Komm ruhig rüber zu uns. Ich möchte dich mit meinem langjährigen Kollegen und Freund Frank Eisenstein bekannt machen. Außerdem habe ich eine Neuigkeit für dich. Du wirst staunen", rief Ronni ihr zu.

Lisa hielt abrupt in ihrer Bewegung inne, machte kehrt und ging langsam auf die beiden Männer zu, die sich inzwischen von ihren Plätzen erhoben hatten.

„Sie sind also Frank Eisenstein? Ronni hat mir von Ihnen erzählt. Ich freue mich", sagte Lisa spontan und lächelte den Kommissar a.D. freundlich an.

„Ich hoffe, nur Gutes. Auch ich freue mich, Sie kennen zu lernen. Ich denke, eine junge Frau wie Sie tut dem KK 11 und auch Ronni gut. In den letzten Jahren ist er ja nur mit so einem alten Mann wie mir herumgelaufen."

Eisenstein schaute Lisa offen an und reichte ihr zur Begrüßung die Hand, die sich warm und gut anfühlte. Sein Händedruck war nicht so fest, als dass man das Loslassen kaum erwarten konnte, aber auch nicht so lasch, dass man nicht sicher war, ob man dem Gegenüber überhaupt die Hand gereicht hatte.

Ronni beeilte sich, seiner Kollegin einen Stuhl zu holen, den er neben Eisenstein vor seinem Schreibtisch postierte.

„Was möchtest du mir Neues berichten?", wollte Lisa wissen, die neugierig geworden war.

„Frank hat seinen unbezahlten Urlaub beendet und arbeitet wieder für uns!"

Diese Neuigkeit traf ins Schwarze. Lisa war wie vom Donner gerührt. Sie war sich nicht im Klaren, ob sie sich freuen oder ärgern sollte. War sie nicht gut genug für Frank? Wahrscheinlich war sie bisher nicht der richtige Ersatz für Frank Eisenstein gewesen. Na klar, sie war unerfahren. Aber musste diese Entscheidung so plötzlich und für sie unerwartet kommen?

„Schön", sagte sie und beide Männer sahen, dass sie schmollte.

„Das hat nichts mit dir zu tun. Frank will wieder arbeiten. Ich habe das mit Dirk Schmitz besprochen und der hat spontan zugestimmt. Du kennst doch unsere Personalsituation. Es fehlt an allen Ecken und Enden Personal. Mit der alten Spürnase Frank haben wir halt mehr Möglichkeiten", versuchte Ronni die Situation zu erklären.

„Du hättest schon vorher wenigstens ein Wort sagen können", beklagte sich Lisa.

„Ich wollte zuerst abwarten, wie Schmitz sich entscheidet und ob auch von ganz oben ein Okay gegeben wird. Gestern hat der Polizeipräsident zugestimmt und Schmitz hat mich am Abend zu Hause angerufen und Bescheid gesagt."

„Gut, das verstehe ich. Du hast ja Recht, Hilfe können wir bestimmt gebrauchen. Und ab wann ist Herr Eisenstein bei uns?"

„Ab sofort. Oder sagen wir ab morgen. Ich habe Frank gerade von unseren beiden Mordfällen berichtet", erklärte Ronni.

Lisa schien den anfänglichen Schock und den Kratzer an ihrem Ego überwunden zu haben. Als Bestätigung lächelte sie die beiden Männer an. Ihre Gedanken gingen wieder zu ihrem Fall, weswegen sie schließlich hier war.

„Herr Eisenstein, finden Sie nicht auch, dass ..."

„Stopp!", unterbrach Eisenstein Lisas begonnene Frage.

„Ich bin Frank. Wir sind ein Team und in einem Team hält jeder im Ernstfall seinen Kopf für den anderen hin. Da ist es doch selbstverständlich, dass wir uns duzen, oder?"

„Gerne, ich bin Lisa."

„Ich bin sicher, dass wir sehr gut zusammenarbeiten werden", versprach Eisenstein.

„Das denke ich auch. Wir sind ein gutes Team und ich bin froh, dass wir eine Frau im Team haben, die manches womöglich mit anderen Augen sieht, als wir altgedienten Männer", fügte Ronni hinzu und lächelte dabei Lisa zu.

„So jetzt ist aber Schluss mit der Konversation. Lasst uns über den Fall reden. Du hattest vorhin eine Frage, als ich dich unterbrochen hatte?", wandte Frank sich an Lisa.

„Ja. Findet ihr nicht auch, dass wir irgendetwas aktiv unternehmen müssen? Und sei es nur zur Beruhigung der weiblichen Bevölkerung."

Dann berichtete sie den beiden Kollegen ausführlich, wie es ihr heute beim Joggen ergangen war.

„Und glaubt mir, so wie ich heute Morgen verunsichert war, und ich gebe zu, auch Angst hatte, wird es vielen anderen Frauen genauso ergehen."

„Du hast natürlich recht", pflichtete ihr Frank bei. Über Franks Stirn zogen sich Falten, Sorgenfalten. Dann begann er, Lisa Fragen zu stellen, die ihm spontan einfielen – zum Teil provokante Fragen.

„Bist du dir sicher, wenn du sagst, dass es nur ein harmloser Jogger war? War es tatsächlich so kalt, dass man als Jogger eine Kapuze über den Kopf ziehen musste, oder wollte er nicht erkannt werden? War es von dem Jogger tatsächlich geplant, den Weg zur Burg Wissem einzuschlagen oder hatte er eingesehen, dass er dich bis zur Straße nicht mehr einholen konnte? Und wenn er sagte, dass er dir bestimmt noch einmal begegnen wird, war das vielleicht ein Versprechen oder sogar eine Drohung?"

„Du machst mir Angst. Das würde doch bedeuten, dass er unser gesuchter Mörder ist und mich als sein nächstes Opfer sieht."

Danach herrschte Stille im Büro. Jedem der Drei gingen Gedanken durch den Kopf – vermutlich jedem ähnliche Fragen – Fragen die Lisas Sicherheit betrafen. Nur eins war klar: Lisa sah jetzt ihren morgendlichen Jogginglauf mit anderen Augen.

„Das Opferprofil erfülle ich tatsächlich. Beide Frauen hatten sich von ihren Männern getrennt. Auch ich bin geschieden. Beide Frauen haben einen Bezug zu Troisdorf. Auch ich wohne in Troisdorf."

„Nun lass die Kirche mal im Dorf", entrüstete sich Ronni.

„Das trifft auf Tausende andere Frauen ebenso zu. Beide Opfer haben ihre Männer betrogen. Das trifft schon mal nicht auf dich zu. Beide Frauen haben anscheinend einen Bezug zu einer Burg, den du bestimmt nicht hast. Also vergiss es."

„Kennst du mich und mein bisheriges Leben so gut? Ich glaube nicht. In einer Sache gebe ich dir Recht: Einen Bezug zu einer Burg habe ich tatsächlich nicht. Aber möglicherweise hat nur unser Täter einen Bezug zu Burgen."

Ronni merkte, dass er ins Fettnäpfchen getreten war und würde künftig nichts mehr zu diesem Thema sagen.

„Wir können doch nicht jede Burg im Rhein-Sieg-Kreis bewachen. Wer weiß, vielleicht bringt er demnächst sein Opfer zu einer Burg in Köln, in Bonn oder sonst wo hin", überlegte Ronni laut.

Lisa griff seinen Gedanken auf und spann ihn weiter: „Richtig, alle Burgen können wir nicht bewachen. Aber vielleicht können wir einige Tage die eine oder andere Burg hier in der Gegend zumindest vom Einbruch der Dunkelheit bis circa Mitternacht bewachen. Die Morde geschahen immer vor Mitternacht."

„Wie stellst du dir das vor, wer soll das machen und an welche Burgen denkst du?“, fragte Ronni und schüttelte den Kopf.

„Wir! Wir werden die Burgen bewachen. Jeder eine, dann sind das bereits zwei Burgen und wenn Frank mitmacht, wären es schon drei. Meine Tochter ist dieses Wochenende bis Dienstag bei ihrem Vater. Er möchte einmal mit ihr nach Bremen, seine Eltern besuchen und ihr die Stadt zeigen. Die Stadtmusikanten und so etwas ...“

„Wie geht das denn? Muss deine Tochter denn nicht zur Schule?“, unterbrach Ronni sie interessiert.

„Montag ist pädagogischer Tag und Dienstag haben die Lehrer Förderkonferenz. Nicole hat an beiden Tagen schulfrei. Ich hätte also Zeit.“

„Wie recht sie hat.“

Eisenstein schien Lisas Idee zu gefallen. Um seine Mundwinkel bildete sich ein schiefes Grinsen.

„Ich bin dabei. Zumindest ist diese Idee besser, als wenn wir nichts unternehmen. Wir stecken ermittlungstechnisch jedenfalls in einer Sackgasse. Jetzt müssen wir nur noch überlegen, welche Burgen in Frage kommen und wann wir mit der Aktion beginnen“, sagte er.

„Wir sollten nicht mehr lange warten. Zwischen dem ersten und dem zweiten Mord lagen gerade mal vier Tage. Bis heute sind nach dem zweiten Mord schon sieben Tage vergangen. Ich glaube es wird das Beste sein, wenn wir bereits morgen Abend beginnen“, schlug Lisa vor.

Sie war begeistert und hatte endlich das Gefühl, etwas Effektives zu tun, um einen möglichen weiteren Mord zu verhindern.

„Dann sind meine Bedenken wohl überstimmt. Kommen wir zu der Frage, welche Burgen wir aussuchen“, sagte Ronni etwas missmutig.

Er stimmte zwar der Aktion zu, aber restlos überzeugt war er nicht. Wieso sollte der Täter morgen oder übermorgen erneut eine Frau in seine Gewalt bringen? Es könnte auch in ein oder zwei Wochen oder noch später geschehen. Dann würden sie mit Sicherheit keine Burg mehr bewachen.

„Welche Burgen gibt es denn hier in der näheren Umgebung?", fragte Ronni in die Runde, womit er zumindest seinen guten Willen bekundete.

„Seit ich im vorgezogenen Ruhestand bin, sind wir oft gewandert, sofern es Susannes Zeit zuließ. Dabei haben wir auch einige Burgen entdeckt, von deren Existenz wir vorher keine Ahnung hatten. Da wären zum Beispiel die Burgen Honrath und Schönrath in Lohmar, Burg Overbach in Much und die Burg Herrenstein in Ruppichteroth."

„Und ich kenne noch die Löwenburg und die Burgruine Rosenau im Siebengebirge. Da bin ich mal im Sommer mit Isabelle gewesen", trug Ronni seinen Beitrag zur Auswahl bei.

„Ich weiß nicht recht. Die bisherigen Tatorte in Blankenberg und Windeck lagen an der Sieg. Eure Burgen liegen da doch schon etwas abseits. Bleiben wir doch mal an der Sieg. Da gibt es vor Eitorf in Merten die Burg Merten und natürlich hier in Troisdorf die Burg Wissem. Beides sind allerdings keine Ruinen oder Burgen im üblichen Sinne. Dafür liegen beide aber an der Sieg", schlug Lisa vor.

„Nehmen wir doch deine Vorschläge", sagte Ronni zu Lisa.

„Und als dritte Burg die Löwenburg. Die kenne ich. Das ist genauso eine Ruine wie die Burg in Windeck oder Blankenberg", fügte er hinzu.

„Die Löwenburg liegt ganz oben auf dem Berg. Mit dem Auto kommst du da nicht hin. Das geht nur zu Fuß. Da schleppt doch niemand eine Frau hoch. Außerdem liegt sie nicht an der Sieg, sondern am Rhein", gab Frank zu bedenken.

„Was hältst du denn von der Burg Honrath in Lohmar? Der Ort ist nicht weit weg von Troisdorf. Ich schau einmal im Internet nach, wo sie genau liegt."

Ronni schlug sein Notebook auf und gab „Burg Honrath, Lohmar" ein. Sofort öffnete sich die Seite und Ronni überflog, was über diese Burg geschrieben stand.

„Das könnte passen. Die Burg liegt auf einem Berg zwischen den Flüsschen Sülz und Agger. Die Agger ist wiederum ein Nebenfluss der Sieg. Die Sülz ist ein Nebenfluss der Agger. Im weitesten Sinne gehören beide Flüsse zum Fluss- und Zulaufsystem der Sieg."

„Dann nehmen wir doch diese Burg, wenn wir keine bessere Idee haben", schlug Lisa vor.

Eisenstein, der die meiste Erfahrung darin hatte, Entscheidungen zu treffen, übernahm die Einteilung: „Ronni, du beobachtest die Burg Honrath, Lisa, du die Burg Wissem und ich fahre zur Burg Merten. Ist das für euch okay?"

Lisa und Ronni nickten.

„Dann fährt morgen jeder zu ‚seiner' Burg. Ich würde sagen, um 16 Uhr beginnt der Einsatz, dann haben wir noch genügend Zeit, uns bei Tageslicht einen geeigneten Beobachtungsplatz zu suchen."

„Ich sage dem Chef Bescheid, was wir vorhaben. Er wird zwar maulen, weil jeder von uns allein auf seinem Posten ist, aber ich werde ihm versprechen, dass keiner von uns allein eingreifen wird, wenn etwas geschieht", stellte Ronni klar.

„Und ladet eure Handys auf, damit wir uns verständigen können, wenn wir vor Ort sind und auch für Sicherungsmeldungen zwischendurch, mindestens jede Stunde. Ich denke Handys sind okay. Polizeifunk kann zu leicht abgehört werden", wies Frank an.

Lisa und Ronni nickten erneut.

„Ach noch etwas. Denkt dran: Stellt eure Handys bitte auf Vibration ein. Es müssen nicht Mensch und Tier wissen, wo ihr steckt“, ergänzte er seine Anweisungen.

Frank Eisenstein war wieder in seinem Element. Er durfte wieder mitmischen und Anweisungen erteilen wie in alten Zeiten und Ronni ließ ihm zumindest für den Moment diese Freiheit. In den letzten Wochen, möglicherweise auch schon in den letzten Monaten, hatte er diesen Augenblick herbeigesehnt.

Sein damaliger Entschluss, seinen Dienst an den Nagel zu hängen, war sicher nachvollziehbar und richtig. Sein letzter Fall, ebenfalls hier in Troisdorf, hatte ihn Nerven gekostet. Er war es leid, sein Leben nur mit Mord, Totschlag und Vergewaltigung auszufüllen. Damals wollte er einfach nicht mehr.

Je mehr Abstand er zu seinem Beruf bekam, desto mehr vermisste er ihn. Er war noch nicht so weit, nur für Frau, Wohnung und Ruhestand da zu sein. Er wollte etwas bewegen, er wollte gebraucht werden, auch wenn manchmal die Umstände nicht einfach waren.

Heute fühlte er zum ersten Mal nach langer Zeit wieder, dass er gebraucht wurde. Und das war ein gutes Gefühl. Mit Ronni war es immer eine Freude zu arbeiten und er war froh, dass dieser ihn so unkompliziert zu den Ermittlungen hinzugezogen hatte. Und Lisa – eine klasse Frau, eine Bereicherung für das KK 11, da war er sich ganz sicher.

Nur eins war ihm nicht ganz klar. Bahnte sich da etwas zwischen Ronni und Lisa an? Frank war von jeher ein guter Beobachter und Menschenkenner. Wenn er die Blicke beobachtete, die beide sich zuwarfen, konnte man den Eindruck gewinnen, dass da mehr war, als nur berufliches Interesse und Sympathie. Klar, am Anfang murrte sie ein wenig, als

Ronni ihr eröffnete, dass er, Frank, wieder seinen Dienst aufnehmen würde. Verständlich. Aber danach war wieder dieses Funkeln in ihren Augen, wenn sie Ronni ansah, wie am Anfang, als sie das Büro betreten hatte. Und Ronni? Er war sichtlich um ihre Gunst bemüht und konnte seine Zuneigung nicht verbergen. Was war mit Isabelle, seiner Freundin? War da nicht mehr alles so, wie es sein sollte? Man würde sehen, dachte Frank und hakte diese Sache zuerst einmal ab.

„Ich glaube, wir haben alles besprochen und einen vernünftigen Entschluss gefasst. Ich für meinen Teil bin froh, dass wir jetzt agieren und nicht nur reagieren, wenn wieder ein Mord geschieht“, sagte Lisa.

Die Männer nickten zustimmend und grunzten ein „Ja“. Eine Reaktion, die sie bei Männern nicht anders erwartet hatte.

„Was haltet ihr davon, wenn wir gemeinsam zu Mittag essen. Ich kenne da ein Lokal ...“, schlug Ronni vor.

„Na klar“, stimmten Lisa und Frank spontan zu.

Gemeinsam und voller Optimismus verließen sie das Präsidium.

Teil IV

Ich kann nicht mehr fragen.
Ich bin unsicher.
Die Welt ist gegen ihn und gegen mich.

Kapitel 12

Es war Sonntag. Victor Jacobi saß, in eine dicke Winterjacke gehüllt, auf einer Bank im Park vor der Burg Wissem. Obschon die Sonne schien, hatte sich die Luft noch nicht wesentlich erwärmt. Er spürte die Kälte nicht. Laut Wetterbericht sollte es ein sonniger Tag werden. Kalte Nächte, sonnige Tage, beste Voraussetzungen für nächtlichen Nebel, der sich in der Regel erst im Laufe des Vormittags auflösen würde.

Er hätte nicht sagen können, wie oft er sich die Videoaufnahmen angesehen hatte. Insbesondere das Video von der Burg Windeck hatte es ihm wegen der erwartet guten Qualität angetan.

Seit gestern stellte er trotzdem bei sich fest, dass die Freude und die Befriedigung beim Betrachten nachließen.

Freitag oder Samstag wäre der perfekte Zeitpunkt gewesen. Er war kurz davor, seinen Plan in die Tat umzusetzen. Kleinigkeiten in der Planung und die eigene Unzulänglichkeit hatten ihn dann doch davon abgehalten. Der Mensch ist halt fehlerhaft und sein Plan hatte einen Fehler, den er noch rechtzeitig bemerkte. Zur Genialität gehört schließlich auch, dass man Fehler erkennt und die richtigen Schlüsse daraus zieht. Er musste seinen Plan ändern und er hatte seinen Plan geändert. Er war flexibel. Am Ende zählte nur das Ergebnis. Es würde heute, morgen oder übermorgen der Zeitpunkt kommen, an dem er seinen Plan umsetzten konnte. Dieses Mal musste er anders als bisher vorgehen, um seiner Auserwählten habhaft zu werden. In seinem Leben hatte er gelernt, dass manchmal Geduld gefragt war, wenn man das perfekte Ergebnis haben möchte.

Victor erhob sich schwerfällig. Er ging durch das Portal zum Burghof, überquerte diesen und durch das rückseitige Portal gelangte er in den Wald. Auf dem Parkplatz vor dem Friedhof hatte er seinen Wagen geparkt.

Auf dem Weg dorthin überlegte er, ob er das Grab seines Vaters aufsuchen sollte. Es war schon mehrere Wochen her, dass er das letzte Mal dort gewesen war. Nun lag Stolberg auch nicht gerade mal um die Ecke.

Er hatte seinen Vater geliebt. Je mehr seine Mutter ihn verachtete, desto mehr liebte er ihn. Er war überzeugt davon, sein Vater brauchte ihn – und er brauchte seinen Vater.

Umso mehr traf es ihn, dass der katholische Pfarrer die kirchliche Bestattung verweigerte. Selbstmördern stand nun einmal keine kirchliche Bestattung zu. So war die Einstellung des Seelsorgers. Es war für Victor eine Erniedrigung. Vier Männer des Bestattungsunternehmens fuhren den Sarg zum Grab, ließen ihn in die Grube ab und verschwanden. Niemand sprach ein Wort des Gedenkens. Von den wenigen Trauergästen warfen einige eine der bereitgehaltenen Blumen in die letzte Ruhestätte seines Vaters. Andere gaben mit einer kleinen Schaufel ein wenig der bereitgestellten Erde ins Grab. Manche kondolierten ihm, dem Sohn des Selbstmörders. Andere verließen grußlos die Beerdigungszeremonie. Seine Mutter konnte sich noch nicht einmal dazu überwinden, überhaupt zu erscheinen.

Victor hatte seinem Vater immer vertraut und glaubte, das alles richtig war, was er sagte und tat – bedingungslos. Er war sein Vorbild, mit dem er sich identifizierte und dessen Verhalten und Meinung er versuchte nachzuahmen.

Wer sollte ihm jetzt sagen, dass sein Vater in vielen Dingen Unrecht gehabt hatte und ein schlechtes Vorbild gewesen war?

Er stieg in seinen Wagen und fuhr nach Hause. Er hatte vor, sich zum wiederholten Male die Mappe mit den Zeitungsberichten anzusehen. Die Mappe war bereits prall gefüllt. Manchmal gefiel ihm das Lesen der Berichte besser, als das Ansehen der Videos.

Danach würde er sich einige Stunden hinlegen, um sich zu erholen und zu schlafen, denn eine lange Nacht stand ihm bevor, in der er bestimmt keinen Schlaf finden würde.

Kapitel 13

Frank lag auf dem Rücken im Bett. Es kam ihm vor, als sei er bereits seit Stunden wach. Er schaute gegen die Zimmerdecke. Er hatte einen Entschluss gefasst – er hatte seinen Dienst wieder aufgenommen!

Er wusste nicht mehr genau, wann ihm klar geworden war, was er wollte. Die Entscheidung fällte er dann spontan, für sich allein, ohne mit jemandem darüber zu sprechen. Auch nicht mit Susanne. Eine Zeitlang hatte er sich einzureden versucht, dass er die Arbeit gar nicht brauchte. Es war fast so, wie damals, als er das Rauchen aufgab. In den ersten Tagen redete er sich ein, dass er die Zigarette gar nicht benötigte. So als Stärkung seines Selbstbewusstseins. Nur mit dem Unterschied, dass es beim Rauchen geholfen hatte. Im jetzigen Fall wurde er rückfällig. Er hatte wieder seinen Dienst aufgenommen, mit allen Konsequenzen, den schlechten, den unbequemen und denjenigen, die ihm innere Zufriedenheit bereiteten.

Natürlich war es wie ein Stich ins Herz gewesen, als Ronni ihm berichtet hatte, dass er eine neue, junge Kollegin hatte. Eisenstein war davon ausgegangen, dass die meiste Arbeit liegen geblieben war, dass Chaos im KK 11 herrschte, dass es ohne ihn nicht ging. Binnen weniger Sekunden hatte er jedoch begriffen, dass jeder ersetzbar war – auch er. Umso mehr hatte er sich gefreut, dass sich Ronni für seine Rückkehr intensiv und erfolgreich eingesetzt hatte.

In seinem Innersten war er mit sich und seiner Entscheidung im Reinen. Jetzt lag er hier und überlegte, wie er mit seiner Partnerin, die er liebte, ebenfalls ins Reine kommen würde.

Er hatte Susanne nichts von dem gesagt, was sie gestern in Ronnis Büro geplant hatten. Nichts von der heute Abend beginnenden Aktion. Wenn er ihr das jetzt sagen würde, was er bereits längst hätte sagen müssen, könnte das die Beziehung zu der Frau, die noch nichtsahnend neben ihm schlief, verändern.

Würde sie es akzeptieren, wenn er wieder zu unregelmäßigen Zeiten nach Hause kam? Wenn er in den ungünstigsten Momenten gerufen wurde und er in der wenigen Freizeit, die ihnen gemeinsam verblieb, vielfach nervös und abgespannt sein würde?

Ihm graute davor, Susanne seine Entscheidung mitzuteilen. Kein Zweifel, die Zeit als Frühpensionär, war schön. Er freute sich jeden Tag, wenn Susanne abends nach Hause kam. Er hatte, entspannt und erholt, immer ein Ohr für sie und ihre Arbeit und Probleme.

Dennoch konnte es so nicht weitergehen. Er fühlte sich nutzlos. Hobbys hatte er keine. Sein einziges Hobby hatte er aufgegeben – seinen Beruf. Er war gerade einmal sechsundfünfzig Jahre, viel zu jung, um dem aktiven Leben ein Ende zu setzen. Nun war sein Entschluss gefallen und er war froh darüber.

Frank überlegte sich, wie er es Susanne sagen sollte, welche Worte er benutzen könnte, damit es nicht so hart für sie wäre. Er musste es ihr sagen – jetzt. Egal wie, hart würde es auf jeden Fall für sie sein.

Sie war inzwischen aufgewacht. Zärtlich streichelte er ihr Haar. Er holte tief Luft.

Sie kam ihm zuvor.

„Was bedrückt dich? Willst du mir etwas sagen?"

Typisch für sie, dachte er. Sie hat so feine Sensoren und sie kennt mich bereits so gut, dass sie ahnt, dass bei mir etwas nicht stimmt.

Sie kuschelte sich näher an ihn heran. Er spürte die Rundungen ihres Körpers, was sein Vorhaben nicht einfacher machte.

„Komm, sag es schon. Egal was es ist und wie schlimm es ist, wir haben uns und wir schaffen das."

Er wusste, was er an ihr hatte und wusste daher auch, was er verlieren konnte. Nicht sofort, aber womöglich im Laufe der Zeit. Hätte er nur auch ihren unbekümmerten, unumstößlichen Optimismus.

„Soll ich dich später zum Institut mitnehmen?", fragte er harmlos.

Susanne hatte diesen Sonntag Dienst. Die beiden Mordopfer, die es zu obduzieren gab, hatten ihren Zeitplan durcheinander gebracht. Arbeitsrückstände hasste sie. Dann schob sie lieber einmal eine Zusatzschicht, so wie heute, ein.

„Nein brauchst du nicht. Wieso eigentlich, musst du weg?"

„Ja, ich treffe mich mit Ronni."

„Natürlich, die beiden Mordfälle. Und du mischst wieder einmal mit. Ist es das, was du mir sagen willst?"

„Auch das. Aber es kommt noch schlimmer."

„Du steigst wieder voll ein! Wann?"

„Sofort. Die brauchen mich. Aber was noch wichtiger ist: Ich brauche auch meine Arbeit."

„Ich hatte es mir gedacht. Mir war nur noch nicht klar, wann es soweit sein würde", lächelte Susanne ihn an.

„Ich will, dass du glücklich bist. Wenn du dazu deine Arbeit benötigst, dann soll es so sein. Es ist besser, wenn wir glücklich zusammen sind, als wenn einer von uns Trübsal bläst und unzufrieden ist."

„Auch wenn das mit mehr Stress und weniger Freizeit verbunden ist?", fragte Frank vorsichtig.

„Ja, auch dann."

Er konnte es kaum glauben, dass dieses Gespräch, vor dem er so viel Bedenken, man konnte fast sagen, Angst gehabt hatte, so gut verlief.

Er erklärte ihr in groben Zügen, was sie vor hatten. Susanne sagte nichts dazu. Sie schmiegte sich noch näher an ihn heran und begann, sanft seine Brust zu streicheln. Frank war glücklich und konnte sich guten Gewissens treiben lassen.

Das alles war am Morgen. Jetzt konnte er eine gewisse Vorfreude auf den Einsatz nicht verbergen. Höchstwahrscheinlich würden sie keinen Erfolg haben, aber sicher sein konnte man nie. Vielleicht half ihnen der Zufall und sie hatten Glück.

*

Lisa stand in der Küche und bereitete sich ein Essen zu. Fertigpizza aus dem Karton. Sie hatte heute nicht die Ruhe, etwas Anspruchsvolles vorzubereiten. Zu sehr hingen ihre Gedanken an ihrem ersten Polizeieinsatz heute Nachmittag. Zugegeben, es war keine hundertprozentige Sache. Für einen offiziellen Polizeieinsatz hätten sie jede Menge Personal benötigt. Nie hätten sie für diesen vagen Plan, für diese verrückte Idee, zusätzliche Mitarbeiter erhalten. Offiziell hatte ihr Chef Dirk Schmitz noch nicht einmal seine Zustimmung gegeben. Klar, Ronnis Zweifel waren durchaus berechtigt. Jedoch war die Erfolgswahrscheinlichkeit äußerst gering. Im Grunde hatten sie noch nicht einmal eine begründete Vermutung, dass der Täter erneut zuschlagen würde. Trotzdem, sie stand zu ihrer Idee. Besser, sich die eine oder andere Nacht um die Ohren zu schlagen, als im Nichtstun zu erstarren.

Frank schien ein netter Kollege zu sein. Man merkte ihm an, dass er lange Jahre ein Team geleitet hatte. Keine Aufgeregtheit, klare Anweisungen und immer das Team im Auge. Sie war sicher, dass sie mit ihm künftig gut zusammenarbeiten würde.

Wenn sie an Ronni dachte, war sie noch immer etwas sauer und beleidigt, weil er sie nicht vorher eingeweiht hatte, dass Frank wieder seinen Dienst aufnehmen wollte. Die Begründung, er wollte zuerst abwarten, wie sich sein Chef entschied, war zwar plausibel, aber völlig überzogen und bürokratisch. Sie war der Meinung, dass man über solche möglichen, weitgehenden Veränderungen in der Zusammenarbeit reden kann und muss.

Später, während der Planung des Einsatzes und insbesondere während des gemeinsamen Mittagessens, war er höchst charmant und um sie besorgt. Es hatte den Anschein, als wolle er etwas gut machen. Sie fand seine liebenswürdige Art fast sexy und erwiderte sie, indem sie versuchte, mit ihm ein wenig zu flirten. Ronni nahm ihre Flirtversuche nicht nur an, sondern machte sogar mit. Manchmal hatte sie den Eindruck, dass Frank verwirrt war. Zumindest schaute er sie und Ronni merkwürdig an, wenn sie ihr Spiel fast zu weit trieben.

Oder war es gar kein Spiel? Aus ihrer Sicht nicht unbedingt, wie Ronni darüber dachte, war sie sich nicht sicher – noch nicht.

Irgendwann, da war sie sich ganz sicher, würde etwas passieren und sie würde Klarheit haben.

Sie musste diese Gedanken zum jetzigen Zeitpunkt vertreiben. Es gab im Augenblick Wichtigeres, auf das sie sich konzentrieren sollte, als eine mögliche oder nicht mögliche Beziehung zu einem Kollegen.

Genussvoll aß sie die Pizza Vegetable. Dazu ein Glas kalte Milch. Sie war überzeugt, dass das eine gute und ausreichende Grundlage für den Einsatz heute Nacht war.

Kapital 14

Es war ein Herbstsonntag an der Sieg, dem kleinen Fluss, der im Rothaargebirge auf dem Ederkopf-Lahnkopf-Rücken entspringt und im Niederkasseler Ortsteil Mondorf in den Rhein mündet.

Sein Name hat keinen Bezug zum Sieg als Triumph bei einem Wettkampf, sondern leitet sich aus dem Keltischen ab und bedeutet so viel wie „schneller Fluss". Zurzeit war er alles andere als ein schneller Fluss. Außer den ein oder anderen kurzen Regenschauer hatte es in den letzten Wochen keinen langanhaltenden Regen mehr gegeben und sein Wasserstand war daher nicht sehr hoch. Gemächlich plätscherte er an Troisdorf vorbei in Richtung Rhein.

Wenn man an den Herbst denkt, stellt man sich vor, wie die Natur ihre Farbtöpfe öffnet und uns mit ihrer Farbenpracht verzaubert. Dabei gleicht die Laubfärbung der Bäume im Sonnenlicht einem farbigen Naturschauspiel, das keine andere Jahreszeit zu bieten hat.

Heute war alles anders. Mit Anbruch des Tages präsentierte sich die Natur in dicken, grauen Tönen. Keine Sonnenstrahlen, keine bunten Farben. Alles war trist, grau und kalt.

*

Es klingelte an Lisas Wohnungstür.

Wer mag das sein?, dachte sie. Für Besuch hatte sie jetzt wirklich keine Zeit und keinen Nerv. Heute Nachmittag begannen die Beobachtungen der Burgen. Vorher musste sie noch überlegen, was sie anziehen und was sie mitnehmen wollte. Ronni hatte geplant, für jeden ein Nachtsichtgerät zu besorgen. Wahrscheinlich musste sie deswegen nochmals zum Büro fahren und das Gerät abholen. Missmutig ging sie zur Tür und öffnete.

„Guten Morgen, schöne Frau. Ich bringe dir das Nachtsichtgerät, damit du auch jede Maus erkennst, die dir heute Nacht an den Zehen nagt. Frank habe ich gerade auch das Gerät zu Hause in Bonn vorbeigebracht."

„Morgen Ronni. Du bist ja ausgesprochen gut gelaunt. Das wär doch nicht notwendig gewesen. Ich hätte mir das Gerät auch im Büro abholen können. Es ist doch noch genug Zeit", antwortete Lisa mit ihrem schönsten Lächeln.

„Möchtest du einen Augenblick hereinkommen? Ich hätte auch einen Kaffee für dich."

„Na ja. Du kennst mich inzwischen. Bei Kaffee und bei so einer freundlichen Einladung kann ich nicht nein sagen."

Ronni betrat die Wohnung. Er schaute sich neugierig um. Die Tür zum Wohnzimmer war geöffnet.

„Setzt dich schon mal ins Wohnzimmer. Ich bin gerade in der Küche und mache den Kaffee. Dann komme ich sofort."

Ronni setzte sich in den Sessel vor einem geschmackvollen Wohnzimmertisch aus Glas. Überhaupt war das Zimmer chic und modern eingerichtet. Vor dem Fenster befand sich ein kleiner Balkon. Die Sommermöbel standen zusammengeklappt an der Hauswand. Alles wirkte ordentlich und sauber. Es passte zu der Lisa, so wie er sie kennengelernt hatte.

„Der Kaffee ist fertig. Schwarz und ohne Zucker, so wie du ihn magst."

Lisa kam mit zwei hohen Bechern Kaffee, die sie auf Untertellern balancierte, ins Wohnzimmer. Einen Becher stellte sie vorsichtig auf eine Ecke des Tisches zum Sofa hin ab. Wahrscheinlich sollte der für sie selbst sein. Mit dem anderen Becher ging sie langsam um den Tisch herum, um ihn vor Ronni abzustellen.

Ob es daran lag, dass Ronni plötzlich seinen Kopf zu ihr umdrehte oder ob sie am Teppichrand hängengeblieben war, ließ sich im Nachhinein nicht sagen. Tatsache war, dass Lisas Hand mit dem Becher wackelte und sie durch eine überhastete Gegenreaktion versuchte, das Gleichgewicht wieder herzustellen. Der Kaffeebecher kam dadurch noch mehr ins Trudeln. Letzten Endes fiel er um und ein Großteil des heißen Kaffees ergoss sich über Ronnis Oberschenkel. Er sprang wie von der Tarantel gestochen auf, wobei er einen lauten Schrei ausstieß. Dass er Lisa dabei anstieß und ihr das Porzellangefäß nebst Unterteller endgültig aus der Hand glitt und zu Boden fiel, war beinahe unvermeidlich.

„Oh, tut mir schrecklich leid, Ronni. Das war nicht beabsichtigt", entschuldigte sie sich völlig aufgelöst.

„Das hoffe ich doch, dass da keine Absicht dahinter steckte", war seine knappe Antwort, die er in einem Grinsen verpackte.

„Geh ins Bad, zieh die Hose aus, wasch' den Fleck aus und föhn die Hose trocken", schlug Lisa vor und packte Ronni am Arm und zog ihn über den Wohnungsflur ins Bad.

„Dort drüben hängt der Föhn."

Dabei zeigte sie auf einen Haken neben dem Waschbecken. Dann ließ sie ihn allein und bereinigte das Missgeschick im Wohnzimmer.

Ronni zog seine Jeans aus und betrachtete den Schaden. Die obere Hälfte des rechten Beins war vom Kaffee pitschnass. Wie Lisa vorgeschlagen hatte, begann er, den Kaffeefleck im Waschbecken auszuwaschen. Als er den Föhn vom Haken nehmen und mit dem Trocknen beginnen wollte, öffnete sich die Badezimmertür und Lisa stand im Türrahmen. Ihre Wangen glühten rosig und sie lächelte verschämt.

„Moment, ich geb dir noch ein Handtuch, damit du dein Bein abtrocknen kannst. Ich halte mir auch die Augen zu, damit ich dich nicht in der Unterhose sehe", sagte sie.

Was war bloß mit ihr los? Irgendein Verlangen hatte sie zu Ronni ins Bad gedrängt. Trotz der Peinlichkeit mit dem verschütteten Kaffee war ihr Ronni noch nie so nah und vertraut wie gerade jetzt gewesen. Oder war es reines Begehren und Lust?

Ein Stapel Handtücher lag in einem Korb auf einem kleinen Schränkchen vor dem Fenster. Lisa versuchte, sich zwischen Ronni und dem Waschbecken dorthin zu drängen. Das Bad war nicht sehr groß und der Platz zwischen ihm und dem Waschbecken sehr schmal, da sich direkt hinter Ronni die Badewanne befand. Als sie mit ihm auf einer Höhe war, hielt sie inne und schaute Ronni in die Augen. Der erwiderte ihren Blick in der gleichen Intensität. Wie selbstverständlich fanden sich ihre Lippen. Der erste Kuss war zärtlich, fast schüchtern. Dann wurden Ihre Küsse intensiver und leidenschaftlicher. Mit den Händen streichelte jeder den Körper des anderen bis seine Hände den Weg unter Lisas Bluse gefunden hatten. Sie presste ihr Becken gegen seins und spürte seine Erregung. Gegenseitig begannen sie, sich ihrer Kleidung zu entledigen. Dass Ronni dabei rücklings in die Badewanne rutsche und Lisa über sich zog, war nicht beabsichtigt, tat dem Liebesspiel aber keinen Abbruch. Als Lisa den Hebel der Dusche betätigte, dagegen schon.

Anfangs war das Wasser eiskalt, das auf sie herab rieselte. Nach wenigen Augenblicken wurde die Temperatur etwas wärmer. Beide lachten und erfreuten sich an dem nassen Spiel, bis die Leidenschaft sie überwältigte.

Es dauerte nicht lange, bis sie sich des Restes ihrer nassen Kleidung entledigt hatten. Lisa zog Ronni mit sich ins Schlafzimmer. Unterwegs betätigte sie den CD-Recorder in der Hoffnung, dass sich eine ansprechende CD im Fach befinden würde. Leidenschaftlich, fast wie ausgehungert, fielen sie übereinander her.

Roxette mit „Listen to your heart" ertönte aus den Lautsprechern.

Der harte Bassanschlag stimulierte sowohl Lisa als auch Ronni. Das wilde Gitarrensolo in der Mitte des Songs führte beide zur Ekstase.

Später – viel später, lag Lisa in Ronnis Arm, dicht an seine Brust geschmiegt. Sie hatte die Augen geschlossen und genoss die Zweisamkeit, die sie sich so sehr gewünscht hatte und so lange vermisst hatte. Er lag auf dem Rücken und schaute gegen die Zimmerdecke. Er hing seinen Gedanken nach, in denen er nicht sonderlich gut wegkam.

Vorsichtig drückte er Lisa zur Seite, küsste sie zärtlich auf die Stirn, bevor er sich hinsetzte.

„Wir müssen los. Unser Job wartet auf uns", sagte er leise.

„Ich weiß", antwortete Lisa, blieb aber liegen.

„Ich springe unter die Dusche, bleib noch solange liegen, bis ich fertig bin."

Er stand auf und ging ins Bad.

Lisa hörte das Wasser rauschen. Sie kuschelte sich zufrieden in ihre Decke. Ronni war ein wunderbarer Mann. Sofort, als sie an ihn dachte, kribbelte es in ihrem Bauch. Ich glaube, ich bin verliebt, dachte sie und schloss selig die Augen.

Ein zärtlicher Kuss in den Nacken riss sie aus ihren Träumen. Ronni stand angezogen an ihrem Bett. Seine Kleidung schien wieder trocken zu sein.

„So, ich bin dann mal weg. Es war schön", sagte er und küsste sie nochmals.

Dieses Mal zärtlich auf den Mund.

„Ja, es war schön. Ich glaube, ich habe mich in dich verliebt, Ronni Kern", sagte Lisa und schaute ihn aus schmalen Augenlidern an.

„Ja, ich weiß."

Ohne ein weiteres Wort zu sagen, drehte sich Ronni um und verließ das Schlafzimmer und die Wohnung.

*

Bis zum Mittag hatte sich der Nebel etwas gelichtet. Auch waren die Temperaturen um wenige Grade geklettert. Aber insgesamt war der Tag von einem schönen Herbsttag meilenweit entfernt.

Die Natur zog sich zurück und erwartete den Winter. An solch einem Tag zogen sich auch die Menschen in ihre warmen Wohnungen zurück und allmählich machten sich die Gedanken an die bevorstehende Weihnachtszeit breit.

Gefühlsmäßig waren die Menschen noch nicht bereit, die gefütterten, warmen Schuhe und die dicken Winterjacken aus dem Kleiderschrank zu holen, denn die Wärme des Sommers war noch nicht so lange her.

In diesem Gefühlschaos befand sich auch Lisa, als sie vor ihrem Kleiderschrank stand und überlegte, welche Kleidung sie anziehen sollte. Heute war ihr erster nächtlicher Einsatz. Sie musste raus in die kalte, feuchte Herbstluft. Im Gegensatz zu ihren beiden männlichen Kollegen konnte sie nicht auf Erfahrungen bezüglich der Kleiderfrage zurückgreifen. Sich bei Ronni oder Frank einen Rat hinsichtlich der Kleidung einzuholen, kam für sie auf keinen Fall in Frage. Sie war eine erwachsene Frau und musste in der Lage sein, selbst die Wahl der Kleidung zu treffen.

Das war jedoch nicht das einzige Gefühlschaos, in dem sie sich befand. Immer wieder dachte sie an Ronni, seine Leidenschaft und seine Zärtlichkeit. Nein, so konnte es nicht weitergehen. Sie war Kommissarin und hatte einen Job zu erledigen. Der hatte oberste Priorität. Für Gefühle war weder der Ort noch die Zeit richtig.

Schließlich entschied sie sich für warme Wintersachen: dicke Hose, dicken Pullover, Winterjacke, Schal und gefütterte Winterstiefel. Nach einigen Überlegungen nahm sie auch eine Mütze dazu, die sie jedoch vorerst in den Rucksack steckte. Nach dem Sommer hatte sie ihn auf dem Kleiderschrank verstaut und für heute wieder heruntergenommen. Im Rucksack befand sich bereits einiges an Krimskram, wie Ronni sich auszudrücken pflegte. Das Nachtsichtgerät mit einer Infrarotlampe, das Ronni ihr dagelassen hatte, packte sie dazu.

Sie hatte bereits die Wohnungstüre abgeschlossen, als ihr einfiel, dass sie nichts zum Trinken dabei hatte. Wahrscheinlich würde sie auch etwas Essbares benötigen, denn die Nacht war lang. Warme Kleidung allein reichte nicht.

Also nochmals zurück in die Wohnung. Im Kühlschrank fand sie eine Flasche Apfelschorle, dazu ein Brötchen von heute morgen sowie ein großes Stück Fleischwurst. Das musste reichen. Diese Dinge verstaute sie ebenfalls im Rucksack. Nochmal ein kurzer Blick auf ihr Handy – alles in Ordnung, 100 Prozent Ladekapazität.

Es war fünf Minuten vor 16 Uhr. Von ihrer Wohnung in der Carl-Diem-Straße bis zur Burg Wissem waren es nur wenige

Minuten Fußweg. Einen geeigneten Beobachtungsplatz würde sie sicherlich schnell gefunden haben.

*

Lisa schlenderte wie eine Spaziergängerin die Burgallee entlang. Vor ihr lag, von Strahlern erleuchtet, die Burg Wissem, das Wahrzeichen Troisdorfs. Der erste schriftliche Nachweis dieser Burganlage stammt aus der zweiten Hälfte des 15. Jahrhunderts. Das goldgelbe Licht der Laternen auf beiden Seiten der Allee versuchte sich gegen den immer dichter werdenden Grauschleier des Nebels zu behaupten. In der kleinen Parkanlage und auf der großen Wiese vor der Burganlage sah sie einige Hundebesitzer, die ihre vierbeinigen Freunde zum letzten Mal an diesem Tag Gassi führten.

Durch den Bogen des Torhauses betrat sie den Burghof, der in gleißendem Licht der Scheinwerfer lag. Es schien, als hätten die Strahler den Nebel hier im Hof ein wenig vertrieben. Sie schaute sich um. Im Torhaus war das Standesamt untergebracht und daneben befand sich ein modernes Restaurant. Gegenüber von ihr erstreckte sich der lange Bruchsteintrakt der Remise. Auf der rechten Seite des rechtwinkligen Hofes erhob sich das in rötlicher Farbe gestrichene Herrenhaus, das seit vielen Jahren das Bilderbuchmuseum beherbergte.

Sie war allein. Jeden ihrer Schritte auf dem Pflaster konnte man vernehmen. Langsam flanierte sie an den Gebäuden vorüber. Nein, hierhin, auf den Burghof, würde der Täter nicht kommen, da war sie ganz sicher. Der Bereich um die Burgallee war viel zu offen und von der vorbeiführenden Straße einsehbar. Für sein Vorhaben jedenfalls total ungeeignet.

Sie ging zurück zum Torhaus und kam an einer Skulpturengruppe vorüber, die das Märchen „Hans im Glück“ darstellte.

Lisa erinnerte sich: „So glücklich wie ich, gibt es keinen Menschen unter der Sonne“. Diese Worte sagte Hans in dem Märchen, nachdem er nach und nach Wertvolles gegen Wertloses eingetauscht hatte.

Als Kind hatte ihre Mutter ihr dieses Märchen Hunderte Mal vorlesen müssen. Sie war vernarrt in die Geschichte vom Hans im Glück.

Heute, als Erwachsene fragte sie sich, ob sie auch so glücklich wie der Hans im Märchen war. Heute bestimmt. Zu ihrer Vorstellung von Glück gehörte ein Partner, mit dem sie zusammen leben konnte und den sie liebte. Hatte sie diesen Partner heute gefunden? Sie hoffte es inständig. Ronni war ein Mann, mit dem sie einen neuen Versuch wagen würde. Aber, liebte er sie auch? Heute würde sie sagen: ja! Doch wie würde es morgen sein oder übermorgen? Wie dachte er über das, was heute mit ihnen geschehen war? War das nur ein Augenblick, war das nur Sex für ihn? Was waren seine Zukunftsvorstellungen? Sie hatte noch keine Zeit gehabt, mit ihm darüber zu reden. Irgendwann, wenn das alles hier vorbei war, würde sie Zeit für dieses Gespräch finden.

Sie wandte den Blick von den Skulpturen ab und überquerte den Burghof. Auf der anderen Seite führte neben der Remise ein Weg über den Burggraben in den angrenzenden Wald mit dazugehörendem Wildgehege.

Unter den Bäumen war es fast stockdunkel. Sie ging den Weg entlang des Burggrabens hinter der Remise. Später hinter dem Herrenhaus wurde der Burggraben breiter und es befanden sich hier kleine Stege, die einige Meter ins Wasser reichten. Über eine kleine Holzbrücke gelangte man wieder auf den Burghof. Sie konnte sich vorstellen, dass der Täter hier am Waldrand eher eine passende Gegebenheit für eine mögliche Tat vorfinden könnte. Auf der anderen Seite des Weges sah sie eine Stelle, wo mehrere Bäume mit dicken Stämmen eng zusammen standen. Von dort konnte sie sowohl die Stege, als auch die Holzbrücke und den Weg, den sie soeben gegangen war, überblicken. Vorausgesetzt, der Nebel nahm nicht weiter zu. Sie war optimistisch, schließlich hatte sie noch das Nachtsichtgerät und sie hoffte, dass es ihr gute Dienste leisten würde.

Sie beschloss, Ronni anzurufen.

„Hallo, Ronni. Wie geht es dir?“, fragte sie leise und wartete.

Er antwortete nicht.

„Ich bin außerhalb des Burggeländes und habe eine Beobachtungsstelle gefunden“, fuhr sie fort.

„Mir geht es gut, sogar sehr gut“, vernahm sie Ronnis vertraute Stimme.

Lisas Herz machte einen Freudensprung.

Ronni teilte ihr mit, dass es in Lohmar, wo er sich befand und auch bei Eisenstein in Merten, neblig und recht kalt war.

„Hier ist das Wetter ebenfalls bescheiden“, antwortete sie.

„Die beiden Morde in Blankenberg und Windeck wurden alle nach zweiundzwanzig Uhr verübt. Es ist noch nicht einmal achtzehn Uhr. Die Burg ist voll erleuchtet und Hundehalter gehen mit ihren Hunden spazieren. Hier wird vorerst nichts passieren. Ich schlage vor, ich gehe noch einmal nach Hause und werde so kurz vor einundzwanzig Uhr wieder hier sein. Bei mir sind das ja nur wenige hundert Meter. Vielleicht könnt ihr noch einige Zeit in einer warmen Kneipe verbringen?“

Lisa hatte irgendwie ein schlechtes Gewissen, den Vorschlag mit der Beobachtung gemacht zu haben. Mieses Wetter und die ganzen Umstände ließen wenig Erfolg erahnen.

„Ist in Ordnung. Du entscheidest vor Ort. Ich spreche mit Frank und wir überlegen, ob wir uns auch noch ein Weilchen zurückziehen. Melde dich trotzdem stündlich bei mir. Okay?"

„Klar. Bis später."

Lisa steckte das Handy in ihre Hosentasche und machte sich auf den Weg nach Hause.

In der Theorie klingt so ein Vorschlag, einige Burgen zu beobachten wesentlich einfacher und erfolgsversprechender, als in der späteren Umsetzung, dachte sie auf dem Heimweg.

Sie wollte zu Hause ein wenig lesen und es sich im warmen Wohnzimmer gemütlich machen. Auf keinen Fall durfte sie einschlafen, was unter normalen Umständen durchaus möglich gewesen wäre.

Bei ihrem nächsten Telefonat mit Ronni, wie verabredet eine Stunde später, erfuhr sie, dass auch die beiden Kommissare eine gemütliche Kneipe gefunden hatten. Sie wollten sich um zwanzig Uhr wieder auf den Weg zu ihrem Beobachtungsposten machen.

*

Es war kurz vor zwanzig Uhr, als Lisa erneut Ronni anrief.

Sie hatte in den vergangenen Stunden versucht zu lesen und war immer wieder in ihrer Wohnung auf und ab gegangen. Sie hatte nicht die innere Ruhe, sich auf den Inhalt eines Buches zu konzentrieren. Sie wollte den Frauenroman, den sie vor Wochen begonnen hatte, weiterlesen, doch wenn sie das Buch zur Seite legte und wieder einmal auf und ab durchs Zimmer ging, hatte sie das Gefühl, dass sie nur mit den Augen gelesen hatte. Ihr Gehirn schien den Inhalt nicht erfasst zu haben. Vielleicht lag es an der Story, bei der es sich um Liebe, Leidenschaft, Eifersucht und Intrigen drehte, oder es lag an ihr, weil sie das Thema Leidenschaft und Liebe gerade selbst erlebt hatte und gedanklich immer zu sich und Ronni abschweifte. Sie hatte genug damit zu tun, ihre eigenen Gefühle unter Kontrolle zu halten.

„Hallo Ronni, was gibt es Neues?“, fragte sie, als ihr Kollege sich meldete.

Im Hintergrund hörte sie leise Musik und das Gemurmel anderer Personen. Wahrscheinlich war er noch in der Kneipe.

„Ich zahle jetzt und gehe auf meinen Posten. Neues? Nein, Neues gibt es nichts. Ich bin nur hungrig. Hier gibt es nicht einmal eine Kleinigkeit zu essen. Zwei Frikadellen, mit jeder Menge Brot drin, habe ich verdrückt.“

Ronni lachte. Isabelle, seine Lebensgefährtin, hatte ihm natürlich belegte Brote gemacht, die er aber in der Kneipe nicht essen wollte. So etwas sieht man nicht gerne, fand er.

„Du tust mir leid. Ich hatte vor einer Stunde so richtig Lust auf ein Chinesisches Gericht, das ich mir manchmal selber zubereite. Dann habe ich aber doch nur den Rest Nudelsalat von gestern gegessen. Das Gericht werde ich mir aber demnächst kochen, spätestens, wenn wir diesen Fall abgeschlossen haben.“

„Ich will zwar nichts schwarzmalen, aber das kann noch eine Weile dauern“, antwortete Ronni mit leicht resigniertem Ton.

„Das glaube ich zwar nicht, aber egal. Was hältst du davon, wenn du mich dann besuchst und wir essen zusammen? Wir können einen Samstag oder Sonntag auswählen, wenn Nicole bei ihrem Vater ist. Dann haben wir Zeit und können uns ungestört unterhalten.“

Lisas Herz hatte diese Einladung verfasst, ohne vorher den Weg über das Gehirn zu gehen.

Es war still am anderen Ende der Leitung.

„Hallo, bist du noch da oder hat es dir die Sprache verschlagen?", fragte sie unbekümmert.

„Ja, selbstverständlich bin ich noch da. Ich bin mir im Moment nicht schlüssig, was ich antworten soll."

Seine Stimme klang jetzt im Gegensatz zu vorhin ernst und reserviert.

Lisa war ein wenig betroffen. Was war mit ihm los? Eben war er doch noch ganz anders. Sie wollte doch nur, dass sie sich näher kennen lernten. Wie es weitergehen sollte, mit ihnen und – natürlich mit Isabelle.

„Ach Lisa. Ich mag dich, wirklich. Ich glaube aber, das mit dem Essen ist im Moment keine gute Idee. Ich bin mir noch nicht schlüssig, wie ich mit dem heutigen Morgen umgehen soll. Ich lebe noch in einer intakten Beziehung. Zumindest bis heute Morgen. Außerdem sind wir Kollegen. Wie soll das laufen? Lassen wir es im Augenblick einfach so, wie es ist."

„Aber Ronni ..."

Sie kam nicht mehr weiter. Er unterbrach sie.

„Denk mal darüber nach. Bis später. Ich gehe jetzt los. Frank wird jetzt auch wieder auf der Burg sein."

Damit legte er auf.

Lisa ließ sich kraftlos in den Sessel zurückfallen. Das hatte sie sich anders vorgestellt. War Ronni so verklemmt oder mochte er sie doch nicht? Sie hatte doch unzweifelhafte Signale empfangen. So wie sie sich geliebt hatten. Oder gestern, als sie im Restaurant geflirtet hatten. Sogar Frank schien das nicht entgangen zu sein. Oder wollte er seine Beziehung nicht aufgeben?

Er hatte ja Recht, dachte sie nach einer Weile.

Für ihre Arbeit würde das schwierig werden, zumal sie nicht glaubte, dass ihr Chef mitspielen würde. Doch wenn man will, gibt es bestimmt eine Lösung, davon war sie überzeugt. Schließlich kann es in jeder Firma geschehen, dass sich eine Kollegin und ein Kollege ineinander verlieben.

Möglicherweise müsste sich einer der beiden versetzen lassen.

Zumindest wusste sie jetzt woran sie war. Geduld war angesagt. Aber das war nicht gerade ihre Stärke. Sie musste versuchen, damit fertig zu werden – und das war nicht so einfach.

Vielleicht brachte die Nachtluft ihr einen kühlen Kopf.

Sie stand auf, zog ihre warme Jacke und Stiefel an, nahm ihren Rucksack und verließ in mieser Laune ihre Wohnung.

Kapitel 15

Lisa trat von einem Fuß auf den anderen. Ihre Füße waren trotz der gefütterten Stiefel eiskalt. Sie bibberte vor Kälte. Der Nebel und die Kälte hatten im Vergleich zu heute Nachmittag noch zugenommen. Ihren Schal hatte sie nach dem unerfreulichen Gespräch mit Ronni zu Hause liegen gelassen und ihre Thermounterwäsche, die sie sich voriges Jahr für den Winterurlaub gekauft hatte, wollte sie auf keinen Fall anziehen. Inzwischen bedauerte sie dies.

Sie wechselte ihre Stellung immer wieder. Mal stand sie aufrecht, mal lehnte sie sich an den Stamm von einem der drei Bäume, hinter denen sie ihr Lager aufgeschlagen hatte. Von Zeit zu Zeit setzte sie sich für wenige Minuten auf ihren Rucksack oder trat wie jetzt von einem Fuß auf den anderen. Immer galt ihre ganze Aufmerksamkeit der Umgebung vor sich. Manchmal nahm sie das Nachtglas mit der Infrarotlampe und suchte damit den Wald um sich herum und das Burggelände ab. Anfangs irritierte sie das grünliche Bild, doch inzwischen hatte sie sich daran gewöhnt. Es war dunkel und still. Wenn überhaupt, dann musste bald etwas geschehen.

Sie schaute auf die Uhr. Es war drei Minuten vor zweiundzwanzig Uhr. Seitdem sie sich hier befand, hatte sie keinen Menschen gesehen. Kein Hundehalter mit seinem Hund, keine Jugendlichen, die ihren Unfug im Wald trieben. Nichts, keine Menschenseele. Es war absolut still. Nicht einmal ein Laut vom nahen Wildgehege drang zu ihr herüber. Es schien, als hätten sich Hirsche und Rehe trotz der Kälte zur Ruhe gelegt.

Zum Glück hatte sie ein Päckchen Kaugummi mitgenommen. Ihre Kiefer mahlten lautlos und beförderten den Kaugummi von einer Seite zur anderen Seite ihres Mundes. In der Werbung hatte sie einmal gelesen, dass Kaugummikauen Stress abbauen kann. Das Kauen soll Verspannungen im Kiefer- und Gesichtsbereich lockern, die durch Stress entstanden sind. Außerdem soll Kaugummikauen Ängste reduzieren. Na gut, wer daran glaubt, dachte sie. Ängste hatte sie sowieso nicht.

Da, ein Knacken.

Sie lauschte angestrengt. Nichts. Nur das Pochen ihres Herzens.

Sie überlegte, welche Tiere es wohl hier gab. Abgesehen von den Kleintieren, wie Mäuse, Ratten und Eichhörnchen gab es sicherlich auch Rehe, Hirsche und Füchse. Oder sogar Wildschweine, angeführt von einem Keiler mit riesigen Hauern.

Nein, sie hatte überhaupt keine Angst. In der Schule hatte sie gelernt, dass das Tier kein Feind des Mensch sei, sondern eher umgekehrt. Im Normalfall greift kein Tier einen Menschen an, redete sie sich beruhigend ein.

Sie konzentrierte sich auf den inzwischen hartgewordene Kaugummi in ihrem Mund. Der Kauvorgang wurde schneller.

Da erneut ein Knacken. Es kam aus der Richtung hinter ihr, also nicht aus der Richtung vom Burggelände.

Sie hielt den Atem an, kniff ihre Augen zusammen und versuchte, die Dunkelheit zu durchdringen. An das Nachtsichtgerät dachte sie gar nicht. Ihre rechte Hand griff zum Holster, dass sie unter ihrer linken Achsel trug. Das kalte Metall der Waffe beruhigte sie ein wenig.

Dann war es wieder still, so still wie in einem Gr... Diesen Gedanken wollte sie nicht zu Ende denken.

Dann ein lauteres Knacken, ganz in ihrer Nähe. Ihr Kopf flog nach rechts, dann nach links. Wieder nichts. Absolut nichts!

Sie zog ihre Waffe aus dem Holster und richtete sie nach vorne, den Rücken gegen den Baumstamm gelehnt.

Vor ihr zeichnete sich das angestrahlte Herrenhaus der Burg schemenhaft im Nebel ab. Ihr fiel das Nachtsichtgerät ein. Nein, sich jetzt bücken oder in die Hocke gehen und mit der freien Hand das Gerät suchen, schien ihr in dieser Situation unangebracht, vielleicht sogar gefährlich.

Plötzlich spüre sie, wie sich etwas auf ihre Schulter legte. Eine Hand. Sie schrak zusammen und konnte gerade noch einen Schrei unterdrücken.

Sie fuhr herum. Der Schein einer starken Taschenlampe blendete sie vollständig. Sie umfasste die Waffe fester mit der Hand. Sie hatte Hemmungen, den Abzug zu betätigen. Außer bei den routinemäßigen Schießübungen hatte sie noch nie eine Waffe benutzt. Und jetzt auf einen Menschen zu schießen, wobei sie noch nicht einmal wusste, wer dieser Mensch war – nein, das ging gar nicht.

Sie hob die freie Hand vor ihre Augen, um dem Lichtstrahl zu entgehen. Plötzlich sagte eine tiefe männliche Stimme: „Vorsicht junge Frau mit der Waffe. Ich bin der Revierförster. Ich möchte Sie nur fragen, was Sie hier machen?"

Dabei senkte er den Lichtkegel seiner Lampe auf die Erde vor ihr. Es dauerte einige Sekunden, bis sich ihre Augen von der Blendung erholt hatten. Ihre Hand mit der Pistole hing bereits wie leblos an ihr herab. Sie war so erleichtert, dass sie hätte heulen können.

Jetzt sah sie auch eine Gestalt vor sich, die einen Hut auf dem Kopf trug und ein Gewehr vor sich quer über die Brust hielt, dessen Lauf nach oben zeigte.

„Mein Gott, haben Sie mich erschreckt“, sagte sie erleichtert und atmete hörbar aus.

„Das glaube ich Ihnen. Ich habe Sie bereits einige Zeit beobachtet und ich frage mich, was Sie hier machen und wer Sie sind. Und vor allem, was wollen Sie mit der Pistole, die Gott sei Dank noch nicht einmal entsichert ist?“

Der Förster hielt sein Gewehr immer noch mit festem Griff vor sich, als traue er der Sache noch nicht ganz.

„Ich bin Kriminalbeamtin. Eine Sekunde, ich zeige Ihnen meinen Ausweis.“

Lisa steckte die Waffe zurück in das Holster und zog den Ausweis aus der Hosentasche.

„Hier bitte“, sagte sie und hielt den Ausweis hoch.

„Würden Sie sich bitte auch ausweisen“, forderte sie ihrerseits den Förster auf.

Ohne Einwand kam er der Aufforderung nach und legte ihr Ausweis, Jagdschein und Waffenschein vor. Demnach handelte es sich tatsächlich um den Förster Hans Kux aus Troisdorf.

Wie er sagte, wollte er sich um das Schwarzwild, die Wildschweine, kümmern, die immer häufiger Grünanlagen und Gärten zerwühlen und zerstören.

Gerne hätte er noch ausführlich über die Wildschweinjagd berichtet, aber Lisa unterbrach ihn dabei entschieden. Zum einen war das kein Thema, das sie brennend interessierte und außerdem war sie nicht zum Spaß hier.

„Aber verraten Sie mir doch, was Sie hier machen", fragte Hans Kux mit einer Vertrautheit in der Stimme, die es Lisa fast unmöglich machte, gar nichts über ihren Einsatz zu sagen.

„Das darf ich Ihnen leider nicht sagen. Nur so viel kann ich sagen: Wir haben einen Hinweis, dass sich vielleicht hier ein gesuchter Straftäter herumtreibt. Daher bitte ich Sie, gehen Sie nach Hause. Und das bleibt unter uns", antwortete Lisa geheimnisvoll und wichtig.

Dabei legte sie den Zeigefinger über ihren Mund, um die geforderte Verschwiegenheit noch zu unterstreichen.

„Dann noch eine schöne Nacht. Und viel Erfolg. Und keine Sorge. Von mir erfährt niemand etwas."

Der Förster reichte ihr die Hand und so plötzlich wie er gekommen war, war er auch wieder verschwunden.

Lisa hatte sich inzwischen von dem Schrecken erholt und rief Ronni an, um zu berichten, was vorgefallen war.

„Ich glaube, hier wird sich diese Nacht nichts mehr ereignen", beendete sie ihren Bericht.

„Bei mir, und wie Frank soeben mitteilte, auch bei ihm ist es vollkommen ruhig. Ich finde, wir sollten trotzdem unseren Plan beibehalten und zumindest bis Mitternacht durchhalten. Bei Frank und bei mir ist es neblig und eiskalt. Ich friere wie ein Schneider. Wie fühlst du dich?"

„Na ja, vorher habe ich gefroren. Nach den Ereignissen gerade ist mir etwas wärmer geworden. Die zwei Stunden bekomme ich aber noch hin. Bis später. Wenn ich Schluss mache, melde ich mich noch einmal."

Damit beendete sie die Verbindung.

Es war wenige Minuten nach Mitternacht. Ronnis Handy vibrierte. Lisa war am anderen Ende der Leitung. Sie sagte, dass sie Schluss machen würde und sich auf ihr warmes Bett freue.

„Okay, schlaf gut. Nimm dir morgen früh frei und schlaf' dich aus. Wir sehen uns am Nachmittag im Büro."

Ronni drückte nachdenklich die Taste für Gesprächsende. Heute war kein guter Tag, zumindest was ihre Aktion betraf. Die erste erfolglose Nacht auf dem Beobachtungsposten war vorbei. Er hatte bestimmt nicht erwartet, dass sie sofort Erfolg haben würden, wie auch immer dieser Erfolg aussehen mochte. Trotzdem war er geschlaucht und niedergeschlagen. Vielleicht hatte er doch mehr erwartet.

Womöglich hing diese Niedergeschlagenheit aber auch mit Lisa zusammen. Der Morgen mit ihr belastete ihn. War er auch nicht zu schroff und unfreundlich eben am Telefon gewesen? Wie mochte sie seine Absage zum Essen aufgenommen haben? Sie hatte sich danach nichts anmerken lassen und kein Wort mehr darüber verloren. Es musste für sie eine bittere Niederlage gewesen sein, als er ihr Zusammensein noch am gleichen Tag klar und unmissverständlich in Frage gestellt hatte. Wieso tat sie ihm plötzlich so leid?

Ja, er mochte sie. Liebte er sie auch? Er war sich sicher, dass er Isabelle liebte, mit der er nun schon lange Zeit zusammen war und auch weiterhin zusammenbleiben wollte.

Eine Affäre? Nein, die kam für ihn nicht in Frage. Auch Lisa hätte das nicht verdient und wollte das bestimmt auch nicht. Sie wollte mehr, da war er sich sicher.

Was soll's. Für den heutigen Sonntag reichte es ihm. Müde schaute er auf die Uhr. Es war nach vierundzwanzig Uhr und bereits Montag. Frank war bestimmt auch auf dem Weg nach Hause. Morgen wartete erneut eine lange Nacht auf ihn.

Kapital 16

Ronni schlug langsam die Augen auf. Er blinzelte, obschon die Vorhänge den Eintritt des grellen Tageslichts verwehrten.

Das Erste, was er bewusst wahrnahm, waren die dunklen Augen und die glänzenden, schwarzen Haare von Isabelle, seiner Freundin.

Sie lag neben ihm im Bett, den Kopf auf eine Hand gestützt und sah ihn unablässig an, wie eine Torte, von der sie sich gerne ein großes Stück abschneiden mochte. Sie lächelte.

Welch ein Glück, ich muss im Himmel sein, dachte er. Er schloss erneut die Augen und überlegte. Ein Geräusch, das in der Regel nicht während des Schlafens auftritt, musste ihn geweckt haben.

„Guten Morgen, mein Held. Wirst du heute doch noch einmal wach?", flüsterte sie ihm ins Ohr.

„Es ist kurz vor elf Uhr. Du hast geschlafen wie ein Murmeltier."

„Guten Morgen, mein Schatz", antwortete er verschlafen.

Seine Augen hatten sich inzwischen an das abgedunkelte Tageslicht gewöhnt. Er musterte das Gesicht seiner Freundin genauer. Sie sah heute irgendwie anders aus. Das volle, schwarze Haar lag wellig über ihren schmalen nackten Schultern. Eine Locke hing ihr in der Stirn. Es schien ihm, als wären ihre Haare feucht. Ihre Augen waren perfekt geschminkt und ihr Mund hatte die zärtliche rote Tönung, die sich ideal von ihrem dunkelbraunen Teint abhob und die er so sehr an ihr mochte. Um ihren Körper hatte sie eng ihre Bettdecke geschlungen.

„Was war das für ein Geräusch, das mich geweckt hat?“, sagte er und schaute dabei Isabelle mit fragenden Augen an.

Anstelle einer Antwort drehte sie sich nach hinten und balancierte mit der freien Hand ein halb gefülltes Glas Sekt in seine Richtung. Reflexartig ergriff er das Glas. Isabelle wiederholte den Vorgang, wobei sie das zweite Glas in ihrer Hand behielt und mit seinem anstieß.

„Hast du vergessen, was heute für ein Tag ist?“, frage sie mit einem verschmitzten Lächeln im Gesicht.

Wie Schuppen fiel es Ronni von den Augen. Jahrestag! Heute war der vierte Jahrestag ihrer Beziehung. Verdammt, ausgerechnet heute, dachte er. Bilder vom gestrigen Morgen mit Lisa liefen vor seinem geistigen Auge ab. Er sah Isabelle an und versuchte, die Bilder zu verscheuchen.

„Natürlich nicht“, antwortete er, nippte kurz am Glas Sekt und hauchte ihr einen zärtlichen, fast schüchternen Kuss auf den Mund.

Behutsam nahm sie ihm das Glas aus der Hand und stellte es zusammen mit ihrem auf den kleinen Glastisch neben dem Bett. Dabei drehte sie ihm den Rücken zu und die Bettdecke rutschte ein wenig von ihrem Körper. Ronni sah, dass sie keinerlei Nachtwäsche trug. Plötzlich sah er das Gesicht von Lisa vor seinen Augen. Seine Sinne spielten ein Spiel mit ihm – ein böses Spiel.

Brutal fassten seine Hände ihre zierlichen Schultern und rissen sie zurück. Ungestüm suchte sein Mund den ihren und er küsste sie leidenschaftlich. Sie erwiderte sogleich seine Leidenschaft und drückte ihren Körper gegen seinen. Das

Bild von Lisa war erloschen. Erregt fuhren seine Hände über den makellosen Körper von Isabelle. Gewaltsam riss er sich seine Shorts vom Körper und warf sich auf seine Freundin.

Sie musste seit einiger Zeit bereit gewesen sein. Vielleicht schon während der Zeit, als sie ihn im Schlaf betrachtet hatte. Sie drängte sich ihm kompromisslos entgegen und er nahm sie wild und hart. Immer wieder, bis er an seine physischen Grenzen angelangt war. Ihr tiefes Stöhnen verriet ihm, dass er das Richtige getan hatte.

Meistens liebten sie sich zärtlich und langsam, indem jeder die Wünsche des Partners zu erfüllen versuchte. Manchmal überkam sie die Lust mit solch einer Gewalt, dass sie sich laut und rücksichtslos liebten, so wie heute. Trotzdem war heute alles anders – zumindest bei ihm.

Unvermittelt zog er sich von ihr zurück. Bisher hatte er immer gewartet, bis auch sie dazu bereit gewesen war. Er setzte sich im Bett hin, den Rücken gegen das Kissen gelehnt. Sie sah ihn überrascht, fast ungläubig an. Was war mit ihm los?

Sie wollte es so. Er wollte es so. Was stimmte dabei nicht?

„Hast du irgendetwas?“, fragte sie.

„Nein“, war seine knappe Antwort.

Isabelle setzte sich auf und rückte nahe an ihn heran. Sie legte ihren Kopf gegen seine Schulter. Beide Körper waren noch warm und glänzten vom Schweiß. Der Geruch ihres Parfums, der sich durch die Wärme ihres Körpers noch verstärkte und ihm so vertraut war, stieg ihm in die Nase.

„Aber es ist doch etwas mit dir. Ich kenne dich heute seit vier Jahren. Du bist anders als sonst. Unausgeglichen, nachdenklich. Willst du mit mir darüber sprechen?“

Ronni antwortete nicht.

„Ist es wegen Lisa? Magst du sie?“

In dem Moment kam Isabelles offene Art zum Vorschein. Sie sagte das, was sie dachte und fühlte, erwartet das aber auch von ihrem Partner.

Sein Mund wurde trocken.

„Ja, es ist wegen Lisa. Sie hat mich zum Essen eingeladen."

„Ja, und ... Was ist dabei?"

„Sie möchte nicht nur mit mir essen. Bei ihr zu Hause, wenn ihre Tochter nicht da ist. Sie möchte mehr."

Isabelle nahm den Kopf von seiner Schulter und schaute ihn überrascht an.

„Was hast du ihr gesagt? Gehst du hin?"

„Natürlich nicht. Ich mag Lisa, als Mensch und als Kollegin. Aber ich liebe nur dich."

Dabei zog er sie an sich und küsste leicht ihre Stirn. Er wunderte sich, wie glatt der letzte Satz über seine Lippen gekommen war. Aber in diesem Augenblick meinte er das tatsächlich so, wie er es gesagt hatte.

„Ich weiß und ich liebe dich auch. Ich vertraue dir. Ohne Vorbehalte."

Er konnte ihr nicht die Wahrheit sagen. Heute nicht. Vielleicht morgen, oder später, wenn er sich selbst im Klaren war, was er wollte. Er hasste sich.

Sie umfasste ihn mit ihren schlanken Armen und Beinen. Das Wilde und Ungestüme hatten sie ausgelebt. Jetzt begann die Zeit der Zärtlichkeit und der Gefühle.

Später saßen sie beim verspäteten Frühstück zusammen. Isabelle hatte Rührei mit Speck gemacht. Lisa war für beide kein Thema mehr. Gott sei Dank, dachte er – und so sollte es auch bleiben.

Als sie ihren ersten Hunger gestillt hatten, lehnte Ronni sich zurück.

„Du kennst Frank doch auch ganz gut. Was hältst du davon, dass er wieder dabei ist?“

„Ich finde es gut. Gut für Frank und gut für dich. Ich habe damals seinen Schritt nicht nachvollziehen können und habe die ganze Zeit darauf gewartet, dass er seinen selbstgewählten Ruhestand beendet. Er ist einfach noch zu jung und zu rührig dafür. Dir wird er ganz gut tun. Du hast eine große Hilfe in ihm. Nichts gegen Lisa. Sie ist halt noch jung und unerfahren.“

Zum ersten Mal nach heute Morgen im Bett nahm Isabelle das Wort „Lisa“ wieder in den Mund. Offen und selbstbewusst, ohne jegliche Ressentiments. Ronni war darüber erleichtert und beugte sich über den Tisch und drückte seiner Freundin einen Kuss auf den, mit Brot vollem, Mund. Beide lachten.

„Wie geht das weiter mit eurer Observierung der Burgen?“, wollte Isabelle wissen.

„Wie geplant. Heute werden wir uns wieder die Nacht um die Ohren schlagen. Es sieht so aus, als ob das Wetter besser wird. Was wir morgen unternehmen, werden wir auch erst morgen entscheiden.“

„Wenn du dann spät nach Hause kommst und wieder wie ein Toter geschlafen hast, denke gar nicht, dass es wieder Sekt gibt.“

Bei diesen Worten war Isabelle aufgestanden und umfasste von hinten seinen Oberkörper. Dabei drückte sie ihm zärtlich einen Kuss auf den Hals.

„Auf den Sekt könnte ich verzichten, aber ...“

Ronni sprach nicht weiter. Beide schienen sich einig zu sein. Sie grinsten über beide Ohren.

Kapital 17

Es gibt in einem Spiel immer Gewinner und Verlierer. Je höher der Einsatz ist, mag das für den Gewinner nicht von entscheidender Relevanz sein, für den Verlierer kann es eine Katastrophe bedeuten. Und es gibt Spiele, bestialische Spiele, die haben nur einen Gewinner aber viele Verlierer.

Heute ging das Spiel in die dritte, entscheidende Runde. Wer würde der Gewinner sein und wer der Verlierer? Oder trat der seltene Fall ein, dass es nur Verlierer gab?

Wenn ein langes Spiel mit hohem Einsatz zu Ende geht, kann für einen Spieler der Tag kommen, der mit Liebe, Freude, und Hoffnung beginnt und mit Hass, Leid und Verzweiflung endet. So ein Tag war heute.

*

Es war Montag, kurz nach Mittag. Frank Eisenstein betrat das Büro weit vor der vereinbarten Zeit. Weder Lisa noch Ronni waren da. Bevor heute ihr Einsatz beginnen würde, wollten sie noch einmal über die gestrige Nacht sprechen und den heutigen Einsatz abschließend planen. Er setzte sich hinter Ronnis Schreibtisch, der früher einmal sein Schreibtisch gewesen war. In der Kürze der Zeit hatte bisher niemand daran gedacht, ihm einen Arbeitsplatz einzurichten. Er lehnte sich im Schreibtischsessel zurück und strich gefühlvoll über die helle Tischoberfläche. Er war froh, wieder hier zu sitzen.

Er beugte sich nach vorne und zog die oberste Schublade auf. Direkt als Erstes lag die bisher erstellte Akte der beiden Mordfälle. Er genoss die Stille und hoffte, dass er Zeit genug hatte, die Akte konzentriert durchzuarbeiten. Bisher hatte er nur einen kurzen Blick hineingeworfen und war in der Hauptsache mündlich von Ronni und Lisa unterrichtet worden. Das reichte ihm nicht. Manchmal kam es auf eine Kleinigkeit an, die für den Erfolg entscheidend sein konnte.

Hin und wieder stand er auf und ging zum Fenster, um sich über das, was er gelesen hatte, seine Gedanken zu machen. Beiläufig registrierte er, dass erneut Nebel aufzog. Was sollte man anderes erwarten. Es war schließlich November. Noch während er sich wieder hinsetzte, machte er sich Notizen zu Unklarheiten, die er mit Ronni und Lisa abklären wollte.

Die Zeit verrann. Immer noch saß er allein im Büro. Ronni und Lisa ließen auf sich warten. Frank kam das sehr gelegen. Vielleicht noch eine halbe Stunde, dann war er mit dem Aktenstudium fertig.

Ihm blieben nur noch wenige Seiten. Dabei handelte es sich um die Niederschriften von Lisas Flucht vor dem Jogger und ihre Idee über die Observierung der Burgen.

Er erschrak, als die Bürotür aufgerissen wurde und eine Frau hereinstürmte.

„Hallo, ich bin wieder da. Habt ihr mich vermisst?"

Frank sprang auf, wie von der Tarantel gestochen.

Die Frau blieb wie angewurzelt stehen.

„Hallo Sybille, wo kommst du denn her?", rief Eisenstein und Freude spiegelte sich in seinem Gesicht.

„Hallo Frank, das Gleiche könnte ich dich fragen."

Franks frühere Bürokraft lief auf ihn zu und umarmte ihn herzlich. Er ließ es geschehen, obschon er solche Gefühlsausbrüche eher zu vermeiden suchte.

„Da komme ich nach vier Wochen aus dem Urlaub und mein alter Chef steht vor mir. Wie finde ich denn das?“

„Ich bin halt wieder im Dienst. Seit ein paar Tagen, um es genau zu sagen. Ich freue mich riesig, dass du noch immer hier bist.“

Franks Freude war aufrichtig.

„Wo ist denn Ronni, unser einsamer Kämpfer für Gerechtigkeit?“

„Verstehe. Du weißt noch nicht, was hier los ist. Dann setz‘ dich mal hin und hör‘ zu.“

Sybille ließ sich auf den Stuhl vor Franks Schreibtisch fallen. Ihre Augen waren vor Neugierde weit aufgerissen.

„Ronni hat eine neue Kollegin, Lisa Brenner. Noch eine junge Frau aber eine klasse Kollegin. Na ja, und ich hatte genug vom vorzeitigen Pensionärsdasein. Aber was noch viel wichtiger ist. Wir haben es mit einem Psychopathen zu tun. Zwei Morde hat er bereits begangen.“

„Nein, das ist ja furchtbar. Und wo sind Ronni und diese neue Kollegin jetzt?“

Frank schaute auf seine Armbanduhr.

„Die müssten in Kürze hier eintreffen. Geh zuerst einmal zu deinem Schreitisch, leg‘ deine Tasche ab und starte den PC. In der Zwischenzeit berichte ich dir im Groben, was es mit den beiden Mordfällen auf sich hat.“

Sybille tat, was Frank ihr gesagt hatte und Frank begann, sie währenddessen über alles in Kenntnis zu setzen.

Frank war noch lange nicht mit seinem Bericht zu Ende, als erneut die Bürotür aufflog und Ronni hereinstürmte.

„Sorry, ich bin zu spät", rief er und hastete sofort auf seinen Schreibtisch zu, als wenn er noch einige Sekunden gut machen wolle.

„Wir haben Unterstützung. Schau mal, wer wieder da ist."

Erst jetzt sah er zu Frank hinüber und entdeckte Sybille am Schreibtisch. Er lief zu ihr hinüber und umarmte sie zur Begrüßung. Sofort wandte er sich wieder an Frank.

„Ist Lisa noch nicht da?", fragte er und man konnte erkennen, dass er nur wieder den Fall und Lisa im Kopf hatte.

Kein Wort zu Sybille wie vielleicht: Wie geht es dir? Hattest du einen schönen Urlaub? Ober etwas Ähnliches.

„Nein, noch nicht. Sie hat sich auch nicht gemeldet, dass sie eventuell später kommt", antwortete Frank.

„Seltsam. Das kenne ich gar nicht an ihr. Normalerweise ist sie immer vor mir hier. Ob ich sie anrufen soll?", überlegte Ronni und fuhr sich mit den Fingern durchs Haar.

„Sie wird schon kommen. Vielleicht steht sie im Stau oder es war ein Unfall auf der Autobahn. Warten wir noch zehn Minuten, dann kannst du sie immer noch anrufen."

„Ich muss noch einmal zu meinem Wagen", sagte Ronni bereits nach wenigen Minuten und war auch schon unterwegs, ehe Frank oder Sybille etwas sagen konnte.

Seine Unruhe nahm zu. Er musste nicht zu seinem Wagen, sondern wollte nur feststellen, ob Lisas Wagen bereits auf dem Parkplatz stand und sie womöglich auf dem Weg zum Büro aufgehalten wurde. Er musste raus aus dem Büro und diese Aktion war lediglich ein Ventil, sich etwas Entspannung zu verschaffen.

„Herr Kern! Herr Kern!, rief die Frau am Empfang im Erdgeschoss, als er zum Ausgang eilte.

Ronni blieb jäh stehen.

„Was gibt es?“, erkundigte er sich.

„Ich habe hier eine Mail bekommen, von Frau Brenner.“

Als er das Wort Brenner hörte, stand er direkt vor der Empfangsdame.

„Ja, und ...?“

„Ich druck‘ sie Ihnen aus. Sekunde.“

Es dauerte tatsächlich nur wenige Augenblicke und er hielt den Ausdruck in Händen. Er benötigte keine drei Sekunden, um den einen Satz zu lesen: Hallo, ich bin krank und kann heute nicht kommen.

Mehr stand da nicht. Nur dieses nüchterne „Hallo“, kein Gruß, kein Absender.

„Ist das wirklich alles, was Sie hier ausgedruckt haben?“, fragte er die Mitarbeiterin und wedelte mit dem Papier durch die Luft.

„Ja, natürlich“, bekam er etwas schnippisch zur Antwort.

Er drehte sich auf dem Absatz um und lief zum Aufzug. Die Aufzugstür öffnete sich sofort und er brauchte zum Glück nicht zu warten. Aufgeregt stürmte er ins Büro.

„Hier schau dir das an. Eine Mail von Lisa“, dabei hielt er das Stück Papier direkt vor Franks Gesicht, der gar nicht anders konnte, als den Ausdruck zu greifen.

„Findest du das normal? Was hältst du davon?“

Frank schaute lange auf das Papier, ehe er antwortete.

„Wie siehst du das? Du kennst sie besser als ich“, sagte er schließlich.

Ronni kannte sie tatsächlich besser – viel besser, als Frank ahnen konnte.

„Wie ich das sehe? Solch einen Text würde Lisa nie verfassen. Ohne Anrede, ohne Gruß. Was soll das heißen? Ich bin krank.

Was hat sie denn so plötzlich? Gestern war sie doch noch vollkommen gesund."

Wie gesund sie besonders gestern Morgen noch gewesen war, konnte er Frank nicht sagen. Ronni war außer sich. Im Augenblick war er sich unschlüssig, ob er sich ärgern oder sich Sorgen machen sollte.

„Bei diesem Wetter hat man sich schnell einen Infekt geholt. Manchmal kommen die Symptome wie angeflogen. Zu Beginn denkst du noch, dass das weiter nichts Besonderes ist, aber wenn sich das Fieber dann einstellt und stetig steigt, hast du nicht unbedingt Lust, eine ausschweifende Mail zu schreiben", meinte Sybille, um Ronni zu beruhigen.

„Okay, verstehe ich. Aber wieso ruft sie dann nicht an? Es kann ihr doch plötzlich nicht so schlecht gehen, dass sie nicht mehr anrufen und sprechen kann."

„Das ist richtig. Da stimmt etwas nicht", pflichtete Frank ihm bei.

Ronni hatte schon sein Handy in der Hand und drückte die Kurzwahltaste für Lisa. Das bekannte Signal ertönte. Die Leitung frei war und der Ruf kam an.

„Der angerufene Teilnehmer antwortet nicht ...", lautete die Ansage der Telefongesellschaft nach einer Reihe von Freizeichen.

„Sie geht nicht ran. Wenn sie krank ist, muss sie doch zu Hause sein. Ich fahre nach Troisdorf. Ich will wissen, was da los ist. Frank, du bleibst bitte hier, falls sie sich meldet oder falls sonst etwas geschieht."

Er griff sich seine Jacke und ohne eine Antwort abzuwarten knallte er die Tür hinter sich zu.

„Ist es nicht besser ...", setzte Frank an, der darauf hinweisen wollte, dass es besser wäre, wenn er ihn begleiten würde.

Er sah ein, dass es zwecklos war und dass es vielleicht wirklich effektiver war, wenn er im Büro blieb.

„Ich bin doch wieder da und kann die Stellung hier halten", meldete sich Sybille aus dem Hintergrund.

Frank hatte sie tatsächlich völlig vergessen. Das wäre ihm vor seiner Auszeit nicht passiert.

„Natürlich", stimmt er zu, schnappte sich ebenfalls seine Jacke und rannte hinter Ronni her.

Er musste lange am Aufzug warten und entschied sich schließlich für das Treppenhaus. Als er auf dem Parkplatz des Präsidiums ankam, war Ronnis Wagen bereits weg.

„Verdammt", fluchte er laut.

Sein Wagen stand am Ende des Parkplatzes. So sehr er sich auch beeilen mochte, er würde Ronni nicht mehr einholen. Als er vom Parkplatz fuhr, fiel ihm ein, dass er noch nicht einmal die Adresse von Lisa hatte. Er rief Sybille an. Es dauerte einige Zeit, bis Sybille ihm die Anschrift nennen konnte.

Auf der Autobahn nach Troisdorf trat er das Gaspedal seines 184 PS starken BMW voll durch, bis ihn ein Stau kurz vor der Ausfahrt Troisdorf ausbremste. Anscheinend war dort gerade ein Unfall geschehen.

Hoffentlich ist Ronni nicht beteiligt, dachte er. Er rief Ronni an.

„Ich komme mit. Wo bist du? Ich stehe vor der Ausfahrt im Stau. Es kann dauern."

„Ich bin gleich bei ihr zu Hause und gehe direkt zu ihr in die Wohnung. Wenn sie mir öffnet."

Ronni meinte das ernst. Er hatte so ein komisches Bauchgefühl.

„Okay. Wenn es hier weitergeht, komme ich nach", antwortete Eisenstein.

„Falls dir etwas ungewöhnlich vorkommt, sei vorsichtig“, gab er Ronni abschließend mit auf dem Weg, wenngleich er wusste, dass Ronni ein erfahrener Kriminalbeamter war, der die Lage richtig einschätzen würde. Auch Eisensteins Instinkt meldete Befürchtungen an.

*

Aus voller Fahrt bremste Ronni seinen Wagen vor dem Haus, in dem Lisa wohnte, ab. Die Reifen hinterließen einen entsprechenden Abdruck auf dem Asphalt. Ronni sprang aus dem Auto und lief über den Bürgersteig zum Hauseingang. Lisa wohnte in einem Vier-Parteien-Miethaus. Kein Neubau, aber ordentlich. In der Mitte des Hauses befand sich der Eingang und wie man von außen erahnen konnte, auch das Treppenhaus. Rechts und links des Eingangs war ein kleines Blumenbeet angelegt, das zu dieser Jahreszeit recht trostlos aussah.

Sowohl im Parterre, als auch im ersten Stock befanden sich auf beiden Seiten des Treppenhauses ein kleines und ein breites Fenster. Das breite Fenster gehörte offensichtlich zum Wohnzimmer. Die Gardinen und die aufgereihten Blumen ließen darauf schließen.

Ronni betätigte den Klingelknopf neben dem Schild mit Lisas Namen. Natürlich kannte er sich aus. Lisas Wohnung war im Parterre links.

Er wartete.

Nichts geschah.

Er klingelte erneut – wesentlich länger als beim ersten Mal.

Warten.

Niemand betätigte den Türöffner.

Ronni betrat das Beet und ging hinüber bis vor das Wohnzimmerfenster, das jedoch zu hoch war, um hineinzusehen. Er sprang mehrmals in die Höhe, aber die wenigen Zentimeter, die er dadurch gewann, reichten nicht aus.

Als er am Haus hochschaute, meinte er ein Gesicht am Fenster darüber gesehen zu haben. Er ging einige Meter zurück und machte winkend und rufend auf sich aufmerksam.

Ohne Erfolg.

Lisa hatte einmal erzählt, dass ihre Eltern eine Querstraße weiter wohnen würden. Dort könnte er eventuell einen Schlüssel für die Wohnung bekommen. Doch die genaue Adresse war ihm entfallen.

Er wurde zunehmend wütender. Kurz entschlossen betätigte er alle Klingeln.

„Ja, bitte, wer ist da?“, meldete sich eine zarte Frauenstimme durch die Sprechanlage, wahrscheinlich eine ältere Dame.

„Guten Tag, mein Name ist Ronni Kern. Ich bin ein Kollege von Lisa Brenner. Könnten Sie mir bitte die Haustür öffnen?“

„Ah, Herr Kern. Lisa hat ihren Namen öfter erwähnt. Moment, ich drücke auf.“

Der Türöffner summte und Ronni konnte endlich den Hausflur betreten. Er vernahm, wie sich im ersten Stockwerk eine Tür öffnete.

„Vielen Dank. Alles in Ordnung“, rief er laut.

Die Tür schloss sich wieder.

Er schaute sich um. Rechts neben der Haustür stand ein Kinderwagen. Vier Stufen führten in einen Flur, wo rechts das Treppenhaus begann. Einige Meter nach rechts und links führte der Flur zu den Eingangstüren der Wohnungen. Die vier Stufen schienen lange nicht mehr geputzt worden zu sein. Er konnte deutliche Fußspuren erkennen, die direkt zu

Lisas Wohnung führten. Gestern Morgen, als er hier gewesen war, war ihm das nicht aufgefallen.

Neben der Tür standen ein Paar Joggingschuhe. War Lisa heute Morgen noch joggen gewesen? Seltsam.

Rechts neben der Wohnungstüre waren ein Lichtschalter und ein Klingelknopf mit dem Namen „Brenner“ angebracht. Er drückte die Klingel.

Wie vorhin – wieder nichts.

Jetzt versuchte er es mit Klopfen.

Als er zum zweiten Mal mit den Knöcheln seiner Hand gegen das Türblatt klopfte, öffnete sich die Tür wie von Geisterhand einen Spalt breit.

Ronni wich einen Schritt zurück und stutzte. Jetzt konnte er seine Beunruhigung, die er bereits im Büro verspürt hatte, nicht mehr verbergen. Aus der Entfernung betrachtete er das Türschloss. Auf den ersten Blick stellte er keine Beschädigung fest.

Automatisch griff seine rechte Hand unter seine Jacke zur SIG Sauer P225. Eine Neun-Millimeter-Pistole, die keinen außen liegenden Sicherungshebel besitzt. Das bedeutete, sie war durchgeladen und sofort schussbereit.

Mit der linken Hand stieß er die Tür vollständig auf. Geschmeidig sprang er in den Flur. Alle Türen zu den einzelnen Zimmern standen offen.

„Lisa, bist du da? Ich bin´s, Ronni!“, rief er laut und deutlich.

Keine Antwort.

Mit der Waffe im Anschlag sicherte er jedes Zimmer.

Die Wohnung war leer.

Er ging zum Wohnzimmer und blieb im Türrahmen stehen. Mit seinen Augen tastete er jedes Möbelstück, jede Ecke ab. Langsam ging er bis zur Mitte des Raumes. Er kniete sich nieder. Mit dem Kopf direkt über dem Teppich schaute er unter die Schränke, den Sessel, den Tisch und unter das Sofa.

Da, da lag etwas. Unter dem Sofa.

Ronni verspürte ein Kribbeln auf der Kopfhaut, als wenn sich seine Haare aufrichteten.

Auf allen Vieren kroch er zu der Stelle und schob seinen Arm unter das Sofa. Als er sich wieder aufrichtete, hatte er ein schwarzes Smartphone in der Hand. Er war sicher, dass es Lisa gehörte. Er versuchte, das Menü aufzurufen, aber das Gerät war gesichert. Wahrscheinlich war es ausschließlich mit einem Fingerabdruck von Lisa zu entsperren. Er meinte, sich daran zu erinnern, dass Lisa das an einem ihrer ersten Tage im Präsidium erwähnt hatte. Er steckte das Smartphone in die Tasche.

Seine Besorgnis nahm zu, dass hier etwas absolut nicht in Ordnung war. Er verdrängte diesen Gedanken. Lisa könnte auch bei ihren Eltern sein. Vielleicht hatte sie Fieber und wegen ihrer Krankheit war sie unaufmerksam gewesen und hatte die Wohnungstür nicht richtig verschlossen.

Nein, nein, dachte er und schüttelte den Kopf. Dafür war Lisa zu gewissenhaft. Auch wenn sie erkrankt war, würde ihr das nicht passieren.

Genauso würde sie nie die Wohnung ohne ihr Handy verlassen. Und wie kam das Handy unter das Sofa?

Ronni vernahm ein Geräusch in der Diele. Augenblicklich hielt er wieder seine Pistole in der Hand, die er zwischenzeitlich weggesteckt hatte.

Vorsichtig schaute er um die Türkante in den Flur.

„Ach du bist es“, sagte er erleichtert, als er Eisenstein erkannte.

„Ein bisschen mehr Freude hätte ich schon von dir erwartet, wenn ich hier auftauche. Schließlich habe ich alles gegeben, um dich einzuholen“, nörgelte Frank aus Spaß.

„Schön, dass du gekommen bist. Ich glaube, Lisa ist etwas zugestoßen“, antwortete Ronni, der für Späße nicht aufgelegt war.

Dann berichtete er seinem langjährigen Kollegen, wie er die Wohnung vorgefunden hatte und zeigte ihm die Stelle, wo das Handy lag. Für Ronni stand fest: Lisa war entführt worden!

„Nach deiner Meinung ist Lisa also entführt worden. Das Handy könnte im Handgemenge oder im Kampf mit dem Entführer unter das Sofa gerutscht sein. Durchaus denkbar“, resümierte Frank.

„Wann und wieso schreibt sie dann eine Mail, dass sie krank ist?“, überlegte Eisenstein.

„Das war nicht ihre Art zu schreiben. Sie hat die Mail nicht geschrieben! Sie würde doch nie eine Mail an die Zentrale schreiben, sondern direkt an mich richten. Es ist doch denkbar, dass der Entführer die Mail geschrieben hat. Er will uns in Sicherheit wiegen. Er will vermeiden, dass wir Lisas Verschwinden bemerken und nach ihr suchen. Oder will jemand ein Spiel mit uns spielen?“

„Sehr dilettantisch von ihm“, urteilte Eisenstein.

„Zuerst sollten wir in Erfahrung bringen, wo die Eltern wohnen und sie befragen. Vielleicht klärt sich alles auf und unsere Befürchtungen waren überflüssig. Ich rufe die Zentrale an, die sollen die Anschrift in Erfahrung bringen.“

Ronni schien noch immer die Hoffnung auf ein gutes Ende zu haben. Er rief die Zentrale an.

Nach wenigen Minuten meldete sich seine Kollegin und teilte ihm die Anschrift der Eltern mit.

„Das scheint ja wirklich nur um die Ecke zu sein. Ich gehe zu den Eltern. Kannst du solange hier bleiben, bis ich Genaueres erfahren habe? Wir sollten die Wohnung nicht unbeaufsichtigt lassen."

„Ja, ja. Geh nur. Ich schaue mich in der Zwischenzeit ein wenig um", antwortete Frank.

Als sein Kollege weg war, streifte sich Eisenstein Einmalhandschuhe über. In der Mitte des Wohnzimmers blieb er stehen. Langsam drehte er sich um die eigene Achse und schaute sich um. Er versuchte, die Atmosphäre des Zimmers in sich aufzunehmen. Das war nur möglich, wenn er allein war. Er schnupperte. Im Zimmer lag ein ganz leichter Geruch eines Parfüms. Vielleicht zitronisch? Um welches Parfüm es sich handeln könnte, konnte er nicht sagen. Dafür war er kein Fachmann. Dann begann er, das Wohnzimmer systematisch abzusuchen, wobei er darauf achtete, dass er nichts unnötig anfasste oder verrückte. Er kniete sich auf den Teppich, den er Zentimeter für Zentimeter absuchte.

Unterhalb der Tischkante wurde er fündig. Ein kleiner, dunkler Fleck. Vielleicht ein getrockneter Blutstropfen. Er stieß die Luft aus, damit seine Anspannung nachließ. Dann senkte er den Kopf, sodass er von der Tischkante über die Glasplatte gegen das Licht schauen konnte. Er stellte mehrere dünne Steifen fest. Es schien ihm, als sei das Glas abgewischt worden.

„Also doch", sagte er leise.

Als nächstes nahm er sich die Küche vor. Hier stand kein benutztes Glas, keine Tasse oder Teller. Nichts ließ darauf schließen, dass hier ein Mensch lebte. Im Kühlschrank entdeckte er nur wenige Essensvorräte und einige Flaschen Getränke. Er öffnete die Spülmaschine. In ihr befanden sich einige Gläser, eine Tasse und zwei Teller. Fertig gespült. Wer lässt für so wenig Geschirr eine Spülmaschine laufen?, überlegte er.

Auch das Schlafzimmer, total aufgeräumt. Die Betten bezogen, als wenn niemand hier geschlafen hätte. War Lisa tatsächlich so sorgfältig und ordentlich? Wenn er sich selbst betrachtete, konnte er nicht nachvollziehen, dass so eine Ordnung möglich war.

Zum Schluss schaute er sich noch das Schloss der Wohnungstür an. Nichts Auffälliges. Keine Kratzspuren.

Eisenstein überlegte: Gehen wir davon aus, Lisa wurde entführt. Wer hatte die Wohnung aufgeräumt? Hatte das Lisa vorher selbst gemacht? Oder der Entführer? Falls es der Entführer war: Wieso tat er das?

Wieso hatte der Täter die Wohnungstür nicht zugezogen? War er auch dabei so dilettantisch, wie beim Schreiben der Mail?

Hier muss die KTU rein, war Franks Resümee. Mehr konnte er im Augenblick nicht machen.

Er setzte sich in der Küche auf einen Stuhl und wartete Ronnis Rückkehr ab.

*

Eisenstein musste nicht lange warten, bis Ronni zurückkam.

Ronni hatte Lisas Mutter angetroffen. Sie war nicht bei den Eltern. Von einer Erkrankung ihrer Tochter war der Mutter nichts bekannt.

Er hatte versucht, sich seine Befürchtungen der Mutter gegenüber nicht anmerken zu lassen. Mütter haben jedoch feine Sensoren, auch wenn die Kinder bereits erwachsen sind. Sie merkte ihm an, dass etwas nicht stimmte.

„Ich habe ihr gesagt, sie solle sich keine Sorgen machen. Wahrscheinlich kläre sich alles schnell auf. Dabei konnte ich der Frau nicht in die Augen sehen. Sie hätte sofort gewusst, dass ich selbst nicht daran glaube“, sagte er zu Frank.

„Deine Vermutung besteht zu Recht. Lisa scheint tatsächlich entführt worden zu sein.“

Frank zeigte ihm, was er im Wohnzimmer entdeckt hatte. Ronni war geschockt. Wieso Lisa? War das „ihr“ Täter, oder gab es vielleicht doch eine einfache Erklärung? Vielleicht hatte sich Lisa nur verletzt und war zum Arzt oder ins Krankenhaus gefahren. Es gab bestimmt viele Möglichkeiten, redete er sich ein.

„Fahren wir zurück ins Präsidium. Hier können wir nichts mehr machen. Die KTU muss sich hier umsehen“, schlug Frank vor.

„Übrigens, die Mutter hat mir einen Schlüssel mitgegeben. Wenn das Schloss funktioniert, können wir die Wohnung abschließen und gehen“, versuchte Ronni sachlich zu bleiben.

Tief im Inneren war er aufgewühlt wie selten in seinem Leben. Fragen über Fragen dröhnten in seinem Kopf. War Lisa unvorsichtig gewesen? War sie unkonzentriert und mit den Gedanken irgendwo anders gewesen? Lag das vielleicht an ihm, weil er sie so einfach abgewiesen hatte? Er machte sich Vorwürfe. War er schuld, wenn ihr etwas zugestoßen war?

Tatsächlich funktionierte der Schlüssel einwandfrei und die beiden Kommissare verließen die Wohnung und schlossen die Wohnungstür ab.

Sie würden den Schlüssel einem Mitarbeiter der KTU geben, die die Wohnung nach weiteren Spuren sorgfältig durchsuchen würden. Die nächsten Stunden würden zeigen, ob die Kollegen noch etwas Wichtiges finden würden.

Ob sie in den nächsten Stunden auch erfahren würden, wo Lisa war und was mit ihr geschehen war, schien zweifelhaft zu sein.

Als sie zu ihren Wagen gingen, stellten sie fest, dass sich erneut Nebel über Troisdorf und der Siegniederung ausbreitete.

Teil V

Der Sinn meines Handelns ist verflogen.
Fehlt der Sinn, fehlt die Überzeugung und die Freude.
Was bleibt, ist nur noch Gewohnheit und Triebhaftigkeit.

Kapitel 18

Das Wetter hatte sich geändert. Der Himmel war zwar bedeckt, aber es lag kein Nebel mehr über Troisdorf und dem Siegtal. Laut Wetterbericht war für den Nachmittag mit Schauern zu rechnen.

Es war Dienstagmorgen. Victor Jacobi schlenderte durch die Troisdorfer Fußgängerzone. Er hatte sich gerade ein neues Buch in der Stadtbibliothek im Forum ausgeliehen. Die Bibliothek in Troisdorf hatte seiner Meinung nach die größte Auswahl an Büchern über das Leben im Spätmittelalter und in der frühen Neuzeit.

Er mochte die Krisenzeit des späten Mittelalters, in dem sich nicht nur grundlegende Wetterveränderungen negativ auswirkten, sondern auch gravierende Änderungen im römisch-deutschen Reich eintraten. Der Übergang in die frühe Neuzeit mit der Entdeckung Amerikas und der Französischen Revolution war für ihn ebenso reizvoll. Damals verhalfen noch einfache Mittel der Gerichtsbarkeit zu Ansehen und Macht. Wer eine Schuld auf sich geladen hatte, musste die öffentliche Schande erdulden, die in manchen Fällen mit dem Tod endete.

Dagegen erschien ihm die Zeit des frühen Mittelalters und des Hochmittelalters noch zu düster und zu unkultiviert.

Das Buch hatte er in eine Plastiktragetasche gesteckt und er ging vom Forum, dem einen Ende der Fußgängerzone, in die andere Richtung. Er suchte ein Café oder eine Bäckerei, wo er in Ruhe das Buch durchblättern und sich einen ersten Eindruck verschaffen konnte.

Es wurde schwierig, irgendwo einen freien Tisch zu finden. Er mochte es überhaupt nicht, sich einen Tisch mit fremden Leuten zu teilen.

Nicht nur an diesem Morgen waren viele Menschen unterwegs. Es schien, als kauften sie bereits jetzt ihre Weihnachtsgeschenke. Bis zum ersten Advent und dem Beginn der Vorweihnachtszeit und damit der heißen Einkaufsphase, war es nicht mehr lange.

In der Mitte der Fußgängerzone erblickte er in einem Café einen kleinen, freien Tisch, auf den er zielstrebig zusteuerte.

Während er auf seinen Kaffee wartete, erinnerte er sich an den gestrigen Tag und an die vergangene Nacht. Er sah die Bilder in allen Details vor seinem geistigen Auge.

In die Wohnung dieser, seiner Meinung nach, sexbesessenen Polizistin zu gelangen, war im Nachhinein betrachtet, recht einfach gewesen. Welch ein Zufall, dass er Lisa gerade an dem Tag beobachtet hatte, als sie sich mit Ronni im Café traf. Für ihn war es wie eine Einladung gewesen, dass sie das Schlüsselbund achtlos in die Jackentasche gesteckt hatte und die Jacke unbeaufsichtigt über dem Stuhl hängen ließ. Die Kellnerin war im Raum hinter der Kuchentheke beschäftigt gewesen und die beiden Damen im hinteren Bereich des Cafés waren in ein angeregtes Gespräch vertieft. Niemand hatte ihn beobachtet und bemerkt, als er schnell an Lisas Tisch getreten war, das Schlüsselbund aus der Jackentasche gezogen hatte und von ihrem Haus- und Wohnungstürschlüssel einen Abdruck gemacht hatte. Wie kann so eine Frau für den Schutz der Bürger da sein, wenn sie selbst nicht einmal die einfachsten Regeln des Selbstschutzes beachtet, staunte er. Seit Tagen hatte er auf solch einen Augenblick gewartet. Seitdem er seinen Plan entwickelt hatte, führte er für diesen Zweck immer zwei kleine Behälter mit entsprechend präparierter Knetmasse mit sich. Das Glück war halt auf Seiten der Gerechtigkeit. Es war später ein Kinderspiel, die nachgemachten Schlüssel auszuprobieren, als Lisa nicht in der Wohnung war.

Es war noch stockdunkel, als er früh montagmorgens am Haus ankam, in dem Lisa wohnte. Die Menschen schliefen noch. In keiner der Wohnungen brannte Licht. Auf der Straße fuhr kein Auto. Bevor er den Wagen verließ, streifte er sich puderfreie Vinylhandschuhe über. Geräuschlos nahm er den Nachschlüssel und öffnete die Haustür.

Er vermied es, im Hausflur den Lichtschalter zu betätigen. Vorsichtig tastete er sich die wenigen Stufen hoch, dann nach links. Hier musste Lisas Wohnung sein. Er hatte sie noch vor wenigen Tagen am Fenster dieser Wohnung gesehen.

Er fand den Schließzylinder an der Wohnungstür nicht sofort und kratzte ein wenig mit dem Schlüssel am Metall, was ein leises Geräusch verursachte. Auch das Zurückschnellen der Schließnase verlief nicht ganz geräuschlos. Hoffentlich schläft sie tief und fest und hat nichts gehört, dachte er. Zumindest quietschte die Tür nicht beim Öffnen.

Er schob die Tür nur so weit auf, dass er sich ohne Probleme in den Wohnungsflur hineinschleichen konnte. Die Tür drückte er nur leicht gegen das Schloss. Ein vollständiges Schließen hätte ein zu lautes Geräusch verursacht.

Im Wohnungsflur war es so finster, dass er keine Hand vor Augen sehen konnte. Er griff in seine Tasche und nahm eine winzige LED-Taschenlampe heraus. Er schaltete die Lampe kurz an, um sich zu orientieren. Um den Schein einzudämmen, hielt er die hohle Hand vor den Lichtstrahl.

Zu spät bemerkte er, dass die Schlafzimmertür geöffnet war. Wie aus dem Nichts sprang eine Person auf ihn zu und versetzte ihm einen Schlag gegen die Brust. Lisa war aufgewacht.

Bei dem Angriff fiel die Taschenlampe zu Boden und erleuchtete die Szenerie jetzt wesentlich heller.

Geistesgegenwärtig griff er in seine Jackentasche und zog sein Springmesser hervor. Mit einem Klick sprang die Klinge heraus. Blitzartig sprang er nach vorne und bekam mit der freien Hand Lisas Hals zu fassen. Lisa war zwar sportlich, aber auf der anderen Seite spielte ihm ihr geringes Gewicht in die Karten. Es war ein Leichtes, sie gegen die Wand zu drücken. Gleichzeitig drückte er die Messerklinge gegen ihren Hals. Sie bekam nur wenig Luft und atmete schwer. Unter ihrem dünnen Nachthemd hob und senkte sich ihr Brustkorb.

Er erinnert sich genau an die ersten Worte, die er an Lisa gerichtet hatte: „Ganz ruhig, sonst werde ich zustechen und es ist für dich vorbei. Das möchtest du doch nicht, oder?“

Lisa bewegte sich nicht mehr. Sie stand wie erstarrt an der Wand und schaute ihn aus weit aufgerissenen Augen an.

Heute, hier im Café, spürte er noch immer das Gefühl, wie das Adrenalin in seinen Körper geschossen war.

Er hatte sie in seiner Gewalt und kostete seinen Triumph aus.

„Schön, dass du nicht geschrien hast. Hast sicher gedacht, du hättest leichtes Spiel mit mir. Falsch gedacht.“

Er dirigierte sie ins Wohnzimmer, denn vom Wohnungsflur würden womöglich zu viele Geräusche in den Hausflur dringen. Immer die Messerklinge am Hals, ging Lisa rückwärts.

Aus Sorge, von der Straße gesehen zu werden, schaltete er das Licht nicht an. Von der am Boden liegenden Taschenlampe drang nur ein wenig Licht ins Wohnzimmer.

Wenige Augenblicke später war ihm klar, dass er einen kurzen aber entscheidenden Augenblick unkonzentriert gewesen war.

Noch jetzt, wo er auf seiner Tasse Kaffee wartete, ärgerte ihn das so sehr, dass er mit der flachen Hand auf den Tisch schlug. Einige Köpfe drehten sich nach ihm um. Das war ihm egal.

Trotz der Dunkelheit hätte er erkennen und wissen müssen, dass hinter Lisa der Wohnzimmertisch stand. Sie stolperte und fiel. Ärgerlicher war, nicht für Lisa, sondern für ihn, dass sie mit dem Genick auf die Tischkante fiel. Die wenigen Blutspuren hatte er leicht beseitigen können, aber dass sie sich nicht mehr bewegte, warf seinen gesamten Plan über den Haufen.

Er erinnerte sich genau, wie er hastig, beinah wie in Panik ihre Atmung und ihren Puls kontrollierte. Nichts! Kein Lebenszeichen mehr – Lisa war tot.

Das war nicht die Strafe, die sie verdient hatte. Er hatte sich etwas Besonderes für sie ausgedacht. Wer seinen Ehemann nacheinander gleich mit mehreren Männern betrügt und sich dann an den Hals eines Kollegen hängt, sollte schon eine härtere Strafe bekommen, als nur durch eine Unachtsamkeit zu Tode stürzen.

„Ihr Kaffee, mein Herr“, sagte die Bedienung und riss ihn aus seinen Erinnerungen.

Er schlürfte etwas von dem heißen Getränk, wobei er die Augen in Gedanken versunken auf die Tasse gerichtet hielt.

Er nickte. Ja, es war richtig gewesen, dass er sie nicht in ihrer Wohnung liegen ließ.

Er verließ die Wohnung. Der Schlüssel steckte noch immer im Türschloss. Vorsichtig zog er ihn ab, zog die Tür aber nicht zu.

Im Kofferraum hatte er einen großen, stabilen Wäschekorb. Ohne Eile ging er damit zur Wohnung zurück. Diese Art des Abtransportes hatte er geplant, auch wenn sie noch gelebt hätte.

Er fasste sie unter die Achseln und hob sie hoch. Er spürte ihre Wärme. Ihre Muskeln waren erschlafft und er presste den weichen, warmen Körper gegen seinen.

Wenn er jetzt noch daran dachte, erregte ihn das erneut. Er hatte begriffen, das war ein Fehler gewesen.

Er ließ den leblosen Körper auf den Teppich gleiten. Sie war nur mit diesem dünnen Nachthemd bekleidet. Sie war schön. So hatte er seine bisherigen Opfer noch nie betrachtet. Aufgewühlt ging er im Zimmer auf und ab. Ein unbekanntes Gefühl durchflutete seinen Körper, das er bei keinem seiner beiden vorherigen Opfer so empfunden hatte.

Er war nicht mehr er selbst, als er schließlich Lisas Nachthemd hochschob und ihren schlaffen, leblosen Leichnam vergewaltigte.

Heute konnte er nicht mehr sagen, wie lange es dauerte, bis er sich beruhigt hatte.

Nach einer gefühlten Ewigkeit setzte er sie in den Wäschekorb, beugte ihren Oberkörper nach vorne und band ihn in dieser Stellung am Korb fest. Darüber legte er eine Decke, die er auf dem Sofa gefunden hatte.

Er holte seine Taschenlampe und legte ein Taschentuch über die Linse des Lampenkopfes. Im gedämpften Licht reinigte er Tisch und Teppich. Anschließend räumte er die gesamte Wohnung auf. Auf den ersten Blick sollte es so aussehen, als wäre Lisa gar nicht hier gewesen.

Gestern war diese Vorgehensweise eine Selbstverständlichkeit für ihn, heute sah er keinen Sinn mehr in seiner Handlung.

Danach trug er Lisa im Korb zu seinem Wagen und schob ihn auf den Rücksitz. Er war außer Atem. Sie war schwerer, als er angenommen hatte.

Keiner beobachtete ihn. Und wenn doch – niemand würde auf die Idee kommen, dass sich im Korb unter der Decke ein Mensch befände – eine tote Frau.

Als er wieder hinter dem Lenkrad saß, atmete er tief durch. Sein Herz pochte schnell und auf seiner Stirn hatte sich ein Schweißfilm gebildet. Er zog die Einmalhandschuhe aus und warf sie achtlos ins Handschuhfach. Dann startete er den Wagen und fuhr los.

Er lehnte sich gegen die Stuhllehne und trank den Rest Kaffee. Bis auf wenige Kleinigkeiten, war es doch gut gelaufen, dachte er. Er versuchte positiv zu denken. Der Plan war genial, er, Victor, war genial – was hatte er anders erwartet?

Nur etwas war seltsam und machte ihm Sorge. Zum ersten Mal verspürte er nicht mehr die Lust und die Erregung bei der Bestrafung. Seine Lust entstand durch den Körper, durch die Frau und die Macht, die er über sie hatte.

Zudem fragte er sich seit heute Morgen, wie viele Frauen er noch bestrafen sollte. Der erste Kick war verflogen. Was würde sein Vater ihm sagen?

Bei Lisa sollte es etwas Besonderes sein. Sie, die fehlerlose Kriminalkommissarin und trotzdem falsches Vorbild für die

Frauen. Es war nicht das erwartete Besondere gewesen, auch nicht später an der Burg. Das Besondere, das Außergewöhnliche war Lisa selbst, die Frau Lisa Brenner.

Was geschah bloß mit ihm?

Er hatte keine Ahnung – aber es war gut, wie es war und nur das zählte.

Kapitel 19

Ronni hatte die Augen geschlossen. Es war Abend. Draußen war es dunkel, kalt und regnerisch.

Er lag auf dem Sofa, den Kopf in Isabelles Schoß gebettet. Ronni war deprimiert und verzweifelt. Er haderte mit sich, der Welt und dem Leben.

Am frühen Morgen hatte man ihn und Frank zur Burg Wissem gerufen. Ein Spaziergänger hatte die Leiche von Lisa im Burghof entdeckt.

„Warum musste sie sich nur zu uns versetzen lassen und diesen verdammten Job antreten? Sie hätte diesem Elend ganz einfach aus dem Weg gehen können – nein, sie hätte ihm erst gar nicht zu begegnen brauchen. Und wir konnten Sie nicht schützen."

„Kein Mensch kann seinem Schicksal entfliehen. Auch Lisa nicht. Was wäre das Glück wert, wenn es das Unglück nicht gäbe. Was wäre die Liebe wert, gäbe es den Hass nicht und was wäre das Leben wert, wenn wir dem Tod nicht begegnen würden? Auch wenn der Schmerz groß ist, wir müssen und werden damit weiterleben, das gehört mit zum Sinn unseres Lebens. Dich und Frank trifft keine Schuld. Ihr hattet keine Möglichkeit, die Ereignisse abzuwenden", versuchte Isabelle eine Erklärung zu finden und ihrem Freund Trost zu spenden.

„Aber wieso musste sie so früh im Leben die Erfahrung von Schmerz und Leid machen und sterben? Sie war doch noch so jung."

Isabelle sagte nichts. Auf diese Frage gab es keine Antwort für ihren Freund. Sie hatte keine Ahnung, wie tief Ronni getroffen war und welche Schuldgefühle ihn quälten.

Isabelle strich leicht über Ronnis Stirn und Wange. Sie verstand ihn. Für einen Polizisten gab es mit Ausnahme seiner nahen Angehörigen nichts Schlimmeres, als den Tod eines Kollegen oder einer Kollegin. Die Art und Weise, wie Lisa ums Leben gekommen war und was der Täter anschließend mit ihr gemacht hatte, war unmenschlich, bestialisch und erniedrigend.

Susanne, Franks Lebensgefährtin, sollte und wollte die Obduktion vornehmen. Auch und vielleicht gerade, weil sie Lisa gekannt hatte. Doch bereits nach wenigen Minuten musste sie aufgeben und die Arbeit ihrem Kollegen überlassen. Es war zu schrecklich, zu viel für sie.

Dass Lisa sich durch einen Sturz das Genick gebrochen hatte, war ein Unglücksfall, den sicherlich auch der Täter nicht beabsichtigt hatte. Obschon er ohne Zweifel die Ursache dieses Unglücks war. Die anschließende postmortale Vergewaltigung zeigte, dass er nicht im Besitz einer normalen Verhaltenskontrolle war. Er gehorchte mehr oder weniger nur seinen Trieben. Dieser Trieb war gegenüber den beiden ersten Morden neu.

Wieso er Lisa zwölf Stunden nach deren Tod zur Burg Wissem gebracht hatte und dort an einer der Skulpturen vom Märchen Hans im Glück angebunden hatte, war keinem der Kriminalbeamten nachvollziehbar. Sogar die eingetretene Leichenstarre hatte ihn nicht davon abgehalten, die Leiche aufzurichten und an die Skulptur zu fesseln. Die vielen Knochenbrüche belegten den zeitlichen Ablauf auf schauerliche Weise.

Ronni, Frank und alle anderen im Präsidium waren sich einig, dass es sich bei dem Täter um einen Psychopathen handeln musste. Ein Mensch völlig ohne Gefühl und Scham, der weder Mitgefühl noch Reue kannte. Lediglich gesteuert durch die exzessive Begierde, etwas Außergewöhnliches zu vollbringen und sich wahrscheinlich in seiner außergewöhnlichen Tat zu sonnen.

Dann war da wieder so ein verdammter Spruch, ebenso wie bei den anderen beiden Opfern. Dieses Mal fand man den Zettel nicht im Mund, sondern er hatte ihn für alle demonstrativ sichtbar mit Klebeband auf Lisas Nachthemd geklebt:

„Man sollte nicht den Respekt vor dem Gesetz pflegen, sondern vor der Gerechtigkeit. Wenn die Gerechtigkeit untergeht, hat es keinen Wert mehr, dass Menschen auf Erden leben.“[1]

---

1 Henry David Thoreau (1817-1862) und Immanuel Kant (1724-1804)

Kapitel 20

Der Tod von Lisa Brenner lähmte das gesamte Polizeipräsidium, insbesondere jedoch die Kollegen und Kolleginnen des unmittelbar betroffenen K 11 für Tötungsdelikte. Jeder versuchte, seine Arbeit so zu erledigen, als wäre nichts geschehen, aber aus dem Kopf bekam niemand die schrecklichen Ereignisse. Schließlich war es eine Kollegin und jeden anderen hätte es ebenso treffen können – zumindest jede andere Kollegin.

Besonders Frank und Ronni hatte die Tat bis ins Mark erschüttert. Ronni lief zeitweise planlos herum, ohne etwas effektiv zu erledigen.

Frank vergrub sich in die Arbeit. Immer wieder las er die Berichte der KTU, der Obduktionen der Leichen und die Zeugenaussagen. Inzwischen hatte er mehrere Seiten vollgekritzelt. Stichworte, wo er Vergleiche anstellen wollte und Hinweise, denen es sich nach seiner Meinung nochmals nachzugehen lohnte. Auch hatte er die eine oder andere Frage notiert und mit einem riesigen Fragezeichen versehen.

Eines war Frank klar: Der Täter musste einen großen Aufwand im Vorfeld seiner Taten betrieben haben. Er kannte die Gewohnheiten und den Tagesablauf seiner Opfer. Das setzte voraus, dass er diese über einen längeren Zeitraum beobachtet hatte.

Im Fall von Lisa stellte sich die Frage, wie der Täter in die Wohnung gelangt war. Die KTU hatte zweifelsfrei festgestellt, dass das Schloss nicht gewaltsam geöffnet worden war. Entweder hatte Lisa den Täter in die Wohnung gelassen, das bedeutete, dass sie den Täter gekannt hatte, oder der Täter war im Besitz eines Schlüssels. Woher hatte er den Schlüssel? Von Lisa? Auch in diesem Fall musste man den Täter in Lisas Umfeld suchen.

Ebenso grübelte Frank darüber, wie der Täter Lisas Leichnam aus der Wohnung transportiert hatte und wo er ihn den gesamten Tag über gelassen hatte, bis er ihn nachts im Burghof der Burg Wissem an die Skulptur fesselte?

Die Befragung der Bewohner im Haus, in der Nachbarschaft und in den Häusern auf der gegenüberliegenden Straßenseite war erfolglos. Niemand hatte etwas gesehen oder gehört. Auch Fingerabdrücke oder Faserspuren von Kleidungsstücken wurden keine gefunden. Lediglich Spermaspuren wurden an einer Stelle des Teppichs sichergestellt und konnten für eine DNA-Analyse genutzt werden. Im Augenblick hatte das Ergebnis keinen Wert, da die ermittelten Daten keiner Person in der DNA-Analyse-Datenbank zugeordnet werden konnte.

„Ich fahre nach Troisdorf. Ich möchte nochmal mit dieser Jessica Stuch sprechen. Der Freundin vom ersten Opfer in Blankenberg. Möchtest du mitkommen?“, fragte er Ronni.

Ronni willigte dankbar ein. Er war froh, das Büro verlassen zu können und etwas Produktives zu unternehmen. Vielleicht kam er dabei auf andere Gedanken.

Sie hatten Glück. Jessica Stuch war zu Hause.

„Oh, Sie wieder!“, sagte Frau Stuch, als sie den beiden Kommissaren die Tür öffnete.

„Guten Tag, Frau Stuch. Vielleicht erinnern Sie sich noch an mich. Ich war damals mit meinem Kollegen …“, begann Eisenstein das Gespräch.

„Ja, natürlich. Sie sind doch Kommissar von Stein. Ich erinnere mich“, unterbrach Jessica Stuch ihn.

„Eisenstein, Frank Eisenstein ist mein Name. Haben Sie ein paar Minuten für uns Zeit? Wir haben lediglich ein, zwei Fragen an Sie.“

„Ja, Entschuldigung. Eisenstein, richtig. Kommen Sie bitte herein“, damit ging sie bereits voraus ins Wohnzimmer.

„Sie hatten Herrn Kern und meiner Kollegin berichtet, dass Sie sich mit Franziska Schlierbaum öfter getroffen haben. Ist Ihnen dabei ein Mann näher gekommen?“, Eisenstein lächelte.

„Entschuldigung. Ich meine, haben Sie bemerkt, dass ein Mann Sie oder Franziska beobachtet hat? Oder wurde eine von Ihnen von einem Mann angesprochen, der Ihnen seltsam vorkam?“

Jessica Stuch überlegte lange. Sie schüttelte den Kopf.

„Nein, wir waren immer mit den Kindern beschäftigt und in unsere Gesprächen vertieft. Nein, mir ist nichts Derartiges in Erinnerung.“

Sie schluckte sichtlich und schaute Ronni an.

„Das mit Ihrer Kollegin tut mir leid. Ich habe das heute Morgen in der Zeitung gelesen. Das ist ja furchtbar.“

Und zu Eisenstein gewandt: „Sie haben damals diesen Irren, Felix Grünbaum, so hieß er doch, geschnappt. Hoffentlich machen Sie auch jetzt den Verrückten dingfest.“

„Wir tun unser Bestes. Frau Stuch, kannte Franziska eigentlich auch Ihre Schwester?“

„Ja natürlich. Manchmal trafen wir uns zu Dritt. Seitdem ihr Mann damals von diesem Felix umgebracht wurde, ist sie noch immer traumatisiert. Ich bin froh, wenn ich sie mitnehmen kann und sie dadurch auf andere Gedanken kommt."

Da Ronni sich bisher total zurückgehalten hatte, entschied Frank, das Gespräch zu beenden und bedankte sich bei Frau Stuch.

„Was suchst du bloß für Zusammenhänge? Jessica Stuch mit Franziska Schlierbaum und jetzt noch mit der Schwester. Ich erinnere mich nicht einmal mehr an deren Namen", sagte Ronni verständnislos.

„Elvira Reichert, so heißt die Schwester."

„Du kannst dich so genau an den Namen erinnern?"

Ronni war mehr als erstaunt.

„Nein, normalerweise nicht. Ich habe mich nochmal mit der Akte von damals beschäftigt."

„Wieso das denn? Der alte Fall ist erledigt. Felix Grünbaum wurde verurteilt und sitzt ein."

„Das ist alles richtig, was du sagst. Ich finde es nur seltsam, dass in unserem jetzigen Fall Namen und Verbindungen zum damaligen Fall auftauchen. Ich möchte dem einfach nachgehen. Oder hast du eine andere Idee?"

„Stimmt. Als ich zum ersten Mal mit dem Namen Jessica Stuch konfrontiert wurde, fand ich das auch irgendwie seltsam. Aber das kann ein Zufall sein."

„Möglich, vielleicht aber auch nicht. Wir werden sehen. Lass uns noch gerade zu der Schwester von Jessica Stuch fahren. Das ist gleich hier in der Nähe."

Frank nannte Ronni die Anschrift, der nur ungläubig den Kopf schüttelte. Er war überrascht über Franks gute Vorbereitung.

Frau Reichert öffnete ihnen mit dem Kind auf dem Arm die Tür.

Sie war nicht gar so erstaunt über den Besuch der beiden Kommissare. Sie war bereits von ihrer Schwester telefonisch informiert worden.

„Frau Reichert, es geht um den Tod von Franziska Schlierbaum. Wir haben gerade mit Ihrer Schwester gesprochen. Ihre Schwester sagte uns, dass auch Sie Frau Schlierbaum gekannt haben. Wir haben lediglich eine Frage an Sie."

Ronni ließ, wie vorhin im Gespräch, Frank den Vortritt. Frau Reichert bat die Kommissare nicht ins Haus, daher begann Eisenstein an der Haustüre das Gespräch.

„Wenn Sie sich mit Frau Schlierbaum trafen oder mit ihr zusammen etwas unternahmen, hatten Sie da jemals das Gefühl, von einem Mann beobachtet zu werden?"

Frau Reichert überlegte. Sie hob das Kind vom linken auf den rechten Arm. Es spielte mit der Halskette seiner Mutter und schien von den fremden Personen nicht sonderlich beeindruckt zu sein.

„Nein, ich glaube nicht", antwortete sie.

Ronni wendete sich schon zum Gehen ab, als Frank hartnäckig weiterfragte.

„Ist Ihnen in den letzten Wochen ein Ihnen unbekannter Mann in Ihrer Nähe aufgefallen, oder hat sich jemand auffallend Ihnen gegenüber benommen?"

Wieder überlegte Frau Reichert. Das Kind wechselte erneut den Arm.

„Na ja, da war einmal ein etwas ungehobelter Klotz, der Franziska und mich angerempelt hat. Aber das war nichts Besonderes. Es war doch nichts passiert", antwortete sie unbekümmert.

„Wann und wo war das? Und was war geschehen?"

„Ich glaube, das ist bereits einige Wochen her. Ich weiß nicht mehr genau, wann das war. Es war das letzte Mal, dass ich Franziska getroffen habe. Ich bin mit ihr nach Hennef gefahren. Sie arbeitete dort als Reinigungsfrau in einer Firma und ich wollte in der Zwischenzeit in Hennef mit der Kleinen etwas besorgen ..."

„Ja, und was geschah dann?", unterbrach Frank ungeduldig.

„Mit uns stieg in Hennef ein Mann aus. Als wir im Bahnhof zum Ausgang gingen, kam dieser Mann von hinten, drängte sich zwischen uns und stieß uns beide fast um. Franziska wäre beinahe gefallen, wenn ein anderer Mann sie nicht aufgefangen hätte. Ohne sich umzudrehen oder sich zu entschuldigen, verschwand er dann schnell durch die Ausgangstür. Wahrscheinlich war er so in Eile, dass er gar nicht bemerkt hat, dass Franziska fast gefallen wäre."

„Haben Sie den Mann danach noch einmal gesehen?"

„Nein. So genau konnte ich mir den Mann nicht ansehen. Wir haben schließlich nur seinen Rücken gesehen."

Zufrieden beendete Frank das Gespräch und die beiden Kommissare verabschiedeten sich von Frau Reichert.

„Das war unser Mann. Er hat vor der Tat seine Opfer beobachtet und zu unserem alten Fall besteht auf irgendeine Art und Weise ein Zusammenhang", war Frank felsenfest überzeugt.

„Es mag sein, dass das unser Täter war. Okay, aber was hat unser Fall von damals mit der Ermordung von unserer Kollegin zu tun. Lisa war seinerzeit noch nicht einmal bei uns. Wahrscheinlich hat sie noch nicht einmal daran gedacht, je bei uns zu arbeiten."

„Es würde doch schon reichen, wenn ein Zusammenhang zum ersten Mord bestehen würde. Die zweite Tat in Windeck oder

Lisas Ermordung müssen durchaus nichts mit dem alten Fall zu tun haben", gab Frank zu.

„Morgen wird Lisa beerdigt. Danach werde ich Felix Grünbaum einen Besuch abstatten. Vielleicht erfahre ich von ihm etwas, was uns weiterhilft."

Franks Entschluss stand fest. Ronni kannte seinen Freund und Kollegen so gut, dass er wusste, dass es zwecklos sein würde, ihn davon abzubringen.

Kapital 21

Es war ein trüber und nasskalter Novembermorgen. Das Wetter passte zur Stimmung am heutigen Tag. Die Bäume auf dem Friedhof in Troisdorf streckten ihre kahlen Äste wie mahnende Finger in den grauen Himmel. Es war still – totenstill. Nur die Schritte der Trauergäste waren zu hören. Als die Trauergesellschaft das Grab erreichte, waren auch diese Geräusche verstummt. Nur hin und wieder unterbrach ein kurzes Naseputzen die Stille. Ronni hatte die Augen geschlossen. Er dachte an die kurze Zeit, die er gemeinsam mit seiner Kollegin verbracht hatte. Er fröstelte und öffnete wieder die Augen. Die Sargträger ließen gerade den Sarg in das ausgehobene Grab hinunter. Er atmete einmal tief durch und wandte seine Augen mit einem Ruck ab. Er wollte dem nicht zusehen. Lisa gab es nicht mehr und ihre irdische Hülle wurde für immer dem Schoße der Erde übergeben, wo sie ihre letzte Ruhe finden würde.

Wieso sollte er nicht einfach seinen Job hinschmeißen, seine Eigentumswohnung und den ganzen Kram in der Wohnung verkaufen und sich irgendwo, wo es ruhig und schön war, eine Hütte kaufen. Vielleicht in den Bergen. Er und Isabelle hätten viel mehr Zeit für sich und mit dem Geld könnten sie sich ihre langgehegten Träume erfüllen. Reisen und die Welt sehen. Das Leben war doch so kurz.

Der Pfarrer ergriff das Wort und holte Ronni in die Wirklichkeit zurück. In seiner Grabrede griff er Lisas viel zu kurzes Leben noch einmal auf, erinnerte an ihre Lebensstationen und an den Menschen Lisa Brenner und redete über die Frage, was einen nach dem Tod erwartete.

Aber die Frage, was vor ihrem Tod geschehen war und wer sie umgebracht hatte, diese Frage beschäftigte Ronni und Frank und konnte auch nicht vom Pfarrer beantwortet werden. Die Betroffenheit und Trauer, mit der Ronni anfangs zu kämpfen hatte, wich einer immer stärker werdenden Wut. Wut gegen den, der zu verantworten hatte, dass sie hier standen.

Ronni schaute sich vorsichtig um, vermied es dabei, irgendjemandem in die Augen zu sehen. Direkt am Grab stand die Familie. Lisas geschiedener Mann und Lisas Eltern mit ihrer kleinen Tochter. Dahinter wahrscheinlich die entferntere Familie, Freunde und Bekannte. Er kannte keinen davon. Neben ihm stand Frank, dessen Kiefer ununterbrochen mahlte, ein sicheres Zeichen seiner inneren Angespanntheit. Hinter sich sah Ronni seinen Chef und einige Kolleginnen und Kollegen.

Ronni war erleichtert, als der Pfarrer den Segen aussprach. Dann setzte sich die Trauergesellschaft langsam in Bewegung und jeder der Anwesenden trat ans Grab. Die Frauen warfen eine der bereitgestellten roten Rosen ins Grab, die Männer eine kleine Schaufelspitze Erde. Ronni hasste diese Zeremonie. Als wenn durch diese Geste des Abschiedes sich am sinnlosen Tod dieser jungen Frau etwas ändern würde. Er hatte sich auf seine Art in Gedanken von Lisa verabschiedet und ging ans Grab. Irgendwann, wenn alles vorbei war, würde er das Grab noch einmal aufsuchen. Die Familie stand abseits und signalisierte damit, dass sie von Kondolenzbezeugungen der Trauergäste Abstand nehmen wollte.

Die Trauergesellschaft löste sich langsam auf und auch Ronni, Frank und die übrigen Kollegen verließen den Friedhof und fuhren zum Präsidium.

*

Im Präsidium hatte sich schnell herumgesprochen, dass Dirk Schmitz, der Leiter des KK 1, alle Mitarbeiterinnen und Mitarbeiter im Sitzungszimmer erwartete.

Schmitz saß am Kopf des Tisches und blätterte in Papieren, als Ronni und Frank das Sitzungszimmer betraten. Die Mehrzahl der Kolleginnen und Kollegen hatte bereits Platz genommen. Das KK 11 war vollständig vertreten. Außerdem hatten die heute diensthabenden Mitarbeiter des KK 12 für Fahndung und Sexualdelikte sowie einige Mitarbeiter des KK 13, des Erkennungsdienstes, am Tisch Platz genommen. Der Leiter der KTU und sein Stellvertreter hatten keinen Platz mehr am Tisch ergattern können. Sie standen zusammen mit einigen anderen Kollegen am Ende des Sitzungszimmers gegen die Wand gelehnt. Für Ronni und Frank hatte man zwei Plätze am Ende des Tisches gegenüber ihres Chefs freigehalten. Manche Kollegen, die Frank noch nicht nach seinem erneuten Dienstantritt gesehen hatten, nickten ihm freundlich zu. Niemand sagte ein Wort. Es war so still wie in einer Kirche. Zu sehr war noch die Beerdigung in den Köpfen.

Mit einem Ruck stand Dirk Schmitz auf. Nicht einmal hatte er bisher aufgeblickt. Das Geräusch, das sein Stuhl beim Zurückschieben verursachte, klang wie ein Unwetter in der Stille des Raumes.

Er stand einfach hinter dem Tisch und sah nacheinander jeden an, ohne ein Wort zu sagen, ohne eine Gefühlsregung zu zeigen. Als die ersten seinem Blick nicht mehr standhalten konnten, und vor sich hin stierten, öffnete er langsam seinen Mund, atmete tief ein und begann: „Wir hatten alle heute einen schlimmen Tag. Eine junge Kollegin, gerade mal wenige Tage bei uns, wurde beerdigt. Sie starb, weil sie sich, wie wir alle, für Recht und Gerechtigkeit eingesetzt hat."

Schmitz machte eine kleine Pause um die Wirkung seiner ersten Worte abzuwarten.

„Sie starb während der Ausübung ihres Dienstes, könnte es banal heißen. Sie hat aber nicht gedient. Nicht der Gerechtigkeit und nicht der Polizei. Sie wollte mehr. Sie wollte etwas bewegen, sie wollte eine Bestie fassen, die das Leben von zwei Frauen und leider jetzt auch ihr eigenes Leben, auf brutalste Art und Weise zerstört hat."

Erneut machte Schmitz eine Pause. Er schaute auf die Papiere, die vor ihm auf dem Tisch lagen. Er hatte kein Manuskript. Er sprach das aus, was er dachte.

„Wie der eine oder andere von euch vielleicht weiß, bin ich bis vor wenigen Jahren Marathon gelaufen. Wenn ich an meinen ersten Lauf denke, weiß ich noch, als wäre es heute, wie verdammt schwer er mir gefallen ist. Wie ich kurz vor dem Ziel bei Kilometer sechsunddreißig das Handtuch werfen und aufgeben wollte, weil ich keinen Sinn mehr in meinem Laufen, in dieser Qual mehr sah."

Pause.

„Ich habe es nicht getan. Ich habe mich durchgebissen. Später im Ziel war ich glücklich, glücklich weil ich gesiegt hatte, gesiegt über mich selbst."

Schmitz nahm einen Schluck Wasser aus dem Glas, das Sybille Baum ihm hingestellt hatte. Ronni sah kurz nach rechts und links und stellte fest, dass die Kollegen wie gebannt auf Schmitz schauten.

„Ja, wir haben die erste Runde verloren, auch die zweite und leider haben wir in der dritten Runde eine Kollegin aus unseren Reihen verloren. Aber wir haben nicht das Spiel verloren!

Wir werden nicht den Kopf in den Sand stecken und vielleicht kurz vor dem Ziel aufgeben. Wir werden uns durchbeißen. Wir werden nicht ruhen, bis wir diesen Psychopathen gefasst haben. Das sind wir unserer verstorbenen Kollegin schuldig."

Ein letztes, kurzes Innehalten. Ein kaum wahrnehmbares Kopfnicken.

„Danke."

Schmitz ließ sich auf seinen Stuhl zurückfallen. Er atmete einmal kurz durch und zog dann den Stuhl energisch an den Tisch heran. Er stemmte seine Hände auf die Tischplatte und sah seine Mitarbeiter, insbesondere die Kollegen vom KK 11, eindringlich an.

Alle sahen ihn an, niemand sagte ein Wort. Kein Hin-und-Her-Gerutsche auf den Stühlen. Kein Räuspern. Es war noch stiller, als vor Beginn seiner Rede.

Plötzlich, wie auf ein geheimes Zeichen, brach das Eis.

Die Mitarbeiter, seine Mannschaft, klatschten Beifall. Ja, manch einer zeigte eine Faust, um den unbändigen Willen zu demonstrieren. So hatten sie ihren Chef noch nicht gehört. So kannten sie ihn noch nicht.

Er hatte Öl in das verglimmende Feuer gegossen. Nach zwei Morden und so gut wie keinem Ergebnis war es normal, dass bei keinem der Mitarbeiter mehr das Feuer loderte. Doch jetzt, nach dem dritten Mord, der zudem an einer Kollegin verübt worden war, musste er das Feuer wieder in jedem Mitarbeiter zur alten Stärke entfachen.

Schmitz stand auf und verließ das Sitzungszimmer. Er wusste, er hatte sie eingeschworen. Und er wusste, sie würden siegen – siegen über Unrecht, Leid und Gewalt.

Kapitel 22

Frank Eisenstein schaute auf die Uhr. Es war sechs Minuten nach dreizehn Uhr. Sollte er in die Kantine gehen und etwas zu Mittag essen, oder sollte er sich eine Kleinigkeit ins Büro holen? Er entschied sich weder für das Eine noch für das Andere. Er verspürte keinen Hunger. Zuerst die Beerdigung, dann die Ansprache von Schmitz – nein, der Appetit war ihm vergangen.

„Frau Baum, erinnern Sie sich an den Fall von vor zwei Jahren, wo wir drei Leichen in der Wahner Heide hatten? Der Täter, Felix Grünbaum, befindet sich zurzeit im Maßregelvollzug in der Forensik der Rheinischen Landesklinik in Düren. Rufen Sie doch bitte dort an und sagen denen, dass ich gerne mit Felix sprechen würde. Termin noch heute Nachmittag. Wenn es Probleme gibt, weisen Sie darauf hin, dass wir drei Morde bearbeiten und dass es eilt.“

Sybille Baum hängte sich sofort ans Telefon, während Frank zu Ronni ging, der an seinem Schreibtisch hinter Frank saß und in einem Wust von Papier blätterte.

„Ich sehe, du bist sehr beschäftigt. Hättest du trotzdem Lust, mich nach Düren zu begleiten?“, fragte er ein wenig ironisch.

„Du willst also mit diesem Felix sprechen? Bist du sicher, dass er auch mit dir reden will?“, fragte Ronni skeptisch.

„Ich denke schon. Einen Versuch ist es zumindest wert. Also, kommst du mit?“

„Natürlich“, antwortete Ronni.

Was sollte er auch anderes sagen. Eine Alternative konnte er nicht anbieten. Franks Idee war ein Strohhalm, den sie ergreifen mussten.

„Hier, Frank. Ich habe dir alles aufgeschrieben.“

Sybille Baum reichte Eisenstein einen Zettel.

„Felix Grünbaum ist in der forensischen Abteilung I untergebracht. Diese Abteilung befindet sich nicht auf dem Gelände der LVR-Klinik, sondern ist in die Akazienstraße ausgelagert. An der Pforte sollst du nach dem Pflegedienstleiter verlangen. Der Name steht auf dem Zettel. Er wird dich dann abholen.“

Eisenstein bedankte sich bei Sybille und eiligen Schrittes verließ er zusammen mit Ronni das Büro.

„Warst du schon einmal in der Forensik?“, fragte Ronni, als sie im Wagen saßen.

„Nein, noch nie. Ich bin gespannt, was uns dort erwartet. Ich habe mich gestern schlau gemacht und einiges über die Klinik gelesen.“

„Mir ist da so ein unangenehmer Fall in Erinnerung, von dem ich vor Jahren in der Zeitung gelesen habe. Ich weiß aber nicht mehr genau, worum es da gegangen ist“, sagte Ronni.

„Ja, ja. 2008 waren zwei Straftäter geflohen, die erst nach vier Jahren wieder gefasst wurden. Ein spektakulärer Fall, der damals für Aufsehen sorgte. Es war der erste und einzige Ausbruch aus dem Sicherheitstrakt. Die beiden Männer hatten eine sieben Meter lange Stange aus einem Fußballtor herausgerissen und hangelten sich an dieser Stange über einen fünf Meter tiefen Graben und überwanden auch noch die anschließende Mauer."

„Das ist ja Wahnsinn. Und später konnte auch niemand mehr ausbrechen?"

„Ich glaube nicht. Wie ich gelesen habe, soll das ein Dorf sein, in dem die Straftäter in einzelnen Häusern zusammen leben. Innerhalb des Dorfes können sich die Insassen frei bewegen aber nach außen erfolgt die totale Abschottung. 120 Täter, nur Männer, leben dort. Das Dorf ist umgeben von einer 5,50 Meter hohen Mauer und gilt als ausbruchsicher."

Ronni staunte wieder einmal, wie gut sich Frank vorbereitet hatte.

Nach ungefähr fünfundvierzig Minuten standen sie am Eingang zur forensischen Abteilung I. Nachdem sie sich beim Pförtner ausgewiesen hatten, telefonierte dieser mit dem Pflegedienstleiter. Nach wenigen Minuten erschien er, um sie abzuholen.

Die beiden Kommissare hatten vermutlich einen Hünen von Mann, mit muskelbepackten Armen und grimmigem Gesichtsausdruck erwartet. Schließlich war er in einer Abteilung beschäftigt, in der sich ausschließlich gefährliche, psychisch kranke Straftäter, wie Mörder, Sexualmörder und Vergewaltiger befanden.

Daher waren sie erstaunt, als ihnen ein Mann mittleren Alters mit sportlicher Figur und normaler Körpergröße gegenübertrat und sie freundlich anlächelte.

„Meine Kollegin hat mit Ihnen telefonisch gesprochen. Sie wissen, worum es geht?", fragte Frank, nachdem er sich und Ronni vorgestellt hatte.

„Ja, ich weiß Bescheid. Felix wartet in einem gesonderten Raum, direkt hier am Anfang des Dorfes." Dabei zeigte er mit der Hand in Richtung eines großen Tores.

„Bitte legen Sie vorher Ihre Waffen ab, falls sie welche dabei haben."

Eisenstein und Ronni taten, was der Pflegedienstleiter von ihnen verlangte. Dann folgten sie dem Mann durch das Tor, das von zwei Wachmännern gesichert wurde.

„Mir ist es seltsam flau im Magen", sagte Ronni leise zu Frank.

„Ich fühle mich auch nicht sonderlich wohl in meiner Haut", antwortete Frank ebenso leise.

Sie betraten das erste Gebäude. Der Pflegedienstleiter führte sie in ein kleines Besprechungszimmer. Auf dem Tisch standen einige alkoholfreie Getränke und einige Gläser.

„Bitte bedienen Sie sich. Felix kommt sofort."

Ronni ging zum Fenster und schaute hinaus. Was er sah, erstaunte ihn erneut. Er sah weiße, schmucke Häuser, Bungalows mit viel Gras davor. Etwas entfernt meinte er ein Geschäft und ein Café zu erkennen. Unmerklich schüttelte er den Kopf. Der Pflegedienstleiter erkannte Ronnis Verwunderung und kam zu ihm.

„Unsere Patienten genießen hier drinnen die größte mögliche Freizügigkeit. Sie können hier leben, fast wie im normalen Leben. Hier gibt es eine Kneipe, ein Café, ein kleines Geschäft und eine Sporthalle. In einer Schreinerei haben sie die Möglichkeit, zu arbeiten. Natürlich ist das Gelände durch eine hohe Mauer und einen Stacheldrahtzaun gesichert. Sehen Sie dort drüben."

Er wies mit der Hand nach rechts, wo Ronni ein Stück des Mauersimses erkannte.

Eisenstein ging zu den beiden Männern am Fenster.

„Können wir mit Felix allein sprechen?", fragte er den Pflegedienstleiter.

„Ja, natürlich. Er ist zwar geistig nicht so auf der Höhe aber nicht aggressiv. Da besteht keinerlei Gefahr“, antwortete dieser.

In diesem Moment ging die Tür auf und ein Mann führte Felix in den Raum. Er schaute sich schüchtern um und wusste offensichtlich nicht, was er sagen oder machen sollte.

„Hallo Felix, das sind die beiden Kriminalbeamten, von denen ich dir erzählt habe, Herr Eisenstein und Herr Kern. Sie möchten mit dir sprechen“, sagte der Pflegedienstleiter.

Felix schaute zuerst Ronni intensiv an, dann ging sein Blick zu Frank hinüber.

„Ja, die kenne ich“, sagte er mit emotionsloser Stimme.

„Felix, bist du damit einverstanden, wenn ich dich mit den beiden Herren allein lasse?“

„Ja“, sagte er nach kurzem Zögern.

„Bitte meine Herren, nehmen Sie Platz. Wenn etwas sein sollte, oder wenn Sie das Gespräch beendet haben, drücken Sie diesen Knopf. Ich komme dann sofort“, dabei zeigte er auf einen Klingelknopf neben der Tür. Der Pflegedienstleiter verließ das Zimmer.

„Wie geht es Ihnen und wie kommen Sie hier zurecht?“, fragte Eisenstein Felix.

„Sie können Felix zu mir sagen. Alle nennen mich so“, sagte Felix anstelle einer Antwort.

„In Ordnung, Felix. Wie kommst du hier klar?“

„Gut“, war die einsilbige Antwort.

„Bekommst du auch manchmal Besuch?“

„Ja, jede Woche besucht mich meine Mama.“

„Felix, du musst uns helfen“, kam Eisenstein zum Kern des Besuches.

Felix hob ruckartig den Kopf und schaute Eisenstein zum ersten Mal direkt an. Damit hatte er offensichtlich nicht gerechnet. Er, den sie gefasst hatten, sollte Ihnen jetzt helfen? Eisenstein konnte seine Verwunderung verstehen.

„Kann ich das denn?", fragte Felix ungläubig.

„Ja, vielleicht. Wir suchen einen Mann, den du eventuell kennst. Als du in Bad Honnef in der Wohngemeinschaft gelebt hast, gab es da einen Bewohner, der sehr brutal war? Der keine Frauen mochte?"

Felix schaute auf die Tischplatte. Scheinbar überlegte er. Eisenstein gab ihm die Zeit, die er benötigte. Nach einer Weile hob er ein wenig den Kopf.

„Nein. Alle waren meine Freunde."

„Du warst doch wütend auf die Männer, die deiner Mutter Schlimmes angetan hatten."

Eisenstein vermied es zu sagen, dass die Männer seine Mutter vergewaltigt hatten und er sie dafür umgebracht hatte.

„Hast du das jemandem in der Wohngemeinschaft erzählt?"

Wieder überlegte Felix eine Weile.

„Nein, – doch, manchmal."

„Wie meinst du das?", bohrte Eisenstein nach.

„Manchmal habe ich das dem Mann vom Heim erzählt. Nicht alles, nur ganz wenig. Er hat mir dann immer vorgelesen, was in der Zeitung stand. Wie sie Dennis, Louis und Sven gefunden haben. Er hat sich immer gefreut und gesagt, wie toll das ist."

„Er hätte sicher auch gerne gehabt, wenn etwas über ihn in der Zeitung gestanden hätte?"

Felix verlor mehr und mehr seine Zurückhaltung.

„Bestimmt. Aber seiner Mama hatte man nichts getan."

„Erinnerst du dich noch an den Namen des Mannes vom Heim?"

„Victor, ja Victor hieß er. Er kam immer abends und passte die Nacht über auf uns auf. Außer samstags und sonntags. Da war er nie da."

„Toll Felix. Du hast uns sehr geholfen. Wir müssen jetzt gehen. Mach es gut."

Eisenstein stand auf und drückte die Klingel. Sofort öffnete sich die Türe und der Pflegedienstleiter kam herein. Es schien fast so, als hätte er hinter der Türe gelauscht.

„Wir sind fertig. Vielen Dank für ihre Kooperation", sagte Eisenstein.

Ein Pfleger holte Felix ab und der Pflegedienstleiter brachte die beiden Kommissare zum Ausgang, wo sie ihre Waffen wieder in Empfang nahmen.

„Ich bin froh, dass wir wieder draußen sind. Es herrscht da eine seltsame Atmosphäre. Du lagst mit deiner Vermutung richtig. Wahrscheinlich besteht tatsächlich ein Zusammenhang zwischen unserem jetzigen Fall und dem Fall von damals", sagte Ronni auf dem Weg zum Auto.

„Ich bin mir sogar sicher, dass da ein Zusammenhang besteht. Vielleicht haben wir Glück und dieser Victor ist unser Mann."

Wie üblich schwang sich Ronni hinter das Lenkrad, während Frank auf dem Beifahrersitz Platz nahm.

Schnell waren sie auf der A4 in Richtung Köln.

„Nehmen wir einmal an, dass dieser Victor etwas mit den Morden zu tun hat, wo liegt das Motiv? Die beiden ersten Opfer hatten keine Gemeinsamkeit. Ja, und Lisa? Die hatte überhaupt keinen Bezug zu den beiden Frauen, außer, dass sie eine Ermittlerin der Morde war. Was hat es für einen Sinn oder Nutzen für den Täter, diese drei völlig unterschiedlichen

Frauen umzubringen?", fragte Ronni mehr rhetorisch, als dass er eine Antwort erwartete.

„Die Schwelle für normale Menschen, jemanden umzubringen, liegt doch so hoch, dass schon ein guter Grund vorhanden sein muss. Du kennst doch die Statistiken. Darin ist die Anzahl der Morde, die einen Sinn machen oder die für den Täter einen Nutzen haben, viel geringer als die Morde, die aus einer Emotion heraus begangen werden, wie zum Beispiel aus Hass, Eifersucht oder Rache. Dann gibt es noch die Delikte, die geschehen, weil der Täter einen Kick sucht, sich selbst oder jemanden anders etwas beweisen will oder weil er die Tat zu seiner Befriedigung benötigt. Bei diesen Morden ist die Hemmschwelle wesentlich niedriger, wenn überhaupt eine vorhanden ist", entgegnete Frank.

„Damit sind wir wieder beim Psychopathen. Diese Idee hatten wir bereits einmal. Sie ist für mich inzwischen die einzige Möglichkeit, die denkbar wäre. Um zu verstehen, wie der Täter denkt, müssen wir Näheres über seine Vergangenheit und sein Umfeld erfahren", folgerte Ronni

Frank holte sein Handy hervor.

„Ich rufe Sybille an, die soll alles über diesen Victor in Erfahrung bringen, was es in Erfahrung zu bringen gibt. Er muss ein Pfleger oder Sozialarbeiter sein. Bei dem Träger dieser Einrichtung für behinderte Menschen in Bad Honnef wird es sicherlich ein Akte über ihn geben."

Sybille Baum freute sich über den Auftrag. Nach ihrem Urlaub war sie voller Tatendrang und Recherche war zweifellos ihr Spezialgebiet.

„Ich wette mit dir, wenn wir ins Büro kommen, hat sie bereits mehrere Seiten Notizen geschrieben, die sie uns vortragen wird", lachte Frank.

*

Auf der A4 staute sich, wie so oft, vor dem Autobahnkreuz Kerpen der Verkehr. Ein Unfall mit LKW-Beteiligung. Ab dem Kölner Ring ging es dann wegen hohem Verkehrsaufkommen nur im Schritttempo weiter. Ronni und Frank waren genervt, als sie in ihrer Dienststelle ankamen.

Sie hatten noch nicht am Schreibtisch Platz genommen, als Sybille Baum, wie Frank es vorausgesagt hatte, sie überfiel. In der Hand hielt sie einen DIN-A4-Block und legte sofort los.

„Also, dieser Victor heißt mit vollem Namen Victor Jacobi, ist 32 Jahre alt und wohnt in Troisdorf."

„Sybille, einen Augenblick. Wir sitzen noch nicht einmal. Bevor du weiter loslegst, hol' doch bitte zuerst einmal einen Kaffee für uns alle", unterbrach Eisenstein sie.

Sybille knallte den Block auf den Schreibtisch und tat, was ihr früherer Chef ihr aufgetragen hatte. Auch wenn Eisenstein selbst auf ihre Recherchen gespannt war, dominierte in diesem Augenblick seine Ruhe und Abgeklärtheit.

„Wenn ihr nicht neugierig seid, dann eben nicht ...", maulte sie beleidigt beim Hinausgehen.

„Vielen Dank, Sybille. Jetzt kannst du loslegen. Wir sind bereits sehr gespannt, was du in Erfahrung gebracht hast", sagte Eisenstein, als sie kurze Zeit später die Kaffeebecher auf den Schreibtisch stellte.

Dabei setzte er sein charmantestes Lächeln auf.

Sybille nahm erneut ihren Block und setzte sich auf den Stuhl vor Eisensteins Schreibtisch. Frank und Ronni saßen dahinter und wärmten ihre Hände am heißen Kaffee.

„Also", begann sie erneut. „Victor Jacobi wohnt in Troisdorf. Bis Ende vergangenen Jahres arbeitete er als ‚Nachtwache' in dem Heim. So drückte sich der Leiter des Behindertenwohnheimes in Bad Honnef aus. Man hatte ihn zwei Jahren zuvor eingestellt, weil man dringend jemanden für nachts benötigte, sich aber nur wenige für die Stelle interessierten. Er hatte vor Jahren eine Bewährungsstrafe bekommen, die abgelaufen war. Man wollte ihm eine Chance geben, zumal die Stelle keine hohen Anforderungen stellte. Inzwischen schien der Leiter die Einstellung bereut zu haben. Immer öfter sei Victor impulsiv und aggressiv gewesen. Absprachen hielt er nicht immer ein und er sei auch nicht so verantwortungsbewusst gewesen, wie es erforderlich war. Insgesamt bezeichnete ihn der Leiter des Heimes als einen Blender. Lediglich zu manchen Bewohnern hatte er einen guten Kontakt. Man sei froh gewesen, als er zum Ende des Jahres kündigte. Der Heimleiter meinte, er hätte danach eine Tätigkeit in einer Wäscherei und Reinigung begonnen. Bereits beim zweiten Anruf hatte ich die Wäscherei gefunden."

Sybille Baum blätterte die Seite in ihrem Block um und schaute Frank und Ronni selbstgefällig an.

„Wie mir der Leiter der Wäscherei sagte, hatte Victor Jacobi Probleme mit den anderen Angestellten. Überwiegend Frauen."

„Wieso ‚hatte'? Ist er nicht mehr dort beschäftigt?", warf Ronni ein.

„Eigentlich nicht mehr. Er ist seit drei Wochen nicht mehr zur Arbeit erschienen – unentschuldigt. Die Firma hat ihm daher die Kündigung geschickt. Ach, noch etwas. Beim Straßenverkehrsamt und beim Finanzamt habe ich erfahren, dass auf ihn ein zehn Jahre alter Polo zugelassen ist. Seine Anschrift und das Autokennzeichen habe ich aufgeschrieben", damit reichte sie Ronni einen Zettel.

„Was ist mit seiner Familie. Hast du darüber etwas in Erfahrung bringen können?", wollte Ronni wissen.

„Natürlich!" Sybille strahlte ihn an.

„Geboren ist er am 6. Juni 1983 in Stolberg bei Aachen. Seine Eltern haben sich anscheinend früh in seiner Kindheit scheiden lassen. Zuerst lebte er bei seiner Mutter. Auf jeden Fall ist er später bei seinem Vater aufgewachsen. Für die damaligen Verhältnisse war das eher ungewöhnlich. Der Vater hat sich Anfang dieses Jahres das Leben genommen. Über seine Mutter konnte ich auf die Schnelle nichts in Erfahrung bringen. Sie hat wahrscheinlich den Namen geändert. Gebt mir noch eine Stunde, dann kann ich eventuell etwas dazu sagen."

„Nein, ist gut so. Das reicht", antwortete Ronni.

„Das passt doch alles. Komm, wir statten diesem Victor Jacobi einen Besuch ab", sagte Frank zu Ronni.

„Meint ihr nicht, dass es schon zu spät für einen Besuch ist?", wandte Sybille Baum ein.

„Nein, nein, ich rufe nur eben noch Isabelle an und sage ihr, dass ich später nach Hause komme. Wir wollten heute Abend noch zu einem Möbelhaus, aber das können wir auch verschieben", sagte Ronni und griff bereits zum Telefon.

Nachdem mehrmals das Freizeichen ertönt war, meldete sich der Anrufbeantworter. Ronni legte auf.

„Verstehe ich nicht. Sie müsste doch zu Hause sein", sagte er zu sich selbst.

Dann nahm er sein Handy und wählte das Handy seiner Freundin an.

Nichts – auch ans Handy ging Isabelle nicht ran.

„Egal, sie wird schon irgendwo sein. Vielleicht ist sie noch in der Stadt und hat das Handy in der Einkaufstasche und hört den Klingelton nicht", sagte er und zu Eisenstein: „Komm, lass uns fahren."

Eisenstein hatte sich seinen Kollegen zum Vorbild genommen und Susanne in der Zwischenzeit angerufen. Sie war zu Hause und er hatte ihr gesagt, dass es später werden würde.

Teil VI

Ich will nicht verlieren.
Ich kann nicht entrinnen.
Ein letztes Spiel – ein letzter Einsatz.

Kapitel 23

Victor konnte sich nicht erinnern, jemals so entspannt und zufrieden gewesen zu sein, wie heute. Zu dem für ihn neuen Lebensgefühl der Zwanglosigkeit gehörte nach seiner Meinung auch ein neues Aussehen – zumindest, was seine Frisur betraf.

Er betrat den Friseursalon und schaute sich um. Er war noch nie in diesem Laden gewesen und rümpfte die Nase. Es roch nach Haarwaschmittel und noch stärker nach Haarspray.

Ein junger Mann kam mit affektierten Bewegungen auf ihn zu. Für Victors Geschmack trug er eine viel zu enge Hose und einen Pulli mit V-Ausschnitt, der einen weiten Teil seiner unbehaarten Brust preisgab. Victor überlegte gerade, ob dieser Schönling eher dem weiblichen oder männlichen Geschlecht zugetan sei, als der ihn ansprach: „Einmal Waschen und Haareschneiden? Dann nehmen Sie bitte dort drüben Platz." Dabei zeigte er, mit einem Kamm in der Hand wild durch die Luft fuchtelnd, in Richtung eines dieser bequemen Sessel mit Armlehne, der vor einer langen Spiegelwand stand.

Victor murmelte ein knappes „ja" und ging in die ihm gezeigte Richtung. Er saß gerade, als dieser Dandy hinter seinem Stuhl auftauchte und ihn im Spiegel ansah: „Es dauert noch ein paar Minuten, dann gehöre ich ganz Ihnen. Möchten Sie eine Tageszeitung oder lieber eine Illustrierte lesen?"

Dabei wedelte er mit einer Glanzseitenausgabe eines Herrenmagazins und mit einer Tageszeitung hinter seinem Kopf hin und her.

Neben den Überschriften aus Politik und Wirtschaft fiel Victor sofort die Überschrift in der Spalte für lokale Nachrichten auf: TROISDORF: Kommissarin fällt Bestie zum Opfer!

Er entschied sich für die Tageszeitung und schlug die Lokalseite auf. Langsam und genüsslich las er den Artikel über den Tod von Lisa und der Zurschaustellung auf der Burg Wissem. Für den Reporter stand zweifelsfrei fest, dass die Morde auf der Burg Blankenberg, der Burg Windeck und jetzt auf der Burg Wissem von ein und demselben Täter verübt worden waren. Als er die Worte „Irrer" und „Psychopath" las, verfinsterte sich Victors Gesichtsausdruck, um sich sofort wieder zu erhellen, als er las, dass die Polizei noch völlig im Dunklen tappte.

„Wie hätten Sie es denn gerne?", hörte er plötzlich den Jüngling hinter sich fragen.

Er führte seine Finger durch Victors Haare, hob sie hoch, um sie dann wieder fallen zu lassen. Dabei lächelte er Victor im Spiegel impertinent an.

Victor erläuterte seine Wünsche und ließ zuerst die Kopfwäsche und dann das Schneiden über sich ergehen. Dabei dachte er an die triste Zeit in der Wäscherei. Er war nicht beliebt in der Firma. Fast nur Frauen um ihn herum, die ihn hänselten und ihre Launen an ihm ausließen. In einer Schublade hatte er Bonbons versteckt. Wenn es ganz heftig kam, tröstete er sich damit. Lief es ausnahmsweise einmal gut, belohnte er sich mit den Süßigkeiten. Manchmal spielte er mit den übrigen beiden Männern in der Pause Skat, um Geld. Er gewann nie. Wahrscheinlich betrogen sie ihn gemeinsam. Irgendwann spielte er nicht mehr mit ihnen, sondern setzte sich in der Mittagspause auf eine Bank unter einem Baum und schaute den Vögeln beim Nestbau zu. Nach einiger Zeit langweilte ihn das.

Was waren das noch für Zeiten gewesen, als er die Nächte mit Felix in der Wohngemeinschaft verbracht hatte. Wenn er Felix vorlas, was in der Zeitung über die Morde geschrieben stand, die in Troisdorf passierten. Er hatte nie den Hauch eines Zweifels gehabt, dass Felix der Mörder war. Darüber sprachen sie allerdings niemals. Wie gerne hätte er einmal etwas über sich in der Zeitung gelesen.

Eines Tages, als er wieder auf der Bank saß, kam ein junges Mädchen auf einem Fahrrad auf ihn zu. Auf dem Gepäckträger hatte sie einen Stapel Bücher fest verschnürt. Er hielt sie an, und fragte, wo sie die Bücher her hatte. Aus der Bücherei, in der Troisdorfer Fußgängerzone, erklärte sie ihm. Noch am gleichen Tag suchte er zum ersten Mal die Bücherei auf. Er war überwältigt von dem riesigen Angebot. Zufällig geriet er an Bücher, die die Zeit des Mittelalters beschrieben. Diese Bücher ließen ihn fortan nicht mehr los.

„Ist es so recht, mein Herr?“

Die Frage des Schönlings holte ihn in die Realität zurück.

„Ist Okay“, antwortete er knapp.

Er zahlte und verließ den Friseurladen.

Es war fast Mittag. Die Beerdigung der Kommissarin war inzwischen bestimmt vorbei, dachte er. Er wollte in Erfahrung bringen, was die beiden Kommissare unternehmen würden. Sollte es tatsächlich so sein, dass sie völlig ahnungslos waren, so wie es in der Zeitung stand? Er konnte sich das nicht vorstellen, zumal dieser Kommissar Eisenstein ein erfahrener, alter Hase in seinem Job war. Wie er seinerzeit im Fall von Felix gelesen hatte, sagte man ihm überdies eine legendäre Spürnase nach. Um das herauszufinden, musste er zum

Polizeipräsidium und abwarten, bis die beiden das Haus verließen und feststellen, was sie planten.

Seine Geduld wurde nicht sonderlich strapaziert. Er hatte noch nicht lange vor dem Gebäude gewartet, als Ronni Kern und Frank Eisenstein das Präsidium verließen und mit dem Wagen davonfuhren. Er verfolgte sie, immer mit ausreichendem Abstand. Als die Kommissare sich auf der Autobahn in Richtung Aachen befanden, wusste er, was ihr Ziel sein würde: Die Landesklinik – und Felix. So ahnungslos schienen die Beiden nicht zu sein. Sobald sie mit Felix gesprochen haben würden, würde die Jagd auf ihn beginnen – da war er sich sicher.

Er hatte das kommen sehen. Zum Glück hatte er heute Morgen noch eine "Lebensversicherung" für sich abgeschlossen.

Wenn sie ihn festnehmen wollten, müssten sie einen hohen Preis dafür zahlen. Und er gab sich keinerlei Illusion hin – sie würden alles unternehmen, um ihn, der ihre Kollegin gerichtet hatte, festzunehmen. Dass sein Urteil gerecht und richtig war, davon war er überzeugt – und nur das allein zählte.

Bei der nächsten Ausfahrt fuhr er von der Autobahn ab, um direkt wieder in die andere Richtung aufzufahren. Zurück nach Troisdorf. Er musste sich beeilen. Er hatte keine Zeit zu verlieren.

Kapitel 24

Es war dunkel und es regnete – nein, der Regen trommelte auf den Asphalt und breite Bäche flossen rechts und links der Straße in den Rinnsalen. Bei diesem Wetter hätte niemand einen Hund auf die Straße getrieben. Die Straßen waren menschenleer, fast wie ausgestorben. Von den wenigen Autos die fuhren, spritzten hohe Wasserfontänen auf die Bürgersteige.

Victor Jacobis Anschrift befand sich in einer Hochhauswohnanlage im Ortsteil Friedrich-Wilhelms-Hütte in Troisdorf. Nachdem der Ortsteil 1969 aus dem Gemeindeverband Menden ausschied und zur Stadt Troisdorf kam, wurden in den Jahren 1970 bis 1975 diese Hochhäuser gebaut. Nicht unbedingt eine Ruhmestat der städtebaulichen Planung. Zum Glück verhinderte die Politik eine geplante weitere Ausweitung des Hochhausbaus.

Trotz des kurzen Fußwegs vom Auto zum Hauseingang lief den beiden Kommissaren das Regenwasser über das Gesicht. Die Haustür stand wider Erwarten offen. Ronni betätigte die Flurbeleuchtung. In einer Ecke im Flur standen Farbeimer, Farbrollen und eine mit Farbresten beschmutzte Leiter. Aus dem Flur drang der intensive Geruch nach Farbe und Lösungsmittel. Wahrscheinlich waren Maler mit ihrer Arbeit fertig geworden und transportierten gerade ihre Werkzeuge und restlichen Farben ab. Dazu hatten sie die Tür offen gelassen.

Laut Klingelanlage befand sich Victor Jacobis Wohnung im dritten Stockwerk. Ronni wollte den Klingelknopf drücken, als Frank ihm die Hand wegzog.

„Nein, nicht klingeln. Lass uns erst an der Wohnungstür klingeln, ist sicherer", sagte Frank.

Ronni verstand. Sie betraten den Flur und gingen zum Aufzug, mit dem sie in die dritte Etage fuhren. Die Wohnung befand sich schräg gegenüber des Aufzugs. Routinemäßig postierten sie sich rechts und links neben der Wohnungstüre.

Ronni drückte den Klingelknopf.

Nichts rührte sich.

Er klingelte erneut.

Nichts.

„Bitte öffnen Sie die Tür, hier ist die Polizei!", rief Ronni.

Keine Reaktion.

Ronni legte ein Ohr an die Tür, konnte aber keine Geräusche in der Wohnung wahrnehmen.

„Hier ist die Polizei. Bitte öffnen Sie!", rief er nochmals.

Auf dem Flur ging eine andere Tür auf. Ein Kopf schaute für einen Augenblick heraus und verschwand direkt wieder.

„Was machen wir jetzt? Es scheint, als wenn Herr Jacobi nicht zu Hause ist", sagte Ronni und sah dabei fragend seinen älteren Kollegen an.

„Vermutlich ist er tatsächlich nicht da und hat vielleicht die Wohnung nicht abgeschlossen, sondern die Tür nur zugezogen. Dann könnten wir uns doch die Wohnung …"

Weiter sprach Frank nicht.

„Bist du jetzt total verrückt? Wir können doch nicht einfach in die Wohnung hinein spazieren. Das kann gegen uns verwendet werden und falls wir Beweise finden, sind die dann wertlos."

„Ich höre Gepolter in der Wohnung. Da ist Gefahr im Verzug", sagte Frank leise und schmunzelte.

Frank hatte bereits einen Plastikstreifen aus seiner Geldbörse gezogen. Ronni streckte sich und schaute ihm über die Schulter.

„Da ist doch wahrhaftig noch ein Teil des Aufklebers von Coca Cola auf dem Plastik", flüsterte er erstaunt.

„Na ja, meine EC-Karte ist mir zu schade für solche Aktionen und außerdem ist sie zu dick und nicht elastisch genug. Für solche Fälle habe ich mir einmal aus einer Cola-Flasche ein Stück herausgeschnitten. Die meisten anderen Getränkeflaschen sind nicht so stabil und zu dünn", erklärte ihm Frank.

Dann begann er, zwischen Tür und Rahmen herum zu werkeln. Plötzlich knackte es leicht und die Tür sprang auf.

Eisenstein nickte. Die Tür war nicht abgeschlossen gewesen.

Als wenn sie es abgesprochen hätten, lösten sie den Riemen, der über den Schaft ihrer Waffen gezogen war, und zogen sie aus dem Halfter.

Der Wohnungsflur war sehr klein. Vier Türen gingen ab, die alle geschlossen waren. Es war dunkel in der Wohnung. Nur wenig Licht drang vom Hausflur hinein.

Ronni und Frank waren nicht zum ersten Mal in einer derartigen Wohnung. Die Aufteilung war immer ähnlich. An der linken Seite befand sich die Tür zum Bad. Direkt gegenüber der Wohnungstür war wahrscheinlich die Küche. Daneben rechts und links das Schlafzimmer und das Wohnzimmer.

Was war das? Ronni vernahm ein leises Klicken, als wenn Metall an Metall schlägt. Er gab Frank ein Zeichen. Beide standen im Wohnungsflur und lauschten. Es war still. Lediglich das dumpfe Prasseln des Regens gegen die Fensterscheiben war zu hören. Hatte er sich verhört? Nein. Irgendein Geräusch hatte seine Gehörgänge erreicht und seine angespannten Nerven aufschrecken lassen. Wahrscheinlich kommt das Geräusch aus dem Hausflur, schließlich steht die Wohnungstür noch offen, dachte er.

Er gab Frank ein Zeichen der Entwarnung.

Ronni entschied sich für die linke Tür, während Frank langsam und möglichst geräuschlos zur rechten Tür schlich. Auf Ronnis Zeichen drückten beide gleichzeitig den Türgriff herunter und stießen die Türen mit der linken Hand auf. In der Rechten hielten sie ihre Waffe. Fast gleichzeitig betätigten sie die Lichtschalter der Zimmer.

Auf den ersten Blick waren die Zimmer leer. Ronni stand im Rahmen der Schlafzimmertür, Frank im Rahmen der Wohnzimmertür.

„Niemand da“, rief Ronni zu Frank hinüber.

„Hier ebenfalls ...“

Frank kam nicht weiter.

Mit voller Wucht knallte die Wohnzimmertür gegen seine linke Schulter. Er taumelte. Nur mit Mühe konnte er seine Waffe in der Hand halten. Im Augenwinkel sah er einen Mann auf sich zu stürzen. Instinktiv drehte er sich zur Seite, versuchte wieder einen stabilen Stand zu erhalten und die Waffe auf den Angreifer zu richten, als ihn ein Schmerz in der rechten Seite, unterhalb der Rippen, jäh aufschreien ließ. Er wusste sofort, dass er getroffen war, höchstwahrscheinlich von einem Messer, denn ein Schuss war nicht gefallen. Die Intensität des Schmerzes überraschte ihn und ließ keine Abwehrreaktion zu. Der Mann warf sein gesamtes Gewicht gegen ihn. Frank stürzte auf den Boden des Wohnzimmers.

Ehe er erneut seine Pistole im Anschlag hatte, war der Angreifer aus seinem Blickfeld verschwunden.

Die gesamte Aktion war außerordentlich schnell erfolgt und hatte nur wenige Sekunden gedauert.

Ronni, der das Gepolter gehört hatte, drehte sich auf dem Absatz um und stürmte aus dem Schlafzimmer. Fast wäre er im Wohnungsflur mit dem Mann zusammengestoßen, der mit einem Satz aus der Wohnung verschwand. Er rannte hinterher. Gerade sah er noch, wie der Mann leichtfüßig, als wäre der Teufel hinter ihm her, die Treppe hochstürmte und hinter dem nächsten Treppenabsatz verschwand.

Ronni erinnerte sich an den Schrei, den er vorher gehört hatte. Das musste Frank gewesen sein. Er lief zurück ins Wohnzimmer.

Eisenstein richtete die Waffe auf ihn. Als er Ronni erkannte, schloss er kurz die Augen und nickte. Ronni kniete sich neben ihn.

„Lass mich ruhig hier liegen. Das ist nicht so schlimm. Nur ein Kratzer. Verfolg den Kerl, das ist wichtiger“, sagte er langsam mit erstickter Stimme.

Ronni öffnete Franks Regenjacke und schob das darunter befindliche Sakko zur Seite. Das weiße Hemd war auf der rechten Körperseite blutdurchtränkt. Der krasse Unterschied des weißen Hemdes zum Rot des Blutes ließ die Verletzung noch dramatischer erscheinen.

Ronni schaute sich um, lief dann in die Küche und kam mit einem sauberen Handtuch zurück, das er auf die Wunde presste. In der anderen Hand hielt er bereits sein Handy.

„Press das Tuch fest auf die Wunde“, forderte er seinen Freund auf.

Er selbst wählte die 110 und forderte Verstärkung und vorsichtshalber einen Krankenwagen an.

„Glaub mir, ist nicht so schlimm. Sieht nur schlimmer aus. Das Blut halt. Hol ihn dir. Er darf nicht entkommen“, forderte Eisenstein seinen Freund auf.

Er versuchte, seiner Stimme einen festen, entschlossenen Klang zu verleihen.

„Bist du sicher?“

„Ja, verschwinde. Die paar Minuten bis der Rettungswagen kommt, werde ich schon allein überstehen. Ich verspreche, ich laufe bestimmt nicht weg“, versuchte Frank zu scherzen, was aber kein Lächeln bei Ronni hervorrief.

„Okay.“

Ronni erhob sich, zeigte Frank den erhobenen Daumen und rannte aus der Wohnung.

Für ihn stand fest, dass es sich bei dem Flüchtigen um Victor Jacobi handeln musste und dass dieser Mann Lisa und die beiden anderen Frauen auf dem Gewissen hatte.

Schnell überwand Ronni die Treppenstufen, jedoch nicht zu schnell, um die notwendige Vorsicht außer Acht zu lassen. Schließlich musste er damit rechnen, dass Victor Jacobi ihm irgendwo im Treppenhaus oder in den Fluren der einzelnen Etagen auflauern würde.

Besonders den Etagenfluren widmete er seine volle Aufmerksamkeit. Keine Überraschung erwartete ihn. Alle Wohnungstüren waren geschlossen und kein Bewohner begegnete ihm. Seltsam, dachte er. Solch ein riesiges Haus, und es wirkt wie ausgestorben.

Er vermochte nicht zu sagen, wie viele Stockwerke das Haus hatte. Er vermutete neun. Immer wieder ging es Treppen hoch, rechts herum, Treppen hoch, Etagenflur sichern und das Ganze erneut.

Nach seiner Einschätzung musste er bald die oberste Etage erreicht haben. Wie soll es dann weitergehen?, fragte er sich.

Es war natürlich auch möglich, dass sich Victor den Eintritt in eine Wohnung erzwungen hatte. In diesem Fall waren Ronni im Augenblick die Hände gebunden. Es war ihm unmöglich, alle Wohnungen zu überprüfen. Das konnte nur die Verstärkung machen, die bestimmt bald da sein würde.

Ronnis Herz hatte Schwerstarbeit zu leisten und pochte gegen seine Rippen. Sein Atem ging stoßweise und der Schweiß rann von seiner Stirn. Seine Kleidung klebte ihm am Körper. Dass er seine Regenjacke noch trug, erleichterte seine Verfolgung nicht gerade.

Er stand auf dem letzten Etagenflur und hatte noch eine Treppe vor sich. Er blieb stehen und schaute hoch. Am Ende der Treppe befand sich eine Eisentüre. Sie war geschlossen.

Vorsichtig stieg er Stufe um Stufe hoch. Die Waffe im Anschlag. Die Tür ließ er nicht aus den Augen. Als er sie erreicht hatte, drückte er vorsichtig den Türgriff herunter. Sie war nicht abgeschlossen. Vermutlich handelt es sich um eine Notfalltür, die auf das Dach führt und sich auch im abgeschlossenen Zustand von innen jederzeit öffnen lässt, dachte er.

Er zögerte. Zu seiner Linken befand sich eine weitere Tür, die ebenfalls geschlossen war. Dahinter könnte sich der Maschinenraum des Aufzugs befinden, überlegte er.

Welche Tür sollte er als erstes öffnen? Er entschied sich für die Tür zum Maschinenraum.

Langsam drückte er den Griff nieder. Mit einem leisen, quietschenden Ton ließ sich die Tür ohne Schwierigkeit öffnen. Es war kein großer Raum, der leicht zu übersehen war. Victor war nicht hier. Ronni erkannte lediglich die technischen Geräte des Aufzugs. Als er die Türe schließen wollte, fiel sein Blick in die freie Ecke rechts neben der Tür.

Lag dort ein Tuch? Es sah aus wie ein buntes Halstuch, dass Frauen tragen. Auch Isabelle besaß ein solches.

Er ging in die Ecke und hob das Tuch auf, hielt es an seine Nase und zog den Duft ein.

Das war nicht irgendein Tuch, das war das Tuch seiner Freundin! – Unverkennbar. Es war ihr Parfüm, das er so sehr an ihr mochte.

Seine Gehirnzellen überschlugen sich. Wie kam das Tuch seiner Freundin hier oben in den Maschinenraum des Aufzugs? Isabelle musste hier gewesen sein. Oder womöglich noch hier sein? Wenn die zweite Möglichkeit zutraf, hatte Victor sie in seiner Gewalt. Konnte er sie deshalb telefonisch nicht erreichen? Aber, wo war Victor Jacobi?

Ronni bemerkte, wie Panik in ihm hoch stieg. Nein, das durfte er nicht zulassen. Er musste einen klaren Kopf behalten.

Er steckte das Halstuch in seine Tasche und verließ den Raum. Nach seiner Meinung konnte Victor nur aufs Dach geflohen sein und Isabelle hatte er mitgenommen.

Was wollte er auf dem Dach? Vor allem, was hatte er mit Isabelle vor? Von hier oben gab es keinen Fluchtweg mehr, das musste auch Victor Jacobi klar sein. Sollte das mit Isabelle sein letzter, finaler Kick sein?

Mein Gott, dachte Ronni.

Er horchte. Nur das permanente Geräusch des prasselnden Regens konnte er vernehmen.

Aus weiter Ferne hörte er die Martinshörner mehrerer Einsatzfahrzeuge. Es würde zu lange dauern, bis die Kollegen hier eintrafen. Außerdem war es völlig unklar, wie Victor Jacobi reagieren würde, wenn die Einsatzkräfte hier eintrafen. Er musste vorher etwas unternehmen. Sofort! jetzt!

Langsam drückte er den Türgriff herunter und öffnete die Tür zum Dach. Der Regen schlug ihm ins Gesicht, vermischte sich mit dem Schweiß seiner Haut und rann in seine Augen.

Mit dem Handrücken der freien Hand versuchte er, sich das Wasser aus den Augen zu wischen. Seine SIG Sauer, Kaliber neun Millimeter, lag schwer in seiner rechten Hand.

Trotz der schlechten Lichtverhältnisse sah er sie sofort. Victor Jacobi und Isabelle – seine Isabelle! Ihre Silhouetten hoben sich deutlich gegen den Nachthimmel ab. Die Stadtlichter reflektierten in den Wolken und machten die Nacht heller, als in wolkenlosen Nächten.

Das war wie in einem Albtraum – das konnte nicht wahr sein. Es war aber kein Albtraum – es war Realität.

Victor stand am Rand des Daches. Hinter ihm die Tiefe der neun Stockwerke. Einen Fuß hielt er gegen die ungefähr zehn Zentimeter hohe Dachumrandung gedrückt, als wolle er sich in Ronnis Richtung abstoßen. Vor sich zog er Isabelle mit einem Arm fest an sich. In der Faust des anderen Armes hielt er ein Messer mit einer extrem langen, spitzen Klinge, vermutlich ein Schnappmesser.

Die Spitze der Klinge berührte Isabells zierlichen Hals.

Ronni hätte schreien können. Zuerst hatte er Lisa verloren und jetzt vielleicht Isabelle. War das die Strafe für sein Tun? Aber was konnte Isabelle dafür? Wofür sollte sie sterben? Er musste das ausblenden – vollständig, wollten er und Isabelle eine Chance haben.

Von Isabelle kam kein Ton. Sie konnte weder Schreien noch ihrem Freund ein Wort zurufen. Ein breites Klebeband bedeckte ihren Mund. Ihre Hände schienen hinter ihrem Körper gefesselt zu sein.

Sowohl Victors, als auch Isabelles Kleider waren völlig durchnässt und klebten an ihren Körpern.

„Es wurde auch Zeit, dass Sie kommen. Es wird allmählich kalt und ungemütlich hier oben!", schrie Victor, um das Rauschen des Regens zu übertönen.

„Und legen Sie die Pistole auf den Boden, sonst ...“

Er brauchte nicht weiter zu sprechen. Ronni wusste, was er meinte. Er legte seine Waffe neben sich auf den Kiesboden. Dann ging er bedächtig mehrere Schritte nach vorne auf die Beiden zu. Ungefähr noch zehn Meter lagen zwischen ihm und Isabelle. Unter seinen Schritten knirschte der Kies, der das ganze Flachdach bedeckte. Bereits bei diesen ersten Schritten bemerkte er, dass der Boden, wahrscheinlich durch Moos- und Algenbefall, stellenweise rutschig war. Vorsicht war für ihn angesagt.

Er hielt inne.

„Sie haben mich erwartet? Dann bin ich froh, Sie nicht enttäuscht zu haben“, antwortete er.

Sein Spott in der Stimme war nicht zu überhören.

„Lass‘ uns doch zum ‚du‘ übergehen. Mit deiner reizenden Freundin habe ich mich bereits auf ein vertrautes ‚du‘ geeinigt. Ich bin übrigens Victor. Hallo Ronni.“

Isabelle hing fast teilnahmslos im Arm des Mörders. Hin und wieder hob sie die Augenlider und sah Ronni flehend an. Ein Teil ihrer schwarzen Haare hing ihr wild im Gesicht und klebte auf ihrer Haut. Das Wasser rann ihr übers Gesicht und in die Augen und vermischte sich dort wahrscheinlich mit ihren Tränen. Oder konnte sie nicht mehr weinen – hatte sie bereits genug geweint?

Ronni machte zwei Schritte nach vorne.

„Du bist ein bedauernswerter Psychopath, der sich als Richter aufspielt und schuldlose Frauen umbringt. Du denkst, durch einen coolen Spruch auf einem Zettel, den du den Frauen in den Mund steckst, wäre deine Tat gerechtfertigt. Du bist kein Richter, du bist ein Wichtigtuer, gefühllos und hochmütig mit einem total übersteigerten Selbstwertgefühl. Aber ich sage dir auch einen coolen Spruch: Hochmut kommt vor dem Fall.“

Ronni ging erneut einige Schritte nach vorne. Er musste ihn mit Worten provozieren. Er sollte auf ihn, auf Ronni, wütend werden und Isabelle für einen Moment vergessen. Dann bestand eventuell die Möglichkeit, dass er einen Fehler beging und Isabelle einen Augenblick los ließ oder das Messer senkte. Nur dann hatte Ronni eine Chance. Voraussetzung dafür war, dass er nahe genug an ihn herantreten konnte.

„Du sagst es, Ronni, mein Freund."

Victor lachte kehlig.

„Fall. Das ist das entscheidende Wort. Du wirst den freien Fall deiner Freundin miterleben – live und jetzt."

Ronni war inzwischen wieder einige Schritte gegangen. Gerade noch drei Meter bis zu Isabelle. Victors Messer drückte noch immer gegen Isabells Hals. Inzwischen konnte er erkennen, dass die Haut an der Stelle eingeritzt war und ein kleines Blutrinnsal sich mit dem Regenwasser vermischte. Ihm musste unbedingt etwas Entscheidendes einfallen, andernfalls würde er Isabelle verlieren.

„Was meinst du, würde deine Mutter zu dir sagen, wenn sie hier wäre?", fragte Ronni nur um Zeit zu gewinnen.

„Meiner Mutter bin ich völlig egal. Ich habe diese Hure seit meiner Kindheit nicht mehr gesehen."

Ronni bemerkte an Victors Tonfall, dass ihn seine Frage überrascht hatte. Auch meinte er, eine gewisse Resignation herausgehört zu haben.

„Das denkst du nur. Was würdest du sagen, wenn jetzt dort drüben die Tür aufgeht und deine Mutter zu dir herauskäme?"

„Du lügst. Meine Mutter würde nie hierher kommen. Schon gar nicht wegen mir."

Victor wurde merklich unruhig und nervös. Sein Oberkörper wippte vor und zurück, wobei er Isabelle aber noch immer fest im Griff hatte.

„Dann schau mal nach dort drüben."

Ronni wies mit dem Arm zur Tür, durch die er vorhin das Dach betreten hatte und machte noch einen Schritt auf Isabelle und Victor zu. Jetzt war die letzte Chance für ihn. Er hatte alles versucht. Das war sein einziger und letzter Bluff. Victor musste einen Fehler machen. Und zwar jetzt.

Und er machte diesen entscheidenden Fehler.

Er riss die Faust mit dem Messer nach vorne. Dabei versuchte er, sich mit dem Fuß vom Rand des Daches abzudrücken, um sich auf Ronni zu stürzen. Sein linker Arm umfasste weiterhin wie ein Schraubstock Isabells Körper.

Victors Fuß rutschte vom Rand der Dachumrandung ab und er verlor den Halt. Um das Gleichgewicht zu halten, ließ er Isabelle los und rudert wild mit den Armen in der Luft. Sein Oberkörper knallte auf den Rand des Daches. Seine Beine hingen über den Rand und rutschten langsam immer mehr in die Tiefe. Er versuchte, sich mit den Händen festzuhalten. Der Regen, die Nässe und die Algen taten das Ihre. Seine Hände fanden auf dem rutschigen Untergrund keinen Halt.

Ein langer Schrei, dann ein klatschender Aufschlag.

Das war's.

Ronni kniete auf dem Kies. Isabelles Kopf lag auf seinen Oberschenkeln. Er hatte ihr das Klebeband vom Mund entfernt und drückte sie fest an sich. Keiner der Beiden war in der Lage, etwas zu sagen. Was sollten sie auch sagen? Sie waren einfach nur froh, dass dieser Albtraum ein Ende hatte – ein glückliches Ende für sie.

*

Isabelle hatte man auf einer Trage in einen Rettungswagen geschoben, wo sie von einem Notarzt ärztlich versorgt wurde. Außer einem tiefen Kratzer am Hals, war sie körperlich unverletzt. Bevor die seelischen Schäden behoben sein würden, würde jedoch noch eine lange Zeit ins Land gehen. Sie hatte zum Glück einen Partner, der sie dabei kräftig unterstützen würde.

Frank lag auf einer Trage in einem anderen Rettungswagen. Er war bereits ärztlich versorgt. Der Messerstich hatte keine lebenswichtigen Organe verletzt. Nur eine oberflächliche Fleischwunde, also nichts Besonderes, wie Frank sich auszudrücken pflegte.

„Mein lieber Ronni. Wie du das Gespräch mit Victor Jacobi auf dem Dach geführt hast – alle Achtung! Du hast gegen alle Regeln des psychologischen Lehrbuchs verstoßen. Einsame Klasse."

Frank grinste dabei über das ganze Gesicht.

„Woher willst du wissen, was wir auf dem Dach gesprochen haben? Mit Isabelle wirst du dich doch sicherlich noch nicht unterhalten haben."

„Ich war doch dabei. Ich habe die gesamte Zeit mit den Sanitätern und den Männern des Einsatzkommandos hinter der Türe gestanden und gelauscht."

„Du lagst doch schwerverletzt im Wohnzimmer."

„Ja, glaubst du denn, ich lass dich im Stich, wenn es um Alles geht? Als du voller Überzeugung sagtest: ‚Was würdest du sagen, wenn jetzt dort drüben die Tür aufgeht und deine Mutter zu dir herauskäme?', wusste ich, dass jetzt mein Auftritt an der Reihe war. Als du dann sagtest: ‚Dann schau mal nach dort drüben', habe ich gegen die Tür gedrückt, damit diese ein wenig aufschwang. Da war es um Victors Nerven geschehen."

„Du bist einfach nur verrückt, Eisenstein."

Ronni schüttelte verwundert den Kopf. Das konnte einfach nicht wahr sein.

„Ist das wirklich wahr? Hast du tatsächlich die Türe in dem Moment aufgestoßen?", fragte Ronni trotzdem nochmal nach.

„Natürlich nicht, du verrückter Kerl. So spontan bin ich dann doch nicht."

Beide Freunde lachten erleichtert aus vollem Hals. Eisenstein fasste sich dabei an die verwundete Seite seines Körpers.

„Bringen Sie den Mann schleunigst von hier weg", sagte Ronni zu einem der Sanitäter und ging lachend zu Isabelle, die er ins Krankenhaus zur abschließenden Untersuchung begleiten wollte.

In diesem Augenblick fuhr der Leichenwagen für Victor Jacobi vor.

Epilog

Ronni Kern und Frank Eisenstein saßen in einem Café am Fischerplatz in Troisdorf. Von ihrem Fensterplatz aus schauten sie hinaus auf die Skulptur des „Dicken Manns".

„Zwei Cappuccino, bitte", bestellte Ronni bei der Bedienung.

„Und für mich ein Stück Kirschstreusel", fügte Frank etwas unsicher hinzu.

„Du möchtest doch bestimmt auch etwas Süßes essen?", fragte er Ronni aufmunternd, damit er für seine Bestellung ein Alibi hatte.

Dieser schüttelte den Kopf.

Die junge Bedienung lächelte Eisenstein an. Es war nicht dieses mechanische, geschäftsmäßige Lächeln. Sie vermittelte Eisenstein das Gefühl, dass sie verstand, dass in seinem Alter ein Stück Kuchen zum Cappuccino einfach dazu gehöre.

Als die Bedienung sie verlassen hatte, meinte Ronni verwundert zu Frank: „Ich kenne dich nicht mehr wieder. Nach unserem letzten Fall hier in Troisdorf, haben wir draußen bei einem Glas Bier gesessen. Okay, um heute draußen zu sitzen, ist es zu kalt. Aber ins Café und dann noch ein Stück Kuchen, du machst mir Angst. Bist du eigentlich noch der Frank Eisenstein, den ich kenne?"

„Na ja. Du musst wissen, während meiner freiwilligen Auszeit habe ich das schöne Leben kennen gelernt und mich an die unterschiedlichsten Genüsse herangetastet. Ich habe einmal gehört, dass ich jetzt in der Phase zwischen gepflegtem Aussehen und Pflege bin. In dieser Phase soll man nicht mehr auf alle schönen Dinge des Lebens verzichten. Das Leben kann so schnell vorbei sein."

Frank lachte und fasste sich an seine noch nicht verheilte Stichverletzung.

„Hast du noch immer Schmerzen?", fragte Ronni mit ernster Miene.

„Nein, nur wenn ich lache. Also mach' demnächst keine Witze über mich", und wieder lachte er.

Nachdem der Cappuccino und das Stück Kuchen gebracht wurden, und Frank den ersten Bissen probiert hatte, fragte er Ronni: „Wie bist du eigentlich auf die Idee mit der Mutter von Victor Jacobi gekommen?"

„Kann ich dir nicht sagen. Das fiel mir spontan ein. Als ich von Sybille Baum hörte, dass er seit seiner Kindheit keinen Kontakt mehr zu seiner Mutter hatte, fand ich das hart. Oben auf dem Dach, fiel mir das schlagartig wieder ein. Ich dachte, wenn es bei einem Menschen um Leben oder Tod geht, würde jeder sich freuen, nochmals seine Mutter zu sehen oder sogar mit ihr zu sprechen. Egal, was in der Vergangenheit geschehen ist. Es war einfach ein Versuch, Zeit zu gewinnen und ihn zu einer Unvorsichtigkeit zu verleiten. Eine andere Idee hatte ich nicht. Dass er dann aus Wut auf mich losgehen wollte, konnte ich nicht ahnen."

„Diese Idee war immerhin so gut, dass sie Isabelle gerettet hat. Übrigens, wann kommt sie hierher?"

„Sie müsste bald eintreffen. Die Therapiestunde ist in wenigen Minuten zu Ende", sagte Ronni.

„Seht ihr schon einen Erfolg?"

„Das ist heute ihre dritte Sitzung. Nach dem ersten Gespräch mit der Therapeutin war Susanne klar, dass zumindest die Chemie zwischen ihnen stimmt. Der Weg ist noch lang und wir hoffen, dass am Ende der Erfolg steht."

„Ich verstehe", stimmte Frank seinem Freund zu. „Du kannst dir sicherlich vorstellen, dass es für sie ein Horrortag war. Zum einen hat sie nicht den Bruchteil unserer Erfahrung und außerdem ist sie sehr sensibel. Auch wir würden das nicht so einfach wegstecken."

Bei Ronni kamen die Bilder und Vorstellungen des entscheidenden Finales auf dem Dach wieder hoch. Frank war klar, dass Ronni ebenfalls die Ereignisse noch nicht verarbeitet hatte und ließ ihn daher reden. Er verstand, dass solch ein Erlebnis ein hochbelastendes Ereignis war. Die Bedrohung des geliebten Menschen und die eigene Hilfslosigkeit und der Kontrollverlust stellten eine enorm hohe Belastung dar. Ronni würde noch oft Gelegenheiten wahrnehmen, um sich diese Belastung von der Seele reden zu können.

„Die Entführung aus der eigenen Wohnung, die Zeit, die sie gefesselt in der Wohnung des Entführers verbracht hat, ohne zu wissen warum und was er noch mit ihr vorhatte. Dann die Verschleppung in den Maschinenraum des Aufzugs und schließlich die dramatischen Ereignisse auf dem Dach. Sie hatte bestimmt immer ihr Ende vor Augen. Sie ist eine viel stärkere Frau, als ich dachte. Mit der Hilfe der Therapeutin und mit meiner Hilfe kriegt sie das bestimmt wieder hin, da bin ich sicher", schloss Ronni.

Er schaute aus dem Fenster und sagte nichts mehr. Frank ließ ihm diese Ruhe und schwieg ebenfalls, auch wenn ihm noch eine Sache unter den Nägeln brannte.

Nach einer Weile löste Ronni seinen Blick vom Fenster, griff zu seiner Tasse und trank den letzten Schluck des inzwischen kalt gewordenen Cappuccinos. Er verzog das Gesicht, womit er gleichzeitig signalisierte, dass er wieder in der Gegenwart angekommen war.

„Noch eine Frage. Eine ganz persönliche Frage. Es geht mich natürlich überhaupt nichts an, aber du und Isabelle, ihr liegt mir am Herzen."

„Ja, nun frag' schon. Ich glaube, ich weiß was du fragen willst."

„War etwas mit dir und Lisa?"

Eisenstein sah seinen Freund eindringlich an. Ein Ausweichen war ihm nicht möglich.

„Ja", sagte er tonlos und schaute in seine leere Tasse.

„Hast du es Isabelle gesagt? Weiß sie es?"

„Nein."

„Wirst du es ihr sagen?"

„Vielleicht, ich bin mir nicht sicher. Sie hat jetzt eine schwere Zeit. Sie muss das alles erst verarbeiten. Zuerst die Psychotherapie ... Später. Vielleicht."

„Okay", sagte sein Freund.

Ronni war sicher, dass Frank nie wieder fragen oder etwas dazu sagen würde. Es sei denn, er, Ronni, würde das Gespräch suchen. Er war eben ein wahrer Freund, auf den in jeder Lage Verlass war.

Er schaute zum Fenster hinaus, dabei sah er Isabelle, wie sie auf die Eingangstür zukam.

Als sie das Café betrat und Ronni und Frank am Fenster sitzen sah, blieb sie stehen. Sie freute sich einfach, wie einträchtig die beiden Freunde dort zusammen saßen und redeten. Die Anspannung der vergangenen Tage war aus ihren Gesichtern gewichen.

Sie war erstaunt und glücklich, als Ronni strahlte und sich seine Miene bei ihrem Anblick mit Glanz und Freude überzog.

Ende

Dank und Anmerkung

Für das Schreiben dieses Krimis habe ich mich erstmals in die Leseecke unseres kleinen Büros zurückgezogen. Es war für mich eine neue und bessere Erfahrung, allein und ungestört meinen Gedanken nachzugehen, um Worte zu ringen und diese zu Papier, sprich in den Laptop, zu bringen.

Gleichzeitig war es für mich neu, nachts aufzuwachen und Gedanken und Textpassagen, die mir spontan eingefallen waren, niederzuschreiben.

Insgesamt gesehen kann ich sagen, dass es eine intensive Zeit war, die mir sehr viel Freude bereitet hat.

Selbstverständlich sind alle Ereignisse und Namen in diesem Buch frei erfunden. Ähnlichkeiten mit lebenden oder verstorbenen Personen wären rein zufällig.

Zum Schluss möchte ich einfach nur danke sagen:

Mein größter Dank geht an meine Frau, die immer viel Verständnis für mein Schreiben aufgebracht hat, auch wenn sie viele Stunden auf mich verzichten musste.

Andrea, Annette und Pia, ich danke Euch dafür, dass ihr als Erste mein Manuskript gelesen und mir wertvolle Tipps und Hinweise geliefert habt.

Ein riesiges Dankeschön möchte ich meiner Lektorin, Frau Klein, aussprechen, die sich mit Eifer durch meine Tipp- und Grammatikfehler gearbeitet hat.

Ein weiterer Dank gebührt meinem Verleger Franz König, der mir jederzeit mit einem guten Rat zur Seite steht und mit dem ich offen über alle Probleme der Gestaltung des Buches und des Marketings sprechen kann.

Insbesondere möchte ich meinen Lesern danken, die sich die Mühe gemacht haben, dieses Buch zu lesen.

Ich bin allen dankbar, die mir in der Vergangenheit und hoffentlich auch in der Zukunft offen ihre Meinung, positiv wie negativ, mitgeteilt haben und mitteilen werden.

Das ermutigt mich, weiterhin neue Geschichten zu erfinden und niederzuschreiben.

Von Heribert Weishaupt bisher im Verlag ratio-books erschienen:

Wer der Meinung ist,
dass man für Geld alles haben kann,
gerät leicht in den Verdacht,
dass er für Geld alles zu tun bereit ist.
(Benjamin Franklin)

Franz Bertram wird tot am Sieglarer See gefunden. Auf den ersten Blick sieht es wie ein Unfall aus – aber ist es das wirklich? Wenige Tage später stirbt Paul Altmann unter mysteriösen Umständen. Bei den Ermittlungen stößt Kommissar Eisenstein auf eine Fehde zwischen den Familien der beiden Toten. Mehr als einmal wird er in dem verwirrenden Labyrinth von Tatverdächtigen in die Irre geführt. Besteht ein Zusammenhang zwischen den beiden Todesfällen? Außerdem stellt sich die Frage, inwieweit die Wohnungsbaufirma „Eigenheim GmbH" in den beiden Fällen involviert ist. Das Motiv scheint in der Gier nach Geld zu liegen. Eisenstein muss alle Register ziehen, um Licht ins Dunkle zu bringen.

Verlag ratio-books – ISBN 978-3-939829-47-8
www.ratio-books.de

Rache trägt keine Frucht!
Sich selbst ist sie die fürchterliche Nahrung.
Ihr Genuss ist Mord,
und ihre Sättigung das Grausen.
(Johann Christoph Friedrich von Schiller)

In der blühenden Wahner Heide finden zwei Kinder eine vergrabene Leiche. Kommissar Frank Eisenstein und sein Kollege Ronni Kern übernehmen den Fall. Wenige Tage später geschieht ein weiterer Mord. Fundort ist erneut die Wahner Heide.

Was geht in der Heide vor? Treibt ein Serienmörder sein böses Spiel, oder besteht ein Zusammenhang mit schrecklichen Ereignissen vor zwanzig Jahren? Und dann ist da noch Felix. Um ihn ranken sich ebenfalls furchtbare Erlebnisse in der Vergangenheit. Schuld und Rache scheinen die Motive zu sein. Können die Kommissare den Wettkampf gegen die Zeit und gegen einen skrupellosen Gegner gewinnen? Oder gibt es am Ende nur Verlierer?

Verlag ratio-books – ISBN 978-3-939829-58-4
www.ratio-books.de

Geschichten rund um die Vorweihnachtszeit und um das Weihnachtsfest

Manche der persönlichen Weihnachtsgeschichten habe ich vielleicht so erlebt, wie ich sie niedergeschrieben habe. Andere Geschichten haben sich nie so in der realen Welt abgespielt. Sie sind vollkommen frei von mir erfunden.

Verlag ratio-books – ISBN 978-3-939829-55-3
www.ratio-books.de